El Día de la Luna

Graciela Limón

Traducción al español de
María de los Ángeles Nevárez

Arte Público Press
Houston, Texas

Esta edición ha sido subvencionada por la Ciudad de Houston por medio del Consejo Cultural de Arte de Houston, Harris County.

Recuperando el pasado, creando el futuro

Arte Público Press
University of Houston
452 Cullen Performance Hall
Houston, Texas 77204-2004

Arte de la portada de la colección *Mexico's Sierra Tarahumara: A Photohistory of People on the Edge* por Dirk W. Raat y George R. Janacek © 1996 de University of Oklahoma Press Se utiliza con permiso de la editorial.

Diseño de la portada por James F. Brisson

Limón, Graciela.
    [The Day of the Moon. Spanish]
    El Día de la Luna / by Graciela Limón; Spanish translation by María de los Ángeles Nevárez.
    p.   cm.
ISBN 1-55885-435-5 (trade pbk. : alk. paper)
    1. Indians of North America—Fiction. 2. Mexican-American families—Fiction. 3. Tarahumara Indians—Fiction. 4. Mexican Americans—Fiction. 5. Mexico—Fiction. I. Nevárez, María de los Ángeles. II. Title.
PS3562.I464D39   2004
813′.54—dc22   2004048525
                                                          CIP

4 5 6 7 8 9 0 1 2 3   10 9 8 7 6 5 4 3 2 1

A
Mary Wilbur,
quien ha inspirado mi escritura.

A Xipe Totec la desolló viva un espíritu voraz. Ella no murió. En lugar de morir, se vistió nuevamente con su piel y fue devuelta a la vida.

(Creencia Mexica)

Los antiguos creen que mientras dormimos nuestras almas se juntan con los espíritus de los muertos, y que ellos trabajan duro conjuntamente, más duro aún que durante el día cuando caminamos bajo la luz del sol. También creen que durante la noche, mientras soñamos, llevamos a cabo maravillosos y misteriosos actos con aquéllos que se han marchado al otro lado de las sierras. Dicen que durante este momento es cuando creamos nuevas canciones y poemas, y cuando descubrimos a nuestro verdadero amor. Lo llaman el Día de la Luna. Ocurre, según cuentan, cada noche en nuestros sueños.

(Creencia Rarámuri)

Prefacio

En esta novela aparece la tribu Rarámuri de México, la que según los eruditos, se cuenta entre las que más ferozmente resistió la penetración europea. Durante la temprana conquista española los Rarámuri buscaron amparo en las alturas de las cuevas de los cañones, donde viven hasta nuestros días. Este lugar, conocido como El Cañón del Cobre, queda entre los Mochis del Océano Pacífico y la ciudad de Chihuahua, México. Los españoles designaron a la tribu con el nombre de Tarahumara, pero ellos se auto designan Rarámuri—corredores descalzos. Yo he escogido llamarlos por el nombre de su preferencia.

—G. L.

Agradecimientos

Mi más sincera gratitud a Paz Tostado Vandeventer por las conversaciones que tuvimos sobre el milagro de la sanación. Es a Paz a quien le debo mis reflexiones sobre Xipe Totec como símbolo del poder regenerador del espíritu humano. Gracias a ella he escrito sobre Xipe Totec como una deidad femenina, aunque ésta es usualmente considerada por eruditos y conocedores del misticismo Mexica como una deidad de género masculino.

Quisiera también extender mi sentido agradecimiento a Mary Wilbur por generosamente dar de su tiempo y esfuerzo al editar el primer borrador de este manuscrito. Ésta es una ardua tarea, y ella nunca me dijo que no. También quiero agradecerle a Crystal Williams su asistencia a la hora de recobrar valiosa información sobre los Rarámuri. Finalmente, extiendo mi gratitud a Dr. Shane Martin, colega y amigo, y a su asistente de investigación, Ernesto Colín, quienes han leído *El Día de la Luna*, y han escrito sobre la novela.

Don Flavio Betancourt

Capítulo 1

Don Flavio Betancourt estaba sentado en su sillón, con la mirada fija más allá de los encajes de las cortinas de su recámara. Con la mirada vacía, sus ojos escudriñaban el lluvioso paisaje; vagamente consciente del silbido de los carros que pasaban frente a la casa. Su mente, sin embargo, estaba en otro lado. Había huido, como lo hacía casi siempre en estos días. Los pensamientos del anciano se le escapaban, brincando hacia el oeste, escurriéndose sobre los tejados, disparados hacia arriba, dando vueltas más allá del puente de la Calle Sexta, volviéndose hacia el sur, y precipitándose velozmente hacia México.

Tenía ochenta y cinco años, y se había puesto endeble con el tiempo. Ya no era alto, como lo había sido gran parte de su vida; se había encogido. Sus otrora musculosos brazos ahora colgaban flojos. Su espalda lucía escuálida y encorvada. Al caminar colgaba su cabeza caída, y sobresalía su menuda panza. Don Flavio miró sus manos manchadas, con los ojos entrecerrados, tratando de enfocar su borrosa vista. Les dio vuelta, con las palmas hacia arriba, vio que su piel estaba arrugada y amarillenta. Las plantó entonces sobre sus muslos, y vio sus venas azul oscuro; que le recordaron una telaraña. Cerró por un momento sus ojos, consciente de un indefinido malestar que le presionaba la boca del estómago. Cuando abrió los párpados, su mente retornó a sus recuerdos.

—No ocurrió todo de una vez—, murmuró el anciano mientras extendía la mano para mover los visillos. Los desplazó para así poder mirar por la ventana.

Aunque diminutos ríos de lluvia surcaban los cristales, él pudo adivinar el reflejo de su antiguamente apuesto rostro. Ahora macilentos pliegues de pellejo reseco colgaban de su quijada, moldeando los ángulos de sus labios hacia abajo, y otorgando a su rostro un semblante amenazador. De su cabellera espesa y casi rubia sólo restaban unas hebras de pelo canoso, amarillento pegadas a su cráneo con pomada. El color de sus ojos también se había transformado con los años. El azul de otros días era ahora un gris translúcido y apagado.

El reflejo de Don Flavio comenzó a alejarse de sus ojos, achicándose, desvaneciéndose como engullido por el lagrimoso cristal. De repente apareció otra imagen en su lugar; una que reincidía en su cerebro de improviso, y que lo hacía retorcerse en su sillón, o dónde quiera que lo acometía esta memoria. La aparición lo hipnotizaba, paralizando su voluntad de cerrar los ojos, y hasta la de frotárselos en un intento de ahuyentar el reflejo.

El espectro usualmente comenzaba a manifestarse con lo que aparentaban ser las pezuñas de un ciervo, las cuales se borraban y confundían hasta que se veía claro que no se trataba de pezuñas sino de los pies de un hombre. Tan raudos eran que sus huaraches parecían no tocar el suelo. Por encima de los pies se mostraban las piernas y muslos, el taparrabo, el musculoso estómago, el jadeante pecho y espalda, el cuello tenso con venas protuberantes. Entonces se configuraba la cabeza, con su larga cabellera negra suelta.

No era sino hasta ese momento cuando Don Flavio podía enfocar a El Rarámuri, el detestado indio. Ese rostro perseguía al anciano: la mandíbula sobresaliente, los labios finos parcialmente cubiertos por un ralo y caído bigote, la nariz aguileña, enmarcada por unos ojos de nómada. Y una vez completo el espectro, corría sin reposo, con una velocidad indescriptible ante la cual matorrales y peñascos parpadeaban y la cobriza tierra se desplazaba como una estela aumentando su velocidad. La imagen no se había movido del mojado cristal, pero Don Flavio tenía la certeza de que el trayecto cubierto por el indígena era descomunal, imposible para la mayor parte de los hombres. El reflejo avanzaba con un donaire que disimulaba la fatiga del corredor. Las pupilas del viejo se dilataron al recordar la primera vez que vio a El Rarámuri aparentemente sobrepasar al viento que soplaba a través de las hendiduras del cañón.

Finalmente, Don Flavio se cubrió el rostro con las manos, y un tenue gemido escapó de sus labios al tornarse su malestar estomacal en un dolor agudo. Intentó pensar en otra cosa, pero la visión parecía cauterizada en algún recóndito lugar más allá de sus ojos. Hizo un círculo con la palma de la mano sobre el empañado cristal, y asomándose a un inminente anochecer invernal se concentró deliberadamente en el color gris metálico del cielo. Entonces extendió su cuello para poder mirar calle abajo; quería ocupar sus ojos con cosas ordinarias. Allá, al cruzar la calle, estaba la sencilla casa de dos pisos de los Miranda. Ahí, hacia la derecha, el viejo vio el árbol que estuvo haciendo amagos de agonía por los últimos veinte años, y que finalmente se secó en septiembre. A la izquierda, estaba la Calle Tercera, y en la esquina el taller de neumáticos, con toda su mugre desparramada sobre la acera.

Don Flavio se esforzó en ver si había gente en la calle, pero no había nadie; estaba lloviendo a cántaros. Gruñó frustrado al recostarse de nuevo en su sillón. Le sudaban las manos. Se dio cuenta de que al escudriñar la calle solamente había interrumpido la carrera del indígena y que el mortificante reflejo había regresado a mofarse de él. Recostó su cabeza rendida sobre el respaldo del sillón, con los ojos apretados, y la boca cerrada con determinación, tragaba la saliva amarga que le cubría la lengua.

Se escuchó un mortecino golpe a la puerta.

—Entra.

—Buenas noches, Don Flavio.

—Buenas noches.

La lacónica respuesta de Don Flavio a la anciana fue la usual; él ya casi no hablaba. Cuando ella puso la bandeja en la mesa al lado suyo se limitó a inclinar la cabeza. Era temprano en la noche, hora del chocolate caliente. Emitió un gruñido en señal de gratitud, pero al estar ella a punto de salir, él la miró y dijo, —Úrsula, no voy a cenar esta noche.

Úrsula Santiago hizo una pausa mientras sus intensos y pequeños ojos se acostumbraban a la penumbra de la alcoba; las canas que surcaban su grueso cabello brillaron con los últimos rayos de luz del atardecer. Tenía una cabeza pequeña y perfilada, como cincelada en piedra. Los pronunciados y huesudos pómulos, así como las arrugas que cercaban sus delgados labios, recalcaban su nariz ganchuda. En la oscuridad, su piel era morena y rojiza. Úrsula era una mujer pequeña, pero tenía un porte altivo y se desplazaba con firmeza, aun ante el anciano.

Ella inclinó la cabeza. Sabía que él estaba padeciendo dolor. Ya había notado que en los últimos meses con frecuencia él había dejado de cenar. Lo que Úrsula no sabía era que en ese momento Don Flavio no se preocupaba por el constante escozor en su estómago, sino que sentía alivio. La llegada de Úrsula a la recámara había detenido al Rarámuri. La imagen se había desvanecido de la ventana.

Don Flavio retuvo a Úrsula nuevamente, antes de que ella abandonara la habitación.

—¿Dónde está la moza? Hace días que no la veo.

—Alondra está en la cocina. —Le resintió el hecho de que él no pronunciara su nombre—. ¿Quiere que la llame?

—Sí. Dile que venga un momento.

Úrsula observó al hombre a quien había servido desde los diecisiete años. Antiguamente había sentido un temor reverencial hacia él, pero los años lo habían acabado, le habían arrebatado su arrogancia, dejando sólo esta cáscara de hombre postrado ante sus ojos. Cuando él y Brígida, su hermana, habían huido de México con Samuel y Alondra, Úrsula también fue con ellos, porque tenía una promesa que guardar. Pasó el resto de su vida en cumplimiento de esa promesa.

—Espera. Dile a mi hermana que también quiero hablar con ella.

—¿Ya olvidó, don Flavio? Doña Brígida está muerta.

—¡Ja! Y eso, ¿qué importa? ¡De todas maneras, yo no quiero hablar con locas!

Úrsula resolló por la nariz al pensar que doña Brígida no había estado loca, que había sido casi siempre comprensible, aunque había tenido sus lapsos en las postrimerías de su vida. En esas instancias, todos se sonreían, o se reían tontamente, con la constancia de que su mente divagaba de nuevo. Úrsula se encogió de hombros, y abandonó la habitación cerrando con delicadeza la puerta. Don Flavio esperó, rehusándose a mirar por la ventana. En unos pocos minutos, escuchó un golpe en la puerta.

—Entra.

Él no la miró. Bien sabía quien estaba enfrente de él, y se mantuvo en silencio.

—Don Flavio. Ya estoy aquí.

—Ya lo sé.

—¿Quiere que encienda la *lamp*?

—No. ¡Y no mezcles los idiomas!

Se mantuvo en silencio una vez más, encorvado y oculto dentro del sillón, reflexionando sobre lo mucho que le fastidiaba su forma de hablar. A la postre aspiró profundamente por la boca mientras contemplaba a la jovenzuela. Primero, observó los pies, calzados con unas raídas zapatillas de tenis. Se fijo luego en las piernas, los muslos, las caderas; estaban revestidos con unos descoloridos pantalones vaqueros. Sus ojos se deslizaron hacia arriba, recorriéndole el vientre, los pechos, los hombros, el cuello. Advirtió la camisa de algodón metida dentro del pantalón, acentuando su cintura delgada. Era alta, espigada, y bien formada.

Por último, se fijo en su rostro: era ovalado, casi largo, realzado por el cabello que le llegaba más abajo de los hombros. La oscuridad ya había invadido el recinto, pero él sabía que su pelo era negro como el azabache. Don Flavio atisbó su tez aceitunada con matices color café alrededor de la sien y bajo la perfilada nariz. Su boca, pensó, era como la de todos ellos: ancha, de labios finos, sensual. Hizo entonces lo que más temía.

Miró los ojos de Alondra: negros, hundidos, rasgados, con largas y lacias pestañas. Súbitamente se tornaron en los ojos de su propia madre. El anciano, incapaz de sostener la mirada fija de Alondra se dio vuelta. Cuando miró de nuevo, sus ojos se habían convertido en los del odiado Rarámuri que lo atormentaba. La mirada se clavó recriminadora sobre el viejo quien cerró sus ojos.

—¡Vete de aquí!

En su voz se entremezclaron la ira y la angustia. Alondra ni se sorprendió ni se ofendió; esta escena se había repetido con frecuencia en los últimos meses. Había venido a verlo solamente porque se lo había ordenado su abuela Úrsula. Salió de la habitación sin decir palabra.

Don Flavio se esforzó en dominar el temblor que lo sobrecogió. Miró por largo rato la jarra sobre la bandeja antes de intentar servirse. Cuando al fin lo hizo, su mano se estremeció al servir el líquido caliente, obligándolo a tomar la taza con ambas manos. El humeante aroma del chocolate lo calmó, y miró hacia arriba siguiendo la estela serpenteante del vapor. De pronto se enderezó. Inclinó la cabeza, y aguzó los oídos. Al principio escuchó algo distante, un eco, apenas perceptible, que se intensificaba, se hacía más estrepitoso, más potente. Don Flavio sintió entonces la estruendosa vibración batiendo contra el piso de madera, y reconoció el sordo martilleo de los cascos de un caballo galopando a toda carrera sobre la explanada de tierra de su hacienda.

El anciano contuvo la respiración, y entonces la vio. Su hija Isadora, montaba a pelo y recorría vertiginosamente el llano. Sus manos se agarraban de la crin del animal y sus piernas estrechaban sus flancos. El traje blanco de algodón que llevaba puesto se ceñía a su cuerpo, y se levantaba más arriba de las rodillas, exhibiendo sus piernas y las botas que él le había obsequiado. Se reía desafiando el viento que azotaba su rostro. Sus cabellos dorados, con los rayos del sol atrapados en sus bucles, resplandecían sobre su cabeza como un aura.

Don Flavio se sonrió exhibiendo los dientes amarillentos y desgastados. Ya no estaba temblando y se sentía más sereno. Le encantaba evocar la imagen de su hija, sobre todo la de ella montada sobre la fogosa yegua que él le había regalado cuando había cumplido los dieciocho años. Suspiró, repasando en su memoria ese día cuando ella montó la yegua por primera vez. Isadora montaba mejor que cualquiera de sus vaqueros; se hacía una con el animal.

Don Flavio cerró los ojos, escuchando el manantial cantarín de su risa, y a ella llamándolo. Esa mañana él se montó en su caballo y galopó a su diestra. Juntos cabalgaron a través del campo hasta llegar a la vertiente que marca el nacimiento de la Sierra Madre. Él amaba a Isadora más que a nadie, más que a cualquiera de sus posesiones, más que a sí mismo. Ese día, cuando cabalgaron hasta la sierra, él amó tanto a Isadora que su corazón se desbordaba de alegría.

Los galopantes cascos se alejaron hacia el pasado, el anciano, empero, mantuvo cerrados los ojos. Ya había oscurecido y podía escuchar la llovizna contra los cristales. Se quedó sentado en la penumbra, musitando, murmurándole a su hija, tratando de explicarle lo que había hecho. Sus memorias alzaron el vuelo nuevamente, remontándose sobre el lluvioso cielo angelino, de vuelta a México. Su vida se dividía en dos partes: la previa a Isadora y la posterior a ella.

ନ୍ଦ   ନ୍ଦ   ନ୍ଦ

Él era, al principio, un niño común y corriente. Su padre, Edmundo Betancourt, era un tendero que había emigrado desde algún lugar de España hacia Arandas, Jalisco. Nunca hablaba de sí mismo; y durante su niñez Flavio escuchó decir que se sospechaba que su padre era un desertor.

Flavio tenía una hermana seis años menor que él, Brígida. Ambos habían heredado de su padre la tez clara y los ojos azules. Su madre, al contrario, era de tez muy morena. Era una indígena, y Flavio nunca supo por qué su padre se tuvo que casar con ella. Según recordaba, su padre casi nunca le dirigía la palabra. Pero su imagen no se desprendía de Flavio. Su rostro era perfilado, su piel del color del caoba, y sus ojos eran almendrados con largas y lacias pestañas. Siempre llevaba el cabello negro y grueso en una trenza que abrigaba su nuca.

Flavio no recuerda haberla escuchado nunca hablar, y casi nunca se acercaba a sus propios hijos, ya que su padre le había ordenado que se ocupara de los quehaceres domésticos; que él se haría cargo de los niños. Flavio sólo tenía dos recuerdos de su madre. Uno de cuando se escabulló en la cocina y la observó por largo rato. Ella se movía en silencio, atendiendo la estufa, y luego lavando las ollas en el fregadero de piedra. Aún dentro de esa lóbrega cocina llena de humo, ella había detectado su presencia. Lo sabía porque mientras hacia sus labores ella miró hacia la esquina donde él estaba, y le sonrió. Él lo recuerda claramente.

El segundo recuerdo se remonta a otro momento cuando estaba sentado a la mesa esperando el desayuno. Brígida estaba sentada frente a él, y su padre no se había sentado aún a la mesa. Su madre entró a servirles la leche. Ella le estaba sirviendo, cuando de pronto, bajó la jarra y tomó el rostro de Flavio entre sus manos. Lo sostuvo de manera que él tuvo que mirarla a los ojos. Eran tan negros que brillaban como la plata, pero no eran duros y fríos, eran acogedores y cálidos. Este gesto de su parte sólo duró unos segundos. Al entrar su padre al comedor, ella lo soltó y regresó a sus quehaceres.

Flavio siempre pensó que era raro que ambos, él y Brígida hubieran surgido de un cuerpo tan moreno. A veces se preguntaba si ella era verdaderamente su madre. Él no quería una madre indígena. Sin embargo, los sirvientes no le permitían olvidar quién era ella; y hasta su padre admitía que ella era la madre de Flavio. Mas él sabía que su padre nunca amó a la mujer que le dio dos hijos, y nunca quiso compartir con ella.

Ella murió cuando Flavio tenía quince años. Para ese entonces, él casi la había olvidado por completo. A menudo, Flavio pensó que el principio de su historia lo marcaba su decisión de borrar a su madre de sus recuerdos. Se convenció de que eso no era nada malo, porque aunque él no quería a su madre, sí amaba a su hermana. Muchos años más tarde descubrió que estaba equivocado: La única persona a quien él amó en su vida fue a su adorada hija.

Flavio abandonó la casa de su padre a los dieciocho años porque no quería ser tendero. Viajó hacia el norte; si un hombre quería alcanzar el éxito tenía que ir al norte. Le tomó varios años encontrar un lugar que le gustara lo suficiente como para quedarse. Trabajó en granjas, ranchos, y pueblos, alejándose cada vez más del niño común y corriente que una vez fue.

Se sintió afortunado cuando consiguió trabajo en la Hacienda Miraflores, porque su dueño, Anastacio Ortega, era miembro de una poderosa familia. A Flavio le gustaba observar cómo caminaba el patrón y cómo se calaba el sombrero; y sin que nadie se diera cuenta, comenzó a imitarlo. Eso duró hasta el día en que le ganó a Anastacio Ortega una partida de naipes.

ଔ ଔ ଔ

Sentado en su sillón, el anciano don Flavio, miró hacia la ventana y repasó en su memoria ese momento. Logró evocar aquel olor a licor y tabaco. Esa noche se enmudeció todo ruido en la cantina. Se silenciaron las juguetonas notas del piano al lado de la barra. Cesaron las risotadas y los forcejeos. Las mujeres, maquilladas, perfumadas, y encorsetadas, emigraron calladas hacia la mesa de juego. Los hombres, sudados, apestosos y sucios, le dieron la espalda a sus tragos a medio tomar. Un hombre se paró tan súbitamente que la mujer que tenía sentada en las piernas se cayó al piso.

Capítulo 2

Ciudad Creel, Chihuahua, 1906

—Amigo, cuidado. Don Anastasio sabe lo que hace. Usted puede perderlo todo, hasta su salario.

Celestino Santiago murmuró, inclinado sobre el hombro de su amigo, en un intento de convencerlo de no hacer la próxima jugada. Con sus veintiséis años, Flavio Betancourt bien sabía a lo que se refería Celestino; el hombre sentado frente a él era su patrón, el dueño del rancho que le pagaba por domar caballos. Tenía la reputación de ser un tahúr despiadado.

Flavio miró a Celestino sin responderle por algunos segundos, como si su próxima jugada estuviera reflejada en sus ojos. Flavio observó el rostro de piel cobriza, con su nariz perfilada y ganchuda, los ojos negros y almendrados, de pómulos anchos y con un protuberante labio superior cubierto por un bigote caído y enroscado que le llegaba hasta la barbilla. Miró entonces Flavio con detenimiento al que estaba repartiendo las cartas. El delgado rostro del individuo no revelaba nada. Estaba serenamente sentado con la baraja firmemente en las manos. Su ceño era tan severo que Flavio apenas pudo distinguir sus pupilas diminutas.

Flavio miró entonces la mesa sobre la cual yacían una pila de pesos de plata, ceniceros llenos de colillas de habanos y de cigarrillos, y botellas vacías de cerveza y de tequila. La atmósfera estaba nublada con el velo azul del humo. Parte del dinero apilado era producto de cinco años de trabajo, y parte lo había ganado esa noche, pero el caso es que ahí yacía todo su capital. Si perdía, no le quedaría nada; tendría que empezar de nuevo.

Anastasio Ortega intentó sonreírle a su vaquero, pero lo que apareció bajo su grueso bigote fue una mueca de desprecio. Él era un jugador experto, pero había estado perdiendo considerablemente toda la noche. Mientras esperaba, Anastasio tuvo presente que él pertenecía a la clase hacendada de Chihuahua. Aun si perdía todo, habría más bienes aguardando tras la puerta paterna.

En el silencio circundante, Ortega se percató que sus peones y las mujeres que se acostaban con sus peones rodeaban la mesa. Le hicieron pensar en buitres. Miró por sobre su hombro izquierdo para asegurarse de la presencia de su guardaespaldas. Flavio estaba tomándose su tiempo en hacer la apuesta, y para Anastasio los minutos transcurrían lentos. Anastasio examinó nuevamente su jugada y pensó que era casi inmejorable. Había sido un tonto al pensar que podía seguir perdiendo. En todo caso, ya se había lanzado. Anastasio resolló con seguridad al sentir la vacilación por parte de Flavio. Trató de sonreír, y nuevamente sólo le salió una mueca.

—Yo mando. Mil pesos. El todo por el todo.

Cuando Flavio deslizó sus monedas hacia el centro de la mesa, volteó un vaso cuyo contenido se derramó al suelo. Anastasio se mantuvo inmóvil.

—He pagado para ver. —La voz de Flavio era firme, casi exigente—. ¿Qué tiene?

—Tres Reinas y un par de diez.

Anastasio desplegó sus cartas sobre el sucio fieltro verde. Brillaron a través del humo los brillantes colores de los perfiles de las reinas, las espadas, los diamantes y los diez. Un siseo —mitad silbido, mitad suspiro— emergió de los espectadores.

Sin decir palabra, Flavio puso sus cartas sobre la mesa. Todo el mundo se inclinó hacia el frente, estirando el cuello, apilándose lo más posible. Celestino cerró los ojos con la certeza de que la mano de Flavio no podía ganarle a la de Anastasio, pero los abrió cuando oyó un quejido. Se quedó con la boca abierta al contemplar los resaltantes rojos y negros de los cuatro ases junto a la demoníaca sonrisa del comodín burlándose de Anastasio Ortega.

13

Hubo silencio por unos instantes. ¿Estaba armado Anastasio Ortega? ¿Y si alguien sacaba un puñal? Calladamente, los espectadores se dirigieron sigilosamente hacia las puertas, hacia las escaleras, hacia cualquier lugar donde estuvieran seguros. Solamente quedaron parados al lado de Flavio, Celestino Santiago y el guardaespaldas de Anastasio.

Ninguno de los dos hombres dijo una sola palabra; parecería que estaban amarrados a las sillas donde se encontraban. Fue Anastasio quien primero se movió. Se inclinó y empujó el montón de monedas hacia Flavio, intentando sonar calmado y flemático.

—Es tuyo. Te lo has ganado.

Su imprevista conducta dejó perplejo a Flavio, porque él también esperaba un enfrentamiento. Sintió una creciente aprensión según acercaba cautelosamente las monedas hacia su pecho. Nunca había visto o poseído tanto dinero.

—¿Es usted un buen perdedor?

Anastasio le sonrió cáusticamente a Flavio, pero se mantuvo callado por largo rato.

—No. Yo no soy un buen perdedor, y retiro lo dicho. Yo no he perdido ya que voy a ganarlo todo de vuelta. Tengo una apuesta más, y tú vas a ser él que va a perder. ¿Estás dispuesto a jugar una última mano?

La voz de Anastasio era desafiante, casi sarcástica. Su guardaespaldas le puso una mano en el hombro, intentando disuadirlo, e inducirlo a irse de allí. Anastasio se sacudió mientras miraba fijamente a Betancourt. Metió la mano dentro del bolsillo interior de su casaca y sacó un documento.

—Es la escritura de mi hacienda. Incluye a mi mujer y cuatro hijos. Lo apuesto todo contra ese dinero que tienes frente a ti.

Ahora fue Celestino quien agarró a Flavio por el hombro mientras le susurraba:

—No lo hagas. Ya has ganado más dinero de lo que ganarías en cinco años. No se arriesgue, Flavio. Además, vas a tener que enfrentarte al clan entero de los Ortega si ganas. Llévate el dinero, y sal de aquí.

El Día de la Luna

—¿Su hacienda? ¿Su mujer y sus hijos? Usted se está burlando de mí, don Anastasio. No puede estar hablando en serio. —Flavio se levantó bruscamente, listo para irse, pero Anastasio lo embistió desde su silla, sujetando a Flavio en la suya. Se miraron con ferocidad.

—¿Nunca has oído de una apuesta como ésta? Ocurren a menudo. Betancourt, ésta es la oportunidad de tu vida. ¿Pensaste alguna vez que estarías en posición de ser dueño de una hacienda como la mía? Ahora puedes ser tú el patrón. ¡Piénsalo! Sería de necios rehusarse.

Flavio se relajó en su silla. Él siempre había soñado con ser hacendado, había deseado en secreto ser uno de los terratenientes de la región. Podía ver la burla en los ojos de su patrón. Empujó los pesos hacia el centro de la mesa.

—¡Una baraja nueva!

La orden de Anastasio al de las cartas fue incisiva y apremiante. El hombre se dirigió en silencio hacia un gabinete. Los jugadores se miraron fijamente mientras el hombre sacaba la baraja de su caja, barajaba las cartas, e indicaba que todo estaba listo.

—Un albur.

Celestino comenzó a respirar por la boca al escuchar a Anastasio exigir la única jugada que limitaba las posibilidades para los jugadores. El albur dicta que se corten las cartas y se le entregue a cada jugador solamente una. La carta más alta gana la apuesta. Una carta para cada uno, eso es todo; no se descarta, no se brindan nuevas posibilidades.

A Flavio se le secó la boca. Todavía tenía tiempo para retirarse, para tomar su dinero, y volver a trabajar para Anastasio Ortega como si nada hubiera ocurrido. El juego era algo de todos los días en Creel y en las haciendas circundantes. Pero cuando miró a su adversario, detectó miedo en sus ojos, lo cual hizo toda la diferencia para Flavio.

—De acuerdo. Un albur.

Asintió, pensando que su voz sonaba apagada, distinta.

El hombre barajó y volvió a barajar las cartas. Al momento

15

de cortarlas, le preguntó a ambos si estaban de acuerdo en que él las cortará. Ambos asintieron. Le entregó la primera carta a Anastasio, y la segunda a Betancourt.

—Señor Ortega, sírvase mostrar su carta.

La voz del hombre se escuchaba tensa, nerviosa. Anastasio dio vuelta a su carta. Era el diez de espadas.

—Señor Betancourt, sírvase mostrar su carta.

La voz del hombre había escalado de tono. A Flavio le temblaron los dedos al darle la vuelta a su carta. Era el comodín, nuevamente con su sonrisa demoníaca. Los carrillos de Anastasio comenzaron a estremecerse según se levantaba. Su voz se resquebrajó bajo el peso del insulto que le arrojó al ganador.

—¡Eres el patrón, hijo de tu chingada madre!

Flavio eligió responder calmadamente, y su tono de voz lo sorprendió hasta a él mismo: aunque quedo, estaba cargado de soberbia. Ahora podía darle órdenes al hombre que, segundos antes, había sido su jefe. A Flavio le complacieron sus palabras y lo que sentía.

—Su hacienda y todo lo que hay en ella ahora me pertenece, pero llévese a su mujer y a sus hijos. Yo no los considero parte de la apuesta.

ରେ ରେ ରେ

Flavio y Celestino salieron y caminaron por las enlodadas calles de Ciudad Creel envueltos en un profundo silencio que se prolongó por casi una hora. Cada uno acunando sus pensamientos como si todavía tuvieran las cartas asidas al pecho. Celestino comprendía que ya no eran iguales. Hasta entonces, habían sido compañeros, juntos domaban caballos y habitaban el barracón común compartido por mestizos y Rarámuris. Ahora, Flavio era el patrón.

Al día siguiente, Flavio estaba preparado para ser firme cuando llegó a la hacienda para asegurarse de que Anastasio Ortega se hubiera llevado a su esposa e hijos de la propiedad. Cuando vio a la mujer y a los niños llorando, sintió lástima.

Casi se avergonzó de sí mismo, pero mantuvo los sentimientos a raya. Había ganado limpiamente, sin trampas, ni traición. Era lícito, no tenía nada de que arrepentirse. Volvió la espalda mientras Anastasio Ortega montaba a su familia sobre un carruaje, y no dio vuelta atrás. Nunca más volvió a ver a Anastasio Ortega.

Luego de ganarse la hacienda, Flavio se concentró en su casa y sus tierras. Hacia falta hacer mejoras y extensiones. También México estaba cambiando. La insurrección de los mineros de cobre de Cananea había sido reprimida, pero no olvidada. Don Porfirio, el Presidente, estaba en apuros. Todos lo sabían. Aquéllos que se aferraran a los métodos de siempre iban a quedarse atrás.

Más adelante, al comenzar la guerra, él fue prudente. Husmeaba el ambiente, y cuando los revolucionarios estaban arriba, él era revolucionario. Cuando los federales tomaban la delantera, era federal. Cuando los zapatistas reclamaron tierras para sus indios y peones, Flavio los apoyó, pero nunca indicó cuándo iba a renunciar a sus tierras. Dependiendo siempre en quien resultara victorioso, Flavio fue carrancista, villista, u obregonista. No importaba. Mientras estuvieran arriba, él estaba con ellos.

ෲ ෲ ෲ

En la penumbra creciente de su habitación el anciano movió la cabeza, aprobando su recuerdo distante, intentando convencer a su hija de la integridad de sus acciones. Bien sabía que ella no estaba en la habitación junto a él. Sin embargo, la podía ver. Su madeja de rizos rubios formando un aura alrededor de su rostro, cincelándola por sobre la oscuridad. Don Flavio aspiró el aire húmedo de Chihuahua, y le señaló a su hija que era una época en la que los hombres hacían y perdían fortunas en una apuesta regida por el capricho de la sonrisa de un comodín. Arrugó el entrecejo mientras ponía las manos nudosas sobre su hinchado vientre, con la esperanza de que ella pudiera comprender su versión de la historia.

Capítulo 3

Cinco años después de que Flavio tomara posesión de la hacienda, Brígida Betancourt se bajó del tren en Ciudad Creel y encontró a su hermano aguardándola. Hacía más de diez años que no lo veía. La larga travesía la había fatigado. La distancia entre Jalisco y Chihuahua, aun viajando con una dama de compañía, le había parecido interminable.

Don Porfirio Díaz había renunciado a la presidencia en mayo de ese año después de que el joven Francisco I. Madero había tomado Ciudad Juárez. En el mes de junio sus tropas habían avanzado hasta Ciudad México, y el ejército de Emiliano Zapata se estaba organizando para formular un plan para fines de mes. El tren donde viajaba Brígida se había tropezado con obstáculos y bloqueos. Los vagones estaban llenos más allá de su capacidad. Hordas de peones, casi todos armados, se aferraban a los tejados de los furgones, cargando con sus posesiones, y hasta con sus mujeres e hijos.

—Bienvenida a Chihuahua. Espero que tu viaje no haya sido demasiado desagradable. —Flavio habló en voz baja, y su sonrisa delataba que bien sabía por lo que ella había pasado.

—No fue demasiado duro.

Como era común, Brígida se encontró desprovista de palabras; siempre le fue difícil hablar más allá de lo necesario. Observó detenidamente a su hermano y vio que había crecido desde que lo había visto por última vez. Su cuerpo estaba musculoso, y su tez, tan blanca como la suya, estaba bronceada por el sol norteño. Notó, cuando él se quitó el sombrero, que su pelo estaba más rubio de lo que ella lo recordaba, así como también el

18

bigote a la antigua que sombreaba su carnoso labio superior. Flavio también examinó a su hermana. Sus ojos azules centelleaban como cuando era niña. Sus facciones eran elegantes, finamente cinceladas, y cuando miró más abajo de su garganta, pensó que para ser mujer, era bastante alta.

—Sé que aquí encontrarás la felicidad.

Flavio se inclinó y rozó su mejilla con un beso. Brígida le sonrió como respuesta, y él pudo ver que sus dientes eran blancos y parejos; lo cual le agradó ya que él tenía la intención de que Brígida fuese el corazón de la hacienda hasta el día de sus nupcias con Velia Carmelita Urrutia. Después, él le conseguiría un marido. Era alentador ver que era atractiva, a pesar de casi haber pasado la edad de casamiento.

El cochero y dos indígenas Rarámuri pusieron el equipaje y los paquetes en una carreta mientras ella y Flavio esperaban a la sombra de un pórtico. Cuando el cochero dio la señal de que estaban listos para marcharse, Flavio tomó a su hermana del brazo, y la ayudó a montarse en el coche. Viajaron en silencio hasta llegar a los portalones de la hacienda. Flavio Betancourt había prosperado en los últimos cinco años. Había convertido aquel rancho de caballos en una vasta hacienda que se extendía hacia las faldas de la Sierra Madre en el oeste, y hacia abajo a lo largo de la Sierra Tarahumara. Sus tierras se extendían hacia el norte casi hasta Ciudad Chihuahua, y hacia el sur casi hasta Ciudad Creel. El Río Urique regaba los llanos de la Hacienda Miraflores antes de desaparecer dentro del Cañón Urique.

Las manadas de animales que Anastasio Ortega había perdido en la mesa de juego se habían multiplicado bajo la tutela del nuevo dueño y convertido en miles de caballos de paseo y mulas de carga. Flavio Betancourt ahora socializaba y hacia transacciones con las familias más poderosas —con los Terrazas, los Urrutia, los Reynoso, y hasta con los Manrique. Su ganado se comerciaba en mercados y subastas tan al norte como las minas de cobre de Cananea en Sonora, y tan al sur como las minas de plata de San Luis Potosí y Guanajuato. Tenía veintenas de peones, de domadores de caballos, y de indígenas Rarámuri. Y todos le pertenecían. Él les había permitido multiplicarse. Él había sabido lidiar con los ejércitos revolucionarios que iban y venían a través de Chihuahua.

ଔ ଔ ଔ

Miró a Brígida de reojo, e indicándole al cochero que se detuviera, Flavio extendió sus brazos, y señaló hacia las edificaciones que se vislumbraban frente a ellos.

—Éste es tu hogar. Lo he llamado Hacienda Miraflores.

—Apuntó con su quijada hacia una casa solariega rodeada de un claustro abovedado. La rodeaban chozas y cobertizos de tamaños diferentes que yacían alrededor de la residencia rosada como flores cobijadas a la sombra de un gran árbol. El gesto arrogante de Flavio, sin embargo, se desbarató al darse él la vuelta y encarar a Brígida. Ella lo miró, y lo sorprendió con el descaro de su mirada; su confianza comenzó a derrumbarse. Flavio se dio cuenta que ella no le temía, y que tampoco le impresionaba lo que tenía ante sus ojos.

—No has preguntado por nuestro padre. ¿No te interesa tener noticias suyas?

El tono de voz de Brígida lo sorprendió. Era frío, amenazador, y no le gustó. Se había acostumbrado a ser el único en hablar con ese tono.

—Está muerto. ¿Qué más necesito saber?

Le tocaba ahora a Flavio ser dominante, con su voz de hielo. Frunció el entrecejo, detestando el giro que tomaba la conversación.

—Debes saber que se quitó la vida debido a que habíamos caído en la pobreza. Tú podías haber prevenido que eso sucediera.

Miró fijamente a su hermana, dándose cuenta que, en ese momento, la detestaba intensamente. Quiso decirle que la única razón por la que ella estaba allí era porque él necesitaba la legitimidad que confiere tener familia. Resentía su retintín, su actitud, y, más que nada, su mirada insolente. Decidió que le conseguiría un marido cuanto antes.

Flavio le indicó al cochero que se dirigiera hacia la entrada. Un silencio malhumorado los rodeó hasta que se detuvo el coche. Flavio saltó del vehículo sin pisar los escalones. Se dio la vuelta, y le extendió la mano a Brígida, quien bajó del coche con un aire aristocrático que sorprendió a Flavio, pero que, según sus cálculos, le sería útil a la hora de negociarle matrimonio. Esa noche, mientras le servían la cena, Flavio fue directamente al grano.

—Me voy a casar el mes que entra. —Estaba comiendo una pera, y mientras cortaba cada pedazo se los iba poniendo en la boca con la punta del cuchillo. Esperó a escuchar la respuesta de Brígida.

—¿Casarte? ¿Con quién?

Sus cejas se enarcaron. Su expresión reveló que ahora comprendía por qué la había hecho viajar cientos de millas a su hacienda.

—Se llama Velia Carmelita Urrutia. Su familia es influyente por estos lares.

—Ya veo. —Brígida no estaba comiendo; frotaba un vaso de agua entre sus manos—. ¿La amas?

A Flavio nuevamente le molestó la brusca manera con la cual su hermana indagaba sobre sus asuntos privados. Le repugnó el que Brígida lo escudriñara. Nunca le gustó ese tipo de preguntas, especialmente cuando provenían de una mujer, y sobre todo si esa mujer era su hermana.

—¿No te parece que eso es asunto mío?

—Ya has respondido a mi pregunta. Supongo que la pregunta de más peso sería si ella te ama a ti. ¿No?

Brígida sonrió con el sarcasmo reflejado en el rostro. Parecía que iba a reventar de la risa. No era así como Flavio había imaginado a su hermana. Había asumido que ella no sólo le estaría agradecida, sino que sentiría admiración por él. En lugar de ello, era grosera e insolente. El rostro de la joven era una máscara que ocultaba algo recio.

Flavio luchó contra el impulso de incorporarse y darle una bofetada. En vez de esto, llenó su copa de vino y se la bebió de un trago. Ya sabía que su convivencia bajo el mismo techo no iba a funcionar. Había pensado que su presencia le brindaría a Hacienda Miraflores la mesura y el respeto exigidos por una familia como la Urrutia. Su hermana, por el contrario, no sería nada menos que una molestia constante, una desventaja. Flavio se dio cuenta de que había cometido un error. Miró detenidamente a Brígida con los ojos entornados, y decidió ponerla en su lugar inmediatamente.

—Yo no te traje de Arandas para que te burlaras de mí. Quiero que entiendas eso ahora mismo.

Estaba sentado tieso en una silla con espaldar alto, y presionó su cuerpo contra el espaldar con tal fuerza que escuchó rechinar el marco de madera. Presenció, empero, como la expresión burlona de su hermana se había intensificado alrededor de ojos y boca. Rebuscó en su mente alguna medida para quebrantar su temple.

—Es mi intención que te cases lo más pronto posible después de mi boda. Yo . . .

Una carcajada por parte de Brígida vino a interrumpir el discurso de Flavio. Una carcajada vulgar y sonora como un graznido, que nació desde lo más profundo de su ser y que hizo eco por la techumbre elevada de la cámara. Siguió riéndose hasta que se le puso colorado el rostro, y se le salieron las lágrimas. Le puso el dedo en la llaga a Flavio. *Ella se estaba riendo de él.* Flavio supo que estaba por perder los estribos al saborear la hiel en su boca.

Mientras Brígida se reía, Flavio se puso de pie, tirando la silla al suelo. Con el puño, dio un golpe tan contundente sobre la mesa que platos, vasos y cubiertos cayeron al piso. Las dos sirvientas que entraron al comedor a ver lo que pasaba terminaron agachándose de miedo al ver a don Flavio de pie, con la cara amoratada por la cólera y los pelos de punta como si hubiese visto al mismísimo demonio.

—Ya tendrás noticias mías mañana.

Salió del comedor con paso majestuoso, no sin que antes Brígida tuviese la última palabra, su voz todavía burlona.

—¡Nunca vas a conseguir casarme! ¡Nunca! ¡Jamás!

ର ର ର

Al otro día, aún en la cama, recibió una carta de Flavio. La sirvienta que se la trajo tocó a la puerta, abrió las persianas y las ventanas, y se inclinó con reverencia ante la hermana del patrón.

—Buenos días, Niña.

—Buenos días.

Brígida miró detenidamente a la mozuela mientras ésta se desplazaba doblando la ropa y aseando la recámara. Le fascinaron los ademanes elegantes y sosegados de la indígena, y el modo en que sus pies descalzos se deslizaban sobre el piso de madera pulida.

—¿Cómo se llama?

—Úrsula Santiago, Niña.

Se trataba de una Rarámuri ataviada con el tradicional vestido de algodón que llegaba casi hasta los tobillos. Su cabello dividido en dos trenzas le llegaba más abajo de los hombros. Le entregó a Brígida el sobre sellado y abandonó en silencio la habitación.

Brígida, te casarás con el hombre que yo escoja para ti cuando yo te lo ordene. Si decides no obedecerme, te echaré a la calle.

La nota carecía de signatario. Brígida se recostó a reflexionar por largo rato sobre las almohadas con la nota estrujada en su puño izquierdo. Entonces alisó el papel y releyó las palabras. Se levantó de la cama, llamó a la sirvienta, y le dijo que le trajera agua caliente para bañarse. Después de bañarse, se vistió, pidió una taza de chocolate caliente, y se la tomó mientras miraba por la ventana.

Brígida le temía a la pobreza, pero le temía aún más al matrimonio. Desde su niñez sabía que haría cualquier cosa con tal de evitar la situación que había convertido a su madre en una sombra. Había sido muy joven cuando murió su madre, pero Brígida recordaba bien cómo su padre había despreciado a la mujer que una vez le había brindado placer. Estaba convencida de que ese abandono había sido la causa de la enfermedad y muerte de su madre, por eso había decidido no casarse nunca.

Brígida cerró los ojos; estaba vacilando, no sabía qué hacer. Lamentó haberse burlado de su hermano, pero lo había hecho inconscientemente. Su alusión al matrimonio la había sorprendido y enervado. Sin duda, había sido una amenaza de su parte, y algo dentro de ella se había rebelado y lo había desdeñado. Consideró disculparse, pero algo muy adentro sintió repugnancia ante la idea. Consideró entonces acatar sus órdenes y casarse, pero el mero pensamiento le dio asco.

Brígida se decidió. Se dirigió al escritorio que se encontraba al otro lado de la recámara, sacó una hoja del cajón y le respondió a su hermano.

Yo nunca me casaré porque no nací para esos menesteres. Si me echas a la calle, armaré un escándalo tan tremendo que te repudiarán los Urrutia y las demás familias respetables.

Flavio Betancourt se vio obligado a permitirle a su hermana quedarse en Hacienda Miraflores mientras él planeaba su boda. Él contribuyó a la unión de propiedades que, aunque algo modestas, se contaban entre las más prometedoras de Chihuahua. Sin embargo, aunque ahora era un hombre rico, todavía era un recién llegado; de lo cual nadie se había olvidado, especialmente Flavio.

Por otra parte, Velia Carmelita Urrutia, se aportó a sí misma como el botín principal de su dote matrimonial. Ella era la única hija de don Plutarco y doña Domitila, una de las familias más poderosas de la región, eran dueños de minas de plata y de cobre, así como de vastos territorios ricos en minerales. Don Plutarco había participado del auge minero de fines de siglo en el Cañón de Batopilas; a él le pertenecía, ya para la época de la boda, la mundialmente reconocida veta de La Bufa.

Se trataba de un matrimonio convenido aunque Flavio se había enamorado de Velia Carmelita cuando la vio por primera vez, hacía tres años, en su primer baile de sociedad. En ese momento, ella no se había fijado en aquel hombre alto y rubio, pero cuando su padre le informó de sus planes, ella consintió en casarse con él. Su padre y su madre admiraban el porte aristocrático de Flavio, su destreza en asuntos políticos y marciales, y aunque sus propiedades eran diminutas comparadas con las de los Urrutia, él era un buen partido.

Capítulo 4

El día del casamiento, carruajes engalanados con guirnaldas desfilaron desde la mansión de los Urrutia hasta la iglesia de Nuestra Señora de los Dolores, la iglesia de la misión del pueblo Samachique Rarámuri que señalaba el nacimiento del camino hacia Batopilas. Una larga fila de carruajes escoltaba a la novia; iban repletos de mozas sonrientes ilusionadas ante la inminente boda de alguien como ellas. Los varones jóvenes de las familias circundantes las seguían en caballos de pura sangre. Estos hombres hacían lo posible por impresionar a las chicas, a sabiendas de que entre ellas encontrarían a su futura esposa.

Flavio iba con estos hombres. Estaba vestido a la usanza norteña: traje de montar negro, botas magníficas, corbata y guantes blancos, y un sombrero Stetson negro. Se sentía inquieto, pero feliz. Se iba a casar con la heredera de una familia importante, y tenía la gran suerte de que su futura esposa era una mujer hermosa, y, además, se dijo, tenía la dicha de estar enamorado. Pocos hombres eran tan afortunados.

El día del casamiento entre Flavio y Velia Carmelita fue el punto culminante de los varios días de agasajo que se habían celebrado en ambas casas: rodeos, coladeros, barbacoas, fandangos, verbenas. Flavio había suministrado docenas de becerros, pollos, venados, patos, puercos, y carneros para las comidas de sus vaqueros, y especialmente para la indiada, los Rarámuri. No había escatimado en nada, les dio días libres, y suficiente mescal y cerveza para varios días. Pagó a músicos y cantantes para que divirtieran a la multitud de hombres, mujeres, y niños que habían bajado de las sierras para ayudarle a celebrar su casamiento. Las carreras de larga distancia a pie, las apuestas y los juegos atrajeron a docenas de Rarámuri a la hacienda. Días y noches repletos de canciones y de baile en los campos aledaños precedieron a la misa de boda, y Flavio, sentado al calor de las hogueras nocturnas, tomando mescal, y comiendo tortillas de maíz rellenas de cordero y puerco asado, participó lo más que pudo en las festividades.

Celestino Santiago, el Rarámuri que una vez fue amigo de Flavio y ahora era su caporal, estuvo a cargo de las festividades. Celestino se distinguía de la mayoría de los Rarámuri en que se había convertido en un domador de caballos experto, ocupación ésta usualmente ejercida por mestizos. Era uno de los pocos indígenas de esos lares que no era un corredor; él prefería los caballos, y fue debido a su habilidad con estos animales que Flavio lo había hecho su capataz. Flavio tampoco había olvidado que Celestino había estado a su diestra cuando ganó la hacienda en aquel juego de naipes.

Después un tiempo, Celestino contrajo matrimonio, y con su mujer e hijos, se fueron a vivir en las cuevas de la Barranca del Cobre. Cuando era necesario se quedaba en la hacienda. El casamiento fue una de esas ocasiones. Flavio notó que una de las noches de fiesta Celestino trajo a sus hijos consigo.

—¿Éstos son tus hijos?

Los dos niños se escondieron detrás de su padre. Flavio les hizo gestos, tratando de embromarlos, pero ellos le rehuyeron refugiándose tras la espalda de su padre.

—Sí, patrón, y tengo otro allá arriba en la barranca, se quedó con su madre. Lo bautizamos el otro día.

Conforme conversaban los dos hombres, las luces y sombras de la hoguera moldearon las facciones de Celestino en una máscara. Flavio examinó, otra vez, ese rostro, como lo había hecho la noche del juego de naipes. Se fijó en los pómulos prominentes, los ojos sesgados, la boca ancha con los dientes salientes, el bigote ralo y la frente amplia.

—¿Otro varón? Me alegro por ti. A ver si te alcanzo. ¿Cómo le pusiste?

Flavio sabía que escucharía un nombre cristiano, y que el verdadero nombre se mantendría en secreto. Todo el mundo sabía que los Rarámuri no revelaban sus nombres verdaderos.

—Se llama Jerónimo.

Según transcurrían las festividades, Flavio se encargó de conseguir a bandadas de mujeres Rarámuri para que vinieran a la hacienda a limpiar, a mover los muebles, a poner cortinas, y a pulir las vajillas y copas de plata. Mandó a preparar una recámara para Velia Carmelita y él. Escogió la que tenía la vista más impresionante de las sierras y de las praderas que rodeaban a la Hacienda Miraflores. Mandó a bordar sábanas de hilo con las iniciales F y V, y le encargó a las costureras vestidos nuevos para su desposada.

Flavio no llevó cuenta del dinero que estaba gastando. Aunque en el otro lado de la casa su hermana se mantenía pensativa, aparte, y desentendida del asunto; Flavio, excitado y ansioso, siguió con todos los arreglos. Había llegado la noticia de que con la entrada de Francisco I. Madero a la Ciudad de México, la Revolución había triunfado. La guerra había terminado, y la gente podía continuar con sus vidas de siempre. Así que Flavio estaba decidido a que el matrimonio que tenía con Velia Carmelita sería inolvidable.

En la mansión de los Urrutia se estaban llevando a cabo celebraciones similares, y el baile de boda que iba a tener lugar después de la misa en el salón mayor de la casa de Velia Carmelita, sería el momento culminante del casamiento.

෩ ෩ ෩

Según galopaba en dirección a la iglesia esa mañana, Flavio se sentía dichoso y agradecido. Hasta se había olvidado que Brígida también formaba parte del cortejo que se dirigía a la misa, ya que ella se encontraba en el coche que estaba detrás de él.

Flavio esperaba al pie del altar cuando los músicos tocaron los primeros acordes de la marcha nupcial. Su corazón latía con tal fuerza que casi le temblaban las manos. Se fijó en los intrincados camarines, en las columnas estriadas, en los bastidores dorados, y en los querubines rechonchos y entonces respiró hondo e intentó serenarse. Se obligó a sí mismo a concentrarse en los detalles de la iglesia, recorrió con la vista el recargado altar tallado cubierto de flores blancas, que acentuaba el tabernáculo áureo. En lo alto del mismo se vislumbraba la imagen de un Cristo triunfal, con María, Mater Dolorosa, a su costado. El resto de la fachada lo ocupaban imágenes de santos y de ángeles con las alas extendidas. Flavio cerró los ojos, pero el resplandor de la iglesia penetró la oscuridad detrás de sus párpados.

Los sombríos acordes del órgano, hermanados con las voces lustrosas de los violines, resonaron por la nave principal de la iglesia, vibrando entre las columnas barrocas, los vitrales y las estatuas de mármol de Jesucristo camino al Calvario. La iglesia estaba repleta de hombres vestidos de frac, con corbatas y guantes blancos, y de mujeres cubiertas de encajes y brocado con sombreros de ala ancha. El fulgor de sus joyas hacía juego con el plateado de los candelabros. Cruzando esta congregación, Velia Carmelita se dirigía al altar del brazo de su padre, don Plutarco.

Flavio perdió el aliento al verla: vestido blanco, cintura delgada, pechos levantados, cuello alto de encaje, con diamantes colgándole de las orejas entrelazados con su grueso pelo castaño rojizo, y el velo diáfano proclamando su virginidad. Le ofreció el brazo al llegar al altar. El novio y la novia subieron los tres escalones y se arrodillaron frente al cura y los dos monaguillos. Se escucharon los ecos de la música que cesaron entrelazados con el ruido de una toz y de alguien aclarándose la voz.

—*In nomine Patris, et Filli, et Spiritus Sancti.* Amén.

Comenzó la misa nupcial, plétorica de ritos y ceremonia. Los fieles se incorporaron, se sentaron, o se arrodillaron imitando al cura y a los monaguillos a través de toda la misa. A la hora de hacer los votos, todo el mundo estiró el cuello hacia el altar, tratando de ver y escuchar lo que estaba aconteciendo. Algunos alcanzaron a ver a Flavio colocándole la alianza en el dedo a Velia Carmelita. Otros pudieron escuchar las promesas de Velia

Carmelita según sus palabras volaban hacia la cúpula dorada que se elevaba sobre el altar.

Solamente Brígida estaba tiesa. Ella no se levantó o arrodilló durante la misa sino que se mantuvo en su lugar, aparentemente paralizada e inmóvil. Al comenzar la misa se incorporó al resto de los fieles, y debido a que se encontraba sentada en el banco al lado de la nave lateral, pudo observar detenidamente a Velia Carmelita aproximándose a Flavio. Pudo ver más allá del diáfano velo y percatarse de la belleza del rostro: era trigueña, de labios carnosos, nariz perfilada y cabello castaño.

Brígida nunca había visto unos ojos como los de Velia Carmelita. Eran luminosamente pardos, y parecían estar contemplando el altar desde el cielo. Al pasar junto a ella Brígida observó cómo el vestido delineaba unos pechos altivos y firmes, y le sobresaltó un impulso inexplicable de extender la mano y tocarlos, acariciarlos, besarlos.

Brígida se tuvo que sentar cuando vio a Velia Carmelita llegar hasta donde Flavio: la sangre en la sien le palpitaba con tanta violencia que le produjo vértigo y le dio miedo caerse. Cerró los ojos al sentarse, confundida, sin poder entender el torbellino de emociones que la había poseído. Nunca se había sentido así: una mezcla de amor, deseo, felicidad, miseria, ternura y vergüenza luchaban por su corazón. Nada le había tocado el alma como lo hizo la belleza de Velia Carmelita.

—*Cor Jesu sacratissimum, miserere nobis.*

Finalizó la misa. Los acordes de la orquesta se elevaron triunfantes, y los fieles se incorporaron, aliviados de que la larga ceremonia había llegado a su fin, y felices de que pronto comenzaría la tan anticipada fiesta. Se agolparon todos en pos de la pareja hacia las puertas del frente de la iglesia. Querían tocar, abrazar, felicitar y desearle suerte a la novia y al novio. Solamente Brígida se mantuvo sentada, inmóvil y desconcertada ante las emociones que había experimentado durante la misa.

Las festividades duraron hasta el amanecer del próximo día. Don Plutarco y doña Domitila se habían encargado de que el baile fuera inolvidable. La comida y la bebida fueron exquisitas, y la música fue la más reciente de Viena y de París. Los hombres solteros bailaron valses con las jóvenes señoritas, y todos se coquetearon, se miraron y disfrutaron de la mejor fiesta de la temporada. Flavio bailó una pieza tras otra con Velia Carmelita, quería que ella se percatara del deseo que él sentía por ella. Le sonreía, le conversaba, bromeaba con ella y le apretaba la mano enguantada. Pero en lugar de ella suavizarse hacia él, se iba poniendo cada vez más seria y remota con el pasar de las horas.

Mientras tanto, en el otro lado del salón, Brígida también bailaba ya que era hermosa, y muchos de los hombres querían entablar conversación con la hermana de don Flavio Betancourt. Ella bailaba, pero sus pensamientos estaban con Velia Carmelita. Escudriñó la concurrida pista de baile hasta que dio con su hermano y su nueva esposa. Brígida quería ir hasta donde Velia Carmelita, quería abrazarla, contarle cómo la hacía sentir. En cambio, se obligó a sí misma a bailar con todos los que le pedían una pieza. No había diferencia alguna entre ellos. Todos, y cada uno de esos hombres le repugnaban.

Un profundo silencio cayó sobre los invitados a la hora que Flavio y Velia Carmelita se retiraron. Ella se despidió primero de su padre, y después de su madre. Se dieron besos y bendiciones: Que Dios te bendiga, hija. Al desaparecer la novia y el novio corredor abajo hacia las recámaras privadas de la hacienda, se volvieron a escuchar los acordes de la música, y continuó la fiesta. Sólo Brígida, nuevamente, permaneció sentada.

Al llegar a la habitación, Flavio le pidió a Velia Carmelita que se le acercara. Ella accedió y se sentó tiesa a su lado, al borde de la cama. Él comenzó a besarle el rostro, la frente, las sienes, la punta de la nariz y le dio un suave beso sobre los labios. Ella se apartó de él.

—Por favor. No tengas miedo.

—Don Flavio . . .

—No me digas don Flavio. Yo soy tu marido. Llámame por mi nombre.

Flavio le puso la mano sobre un seno, y ella se sacudió tan violentamente que casi pierde el equilibrio. Esto provocó aún más a Flavio, quien se abalanzó sobre ella y la empujó hacia el centro de la cama, donde yacieron unos momentos. Entonces comenzó a desabotonarle el vestido; ella se mantuvo inmóvil hasta que él casi había terminado. De repente, ella saltó de la cama, y corrió hacia la puerta, pero Flavio fue más rápido y la agarró por la cintura. Estaba tan excitado que comenzó a desgarrarle la ropa.

Velia Carmelita forcejeó contra él con todas sus fuerzas, pero Flavio la subyugó. La manoseó y le rasgó el vestido, y luego la ropa interior con una mano, mientras se quitaba los pantalones con la otra. Fue áspero, duro y cruel, pero no se pudo controlar. Ella sollozó y trató de empujarlo, pero eso lo enalteció más, y la tiró al piso.

Flavio terminó sujetando a Velia Carmelita contra el suelo, en donde abrió sus piernas a la fuerza y la penetró. Fue rápido, impasible y sin palabras. Él se vino en un arranque de placer, pero los lloriqueos de ella le indicaron que ella sólo había sentido dolor. Cuando terminó, se paró, se puso la ropa apresuradamente, y se fue de la recámara avergonzado y furioso.

Después de esa noche, Flavio se llevó a Velia Carmelita a su hacienda, donde numerosas veces se repitió la escena de la noche de bodas, porque ella siempre lo rechazaba. Después de un tiempo, él se convenció de que había algo deficiente en ella, y de que ella nunca lo amaría. Así fue como entró cada noche a la habitación de Velia Carmelita, y la forzó a tener relaciones hasta que la preñó. Sólo después de eso, la dejó en paz.

Capítulo 5

El año siguiente al casamiento fue uno de paz para México. Francisco I. Madero era presidente y, aunque en el sur Emiliano Zapata no dejaba de amenazar con desencadenar a su gente si no recibían las tierras que se les habían prometido y, en el norte, Francisco Villa proclamaba su División del Norte, los asuntos de la nación procedían como de costumbre.

Durante esos meses, Flavio reflexionó y pasó la mayor parte del tiempo con Celestino y los otros vaqueros, conversando sólo con ellos y alimentándose casi siempre en su compañía. Viajaba a menudo a Ciudad Creel y hasta la lejana Ciudad Chihuahua a sellar tratos o a reunirse con socios intranquilos sobre los acontecimientos de la ciudad capital. Se hablaba de un tal Victoriano Huerta, un general que se había hecho de nombre cazando indígenas años atrás. Se trataba de un asesino, decían las malas lenguas, que había engatusado al Presidente Madero.

Flavio asistía a reuniones y ayudaba a redactar documentos, planes y manifiestos, pero esa era su vida pública. En privado, se hizo cada vez más retraído. Había dejado de ir a la habitación de Velia Carmelita cuando detectó que estaba embarazada, así que casi nunca la veía. De vez en cuando se sentaba a la mesa con ella y con Brígida, sumido en un malhumorado mutismo. En estas ocasiones, solamente se escuchaba el ruido de los cubiertos de plata contra la vajilla de porcelana, o el gorgoteo del agua al llenar las copas. Las dos mujeres seguían el ejemplo de Flavio, y ninguna hablaba en su presencia. Él estaba consciente, sin embargo, de que su silencio estaba dirigido hacia él, ya que ellas pasaban gran parte del día juntas y se divertían en compañía la una de la otra.

Información ésta que obtuvo de los sirvientes, y que le llenó de resentimiento porque no podía entender por qué Velia Carmelita podía preferir la compañía de su hermana a la de él.

A pesar de las informaciones recibidas de sus empleados, Flavio desconocía los detalles. Nadie le había dicho que desde el principio las dos mujeres habían gravitado la una hacia la otra. Al principio Brígida y Velia Carmelita sólo habían conversado, confiándose sus historias de la niñez y la adolescencia, sus pasatiempos y sus predilecciones. Sólo ellas sabían, que cada una de las noches que Flavio había forzado a Velia Carmelita, ella terminaba buscando consuelo donde Brígida. Nadie sabía que en esos momentos se refugiaba en la cama de Brígida, quien la sostenía en sus brazos, consolándola y arrullándola tiernamente hasta que se quedaba dormida. Los ojos fisgones de los sirvientes no estuvieron presentes la noche que Velia Carmelita besó a Brígida. Era la primera vez, y el beso apenas rozó sus labios. Al beso siguieron caricias, y luego, otro beso durante el cual sus labios persistieron juguetones y osados. Nadie sabía que después de eso las mujeres se hicieron amantes.

Lo que los sirvientes sí le dijeron a Flavio, fue que según los días se hacían meses, Velia Carmelita y Brígida se habían vuelto uña y carne. En ocasiones hacían bordados juntas, y en otras tocaban instrumentos. Los sirvientes le contaron de cómo cantaban a coro las dos mujeres, armonizando, y muriéndose de risa cuando desentonaban. Los vaqueros hicieron correr la voz sobre cómo la esposa y la hermana del patrón cabalgaban por horas el llano de Hacienda Miraflores. Todos fueron testigos de cómo cuando el embarazo de Velia Carmelita comenzó a hacerse evidente, ella y Brígida comenzaron a pasear en calesa, turnándose para llevar las bridas. Más tarde, según progresó el embarazo, abandonaron los caballos, y empezaron a pasear a pie cogidas del brazo por los corredores y patios de la casa. Lo que nadie le pudo decir a Flavio era que cada día se intensificaba más el amor entre Brígida y Velia Carmelita, que juntas habían encontrado la felicidad que nunca habían conocido hasta entonces.

Una noche, para fines de noviembre, Flavio acompañó a su hermana y a su mujer a la hora de la cena. Como siempre, sólo se escuchaba el apagado ir y venir de los sirvientes. En cierto momento y por casualidad, Flavio levantó la vista, y vio a las dos mujeres mirándose sonreídas. El gozo iluminaba el rostro de Brígida. Cuando miró a Velia Carmelita captó una expresión similar. La furia le subió de las entrañas hasta inundarle la boca, que tuvo que abrir por miedo de ahogarse. En lugar de surgir el aliento fétido que él esperaba, se escuchó a sí mismo emitiendo palabras con una voz seca y encolerizada.

—¿Dé qué te ríes?

Miró fijamente a su hermana, quien no dijo palabra alguna, sino que contestó a su mirada con un insolente encogerse de hombros. Brígida casi no le hablaba a su hermano, y no le dirigió la mirada. Esta vez, sin embargo, sus ojos se llenaron de lo que Flavio percibió como provocación.

—Te hice una pregunta. ¿De qué te ríes?

De pronto Velia Carmelita se levantó para abandonar el comedor, y Flavio vio cuánto había crecido su vientre desde la última vez que lo había visto. Se dio cuenta de que había permitido que el tiempo se le escurriera entre los dedos, y de que no sabía si habían transcurrido semanas o meses desde que había estado por última vez en su recámara. De repente la furia que lo había consumido hacía unos instantes se desvaneció en ternura. Quería ir donde su mujer, quería abrazarla, decirle que la amaba, y que quería a su criatura por sobre todas las cosas. Se paró y la llamó.

—Velia Carmelita . . .

Era demasiado tarde. Ella se había deslizado por la puerta y desaparecido por el corredor oscuro. Cuando Flavio miró a Brígida, vio que sus ojos se mostraban preocupados. Una mirada protectora había invadido ese rostro que se mostró hostil unos instantes atrás.

Flavio estaba presionando la mesa con tanta fuerza que los nudillos se le pusieron de un blanco azulado. El único sonido que se podía escuchar era el zumbido de una mosca atrapada entre los cruceros del techo. El pavor comenzó a invadirlo, sustituyendo a la confusión, y llenándolo de alarma. Miró a Brígida quien se mantuvo sentada en su lugar. La expresión de su rostro reflejaba sus pensamientos tan claramente que Flavio se dio cuenta de los sentimientos escondidos tras la máscara de su piel. Mientras miraba a su hermana, comprendió en un instante lo que había ocurrido entre ella y su mujer en los últimos meses. Brígida, impávida, lo miró fijamente por unos momentos, y entonces, dobló cuidadosamente su servilleta, la puso al lado del plato y abandonó la habitación sin decir palabra.

Brígida se dirigió a la recámara de Velia Carmelita, donde la abrazó. Se mantuvieron sentadas en la penumbra por largo rato sin decir nada; esto que tantas veces habían hecho se había convertido en la razón de ser de Brígida. Tomó el rostro de Velia Carmelita entre sus manos, la besó, y sintió su pasión correspondida por una pasión tan avasalladora como la suya.

ଊ ଊ ଊ

Esa noche Flavio Betancourt decidió abandonar la Hacienda Miraflores. Al amanecer, antes de marcharse, se encontró a Celestino Santiago en el patio entre la mansión y los establos.

—Me voy, y no sé por cuanto tiempo estaré ausente. Necesito que alguien se encargue de la hacienda.

Celestino se mantuvo callado bajo su sombrero de ala ancha mientras miraba a Flavio. Sacudió la cabeza.

—No, señor. Yo no puedo. Yo soy un Rarámuri, un indio. La gente va a pensar que usted se ha vuelto loco. No respetarán sus órdenes. Escoja a otra persona. Quizá a alguien del pueblo, o de Chihuahua. O a uno de sus caporales mestizos.

Flavio meneó la cabeza. Entonces se inclinó y sacó un paquete de documentos de las alforjas que había puesto en el suelo.

—Mira, Celestino, éstas son mis órdenes para los magistrados de ambos lugares. Ellos las harán respetar y harán todo lo que tienen que hacer para que tú te encargues de la hacienda. No sé si será por mucho o poco tiempo. No lo sé. Desde hoy tú eres el patrón.

Celestino entrecerró los ojos y sacudió la cabeza lentamente. Esto no funcionaría; alguien como él no podía ser el patrón. Flavio, sin embargo, mal interpretó el gesto de Celestino, seguro de que él sabía por qué se iba. Flavio estaba seguro de que todo el mundo —los vaqueros, los cocineros, los herreros, las costureras y las amas de llaves— sabían que su hermana y su mujer eran amantes. Estaba convencido de que se estaban riendo de él, o de que le tenían lástima. La sangre le subió a las mejillas. Ignorando a Celestino, Flavio se montó en su caballo y se marchó. Era la madrugada de uno de los últimos días de noviembre de 1912.

❣ ❣ ❣

La Hacienda Miraflores sí cayó en decadencia— no sólo debido a lo que había temido Celestino Santiago, sino porque poco después de que Flavio abandonara la hacienda, México quedó nuevamente sumido en la guerra. Durante el mes de febrero de 1913, ocurrió el inevitable enfrentamiento entre Francisco I. Madero y el General Victoriano Huerta. El astuto cazador de indígenas emboscó y asesinó a Madero y a su vicepresidente, Pino Suárez. Al suceso le siguieron días de violencia indescriptible en la ciudad de México. Fue una época de asesinatos, bombardeos, tiroteos, confusión y desorden. Por diez días, si alguien tenía que salir a la calle, debía hacerlo bajo el amparo de una bandera blanca. Aun así, se encontraron numerosos muertos con su bandera en la mano.

Esos días llegaron a su ocaso cuando Huerta se las arregló para tomar el poder. Hacia el norte, sin embargo, Francisco Villa y sus secuaces —Yaquis, bandidos, cuatreros, profesores, abogados, e idealistas— avanzaban en dirección a la ciudad de México. Pueblos y ciudades cayeron ante la embestida, y cuando Villa se apoderó de Torreón en abril de 1913, la nación se convenció de que él era invencible.

Al sur de la capital, una horda similar se volcó sobre la tierra.

Emiliano Zapata y sus indígenas zapotecas y mixtecas clamaban por las tierras que les habían arrebatado paulatinamente desde la llegada de los conquistadores españoles. Cuando Zapata exhortó a sus hombres a recobrar lo que era legítimamente suyo, no quedó hacienda o rancho intacto. Se incautaron y quemaron escrituras, concesiones, mapas, registros e inventarios. Se destruyó todo documento o decreto que declaraba que la tierra pertenecía a los hijos, y a los hijos de los hijos, de los hacendados. Los zapatistas marcharon al norte hacia la capital, vestidos con pantalones de algodón blancos y sombreros de alas tan anchas que ocultaban sus rostros. Con los combatientes iban sus mujeres, sus hijos, y usualmente hasta su burro o su vaca. Avanzaban tomando, perdiendo, y nuevamente volviendo a capturar pueblos y ciudades. Pasaron así años en la refriega.

Flavio iba a la deriva, sin prestar atención alguna a los pueblos y villas por los que pasaba. Era un forastero en todo lugar y no trabó amistad con nadie. Según vagó sin rumbo por las sierras y desiertos, su soledad se fue endureciendo, y su alma se fue encalleciendo de amargura.

En abril de 1916, el general Álvaro Obregón derrotó a Francisco Villa en la Batalla de Celaya. El manco y astuto Obregón era un experto estratega. Villa condujo embestida tras embestida de sus Dorados contra las armas al acecho de Obregón, y vez tras vez los villistas cayeron diezmados. Los derrotados supervivientes villistas renquearon de vuelta a sus casas, y los obregonistas marcharon hacia la capital. Le habían roto la columna vertebral a la Revolución.

A Flavio lo agarraron desprevenido en Celaya ya que no era ni villista ni obregonista; simplemente andaba por allí sin propósito fijo. Al comenzar la batalla, le iba a Francisco Villa; al terminar la matanza le era fiel a Álvaro Obregón. Flavio estaba herido— lo habían agarrado una vez en la pierna y otra en el hombro. Le habían acribillado varios caballos bajo sus piernas, y al finalizar la matanza, decidió seguir hacia el norte hasta llegar a Chihuahua, a Hacienda Miraflores.

CR CR CR

Se apeó del caballo frente a Hacienda Miraflores a principios de mayo. El lugar estaba en ruinas y no se veía un alma. Los establos y corrales estaban vacíos. La maleza había invadido el patio principal. Estaban rotas muchas de las ventanas de la casa grande y había hoyos en las paredes. Cuando Flavio entendió que su hacienda había sucumbido ante la marea sangrienta, le sorprendió reconocer que durante su errar nunca le había importado si el lugar se desvanecía de la faz de la tierra. Subió lentamente las escaleras hacia el vestíbulo. Todo parecía estar limpio y en su lugar; el interior de la casa contradecía el exterior. Se detuvo por unos momentos esperando que sus ojos se acostumbraran a la penumbra, cuando vio a una criatura sentada en el escalón más bajo de la escalera. Era una niña. Tenía bucles dorados, ojos azules y parecía tener unos tres años de edad. Flavio se reconoció a sí mismo en sus rasgos. Caminó hacia ella y se sentó a su lado. Se miraron por largo tiempo.

—¿Cómo te llamas?

—Isadora Betancourt. ¿Cómo te llamas tú?

—Flavio Betancourt. Soy tu padre.

Él sintió una sacudida dentro de sí, una sensación nueva y ajena. Flavio había pensado en la criatura que había nacido en su ausencia, pero el despecho había disipado toda curiosidad durante esos años. Ahora, al ver a Isadora, se preguntó por qué no había regresado antes.

Tomó a la niña de la mano y caminó por la casa. Estaba limpia y en orden, pero hueca; pudo sentir el vacío que la habitaba. Se dirigió a la cocina donde encontró a dos sirvientes, una mujer preparando algo en el horno y un hombre moliendo maíz sobre una piedra. No conocía a ninguno de los dos. Lo observaron sobresaltados.

—Soy don Flavio Betancourt. El Patrón.

Los sirvientes lo miraron boquiabiertos. Él se volvió, estrechando la manita de Isadora. Caminó a través de los oscuros

Graciela Limón

corredores de la casa, recorrió ambas plantas. Conforme se desplazaba de un lugar a otro, se preguntó qué le habría pasado a Brígida y a Velia Carmelita. Decidió no asomarse por las recámaras. Fue en busca de alguien que lo reconociera.

—Allí está don Celestino.

La voz de la niña lo sorprendió. Señalaba con el dedo. Celestino caminaba hacia él. Era el mismo, la revolución no lo había cambiado. Se acercó a Flavio, y le estrechó la mano asintiendo con la cabeza.

—Bienvenido, Patrón.

Celestino lo miró y vio que su rostro y facciones se habían endurecido y tornado casi burdas. Estaba más pesado, y olía a tabaco y alcohol.

—Ya regresé.

Flavio sabía que sus palabras eran insulsas, obvias, pero no sabía de qué otra manera o por dónde empezar. Miró a su alrededor y sonrió falsamente.

—Aquí fue donde nos despedimos hace unos años.

Éstas, también, eran palabras sin sentido. Tuvo que esperar antes de forzarse a abordar lo que había estado evadiendo.

—¿Dónde está mi mujer?

Celestino frunció el entrecejo. La arruga que iba del nacimiento de su pelambre a su nariz se hizo más pronunciada; era casi una grieta. Apartó la mirada por unos instantes, y luego volvió a mirar a Flavio.

—Murió, Patrón. Murió cuando nació la niña.

Susurró, cosa que Isadora no lo pudiera escuchar, y en lugar de señalar con la mano, lo hizo con los ojos. Flavio se sintió raro, una frialdad empuñó su estómago. No era tristeza; esa particular emoción lo había abandonado hacia tiempo. Quizá era el vacío, se dijo. Miró a Celestino con la certeza de que su mirada era la de un tonto; Celestino lo miraba sin decir palabra. Esperaba, consciente de que Flavio estaba perturbado.

—Fue mejor, Patrón. Las cosas no estaban bien.

Flavio no le preguntó a Celestino qué quería decir, ya que

40

temía su respuesta.

—¿Y mi hermana?

—Las mujeres dicen que vaga por la casa como un alma en pena. No habla. Sólo se queja y llora. Todos lo saben porque por la noche sólo se oyen sus quejidos y lamentos. Los ruidos asustan a las mujeres, y hasta a algunos de nosotros.

Celestino seguía susurrando, dejándole saber a Flavio que no quería que Isadora escuchara. Entonces se acercó un poco más.

—Patrón, la señora Brígida está un poco tocada.

Flavio se estremeció al escuchar que su hermana se había vuelto loca, y renegó de sí mismo por no haber regresado antes. Decidió que no quería oír nada más sobre Brígida.

—¿Lo hemos perdido todo?

—Ya no quedan animales, pero las tierras están intactas. Tuvimos suerte. Los ejércitos venían de todos lados, pero lo único que se llevaron es lo que se podían comer o lo que podían cargar con ellos. Así perdimos a algunas mozas.

Celestino esperó pacientemente a que Flavio, que se mantuvo callado por unos instantes, le respondiera. Isadora se había ido a sentar en cuclillas, y jugaba con un puñado de guijarros.

—¿Y la niña? ¿Quién la cuida?

—Varias personas. A veces las mujeres de la cocina, pero casi siempre está conmigo, con mi esposa Narcisa, y con mis hijos. Vive en la montaña y duerme en la cueva con nosotros.

Flavio frunció el entrecejo al imaginar a su hija durmiendo en una cueva en lo alto de la sierra. Se fijó en los bucles rubios y se le hizo casi imposible pensar en su hija comiendo, jugando y viviendo con la tribu. Pero entonces comenzó a disiparse la impresión, y se sintió agradecido. Suspiró profundamente, tomó a Isadora de la mano y se volvió hacia la casa.

—Gracias, Celestino. Vamos a empezar inmediatamente a poner las cosas en orden. Dile a Narcisa que le agradezco mucho lo que ha hecho por mi hija. Hablaré contigo dentro de un rato.

Se dio vuelta y se llevó a Isadora a la casa. Una vez dentro la llevó a la cocina, y le dijo que lo esperara ahí. Entonces subió escaleras en busca de Brígida; la encontró en la habitación que había sido de Velia Carmelita. Las cortinas estaban cerradas, y había poca luz. Los ojos de Flavio tardaron unos segundos en acostumbrarse a la oscuridad, y pronto localizó a su hermana. Estaba agazapada en el suelo, con la espalda contra una esquina, y las rodillas debajo de la barbilla. Ocultaba el rostro en su falda, y se agarraba la cabeza con los brazos. Tenía puesto un largo vestido negro de mangas largas que cubrían sus brazos y sus manos casi por completo, con un cuello alto que le llegaba hasta las orejas. Sólo eran visibles sus pies desnudos.

Esta visión lo sobrecogió por un momento, luego se dirigió hacia las ventanas y abrió de un tirón una de las cortinas. La luz inundó la recámara, deslumbrando a Brígida quien levantó con un espasmo la cabeza y prestó una rígida atención al mirarlo fijamente. La luz menguante del sol se derramó sobre su rostro y su cuerpo. Estaba escuálida, demacrada y seca. Su cabello, que antes era rubio, estaba despeinado y lleno de canas. Bajo esa luz, sus ojos parecían transparentes, casi blancos, como si se le hubiera arrancado a las pupilas todo su color. Ella lo reconoció, lo cual le indicó a Flavio que Brígida no estaba loca.

—Regresaste.

—Sí.

—Velia Carmelita murió.

Brígida levantó un brazo y señaló hacia la cama. Flavio miró con el rabo del ojo, mientras le extendía la mano a su hermana para levantarla del suelo. Ella lo rechazó y volvió a acomodar la cabeza sobre las rodillas.

—Te tienes que levantar. La gente está diciendo que te has vuelto loca.

—Sí estoy loca.

—No, no lo estás.

—¡Ya te dije que estoy loca! ¡Déjame en paz!

—Me tienes que ayudar a criar a la niña. Sólo quedamos tú y yo. Y tú eres mujer. . .

—Consigue a alguno de la tribu.

Flavio la miró sin saber qué hacer. Trató de hablar con firmeza, pero se escuchó a sí mismo endeble, poco convincente.

—Te echaré a la calle si no haces lo que te digo. Párate de ahí, date un baño y vístete decentemente. Tenemos mucho por hacer.

Brígida, acurrucada y hecha un ovillo, no le respondió, aunque él la podía escuchar respirando con dificultad por la boca. Finalmente contestó sin levantar la cabeza, con una voz tenue pero firme.

—Tú no me vas a echar. Yo soy tu hermana y tengo el derecho de quedarme aquí.

Flavio cerró los ojos, frustrado. Estaba cansado, y no tenía energía para reñir. Abandonó la habitación después de unos momentos para ir a buscar a su hija.

Brígida apoyó la cabeza en la pared al oír la puerta cerrarse. No estaba loca, pero se le había quebrantado el espíritu. Habitaba dos mundos, y lo sabía. En uno estaba con Velia Carmelita a quien recordaba con tanta intensidad que podía saborear sus labios y oler el aroma de su piel. Sus conversaciones y sus risas resonaban por las habitaciones y corredores de la hacienda. Cuando Brígida se asomaba a la ventana, se veía a sí misma y a su amada paseando en una calesa. Si escuchaba detenidamente podía oír las dulces notas de sus canciones. Ella sentía a Velia Carmelita: sentada a su lado, en la cama junto a ella, acariciándole el rostro. Ella le hablaba.

El otro lado de su existencia era un vacío. Velia Carmelita ya no estaba, y nada podía llenar ese espacio. Ahí era cuando Brígida saboreaba la amargura de la soledad insufrible y el horror de una vida entera de añoranza y dolor. Cuando Brígida se asomaba a este mundo no podía dejar de llorar, a menudo se lamentaba de tal manera que los sirvientes la podían oír, y murmuraban sobre ella.

La presencia de su hermano sólo sirvió para aumentar el vacío que la atormentaba. Cuando Flavio salió de la recámara, Brígida se incorporó y caminó hasta la ventana que daba a la sierra. Miró hacia abajo y lo vio acercarse a Celestino.

Al otro día escuchó a una sirvienta decir que Celestino había traído a su hermana de diecisiete años, Úrsula Santiago, para que cuidara a Isadora Betancourt.

ભ ભ ભ

El anciano Flavio recordó ese día mientras miraba el cielo nocturno de la ciudad de Los Ángeles. Había querido deshacerse de su hermana Brígida, tanto como había querido borrar el recuerdo de la relación entre su hermana y su esposa, pero no había podido. Resopló, increpándose a sí mismo el haber sido un cobarde por tanto tiempo.

Capítulo 6

Según transcurrían los años, a Brígida solamente se le veía, o sentada a la mesa a la hora de comer, o durante la noche cuando deambulaba por los pasillos de la gran casa. Casi nunca hablaba con nadie, por lo cual los peones de la hacienda quedaron convencidos de que se trataba de un alma del purgatorio. Durante esos años Flavio concentró sus esfuerzos en la reconstrucción de sus bienes. Tardó varios años, pero eventualmente recuperó casi todo lo que había perdido durante la Revolución. Muchas de las alianzas políticas que había establecido durante la época de Madero seguían vigentes. Sus aliados no habían olvidado quién les había enseñado a bandeárselas con las malas rachas.

Flavio se las arregló también para apoderarse de propiedades pertenecientes a la familia Urrutia. Don Plutarco y doña Domitila habían muerto sin dejar otros herederos. El viejo murió a causa de una caída de un caballo. Doña Domitila murió poco después. Su muerte fue un misterio ya que según sus médicos no le aquejaba enfermedad alguna. En las cocinas y los establos se llegó a decir que había muerto de pena ya que se fue sumiendo poquito a poco en una tristeza inexplicable. Aunque las posesiones de los Urrutia habían sucumbido a la Revolución, todavía quedaban algunos terrenos, casi todos bosques. Al morir doña Domitila, lo que quedaba de la fortuna familiar pasó a manos de Flavio Betancourt.

Flavio se dedicó en cuerpo y alma al trabajo y a los negocios, pero cuando regresaba de sus viajes pasaba el mayor tiempo posible con Isadora. Hacía que su hija galopara junto a él para que aprendiera a inspeccionar el ganado y a bregar con los vaqueros, y aprovechaba toda oportunidad para instruirla en el manejo de la hacienda. A Flavio le alegraba verla crecer cada vez más en belleza y aplomo. Adoraba su personalidad radiante que siempre le hacía reír.

Su hija, sin embargo, no estaba recibiendo la formación apropiada para una mujer de su posición social, lo cual mortificaba a Flavio. Él se había encargado de que ella aprendiera a leer y a escribir, pero no de mucho más. Aprovechaba cada oportunidad para implantar ciertas ideas en ella, con la esperanza de que echaran raíz y mantuvieran las imprudencias a raya.

Una mañana mientras galopaban por la hacienda pasaron por donde un toro estaba montando a una vaca. Flavio, avergonzado, agarró las bridas del caballo de Isadora para cambiar de rumbo.

—¡Para, Papá! ¿Por qué vamos a dar la vuelta?

Flavio detuvo los caballos, y sabiendo que debía aprovechar la ocasión para inculcarle una enseñanza a Isadora, decidió hablarle sobre un asunto delicado.

—Hija, lo que están haciendo esos animales es normal y natural, no tiene nada de malo.

—¿Y, entonces, por qué íbamos a darnos la vuelta?

—No nos dimos la vuelta. Quiero decirte algo. Quiero decirte que a diferencia de ese toro y esa vaca, hay reglas que los hombres y las mujeres tienen que obedecer.

Miró a Isadora y vio su cabeza ladeada; estaba escuchando con atención. Pero Flavio no supo que más decir.

—Escúchame, Isadora. Nosotros, los seres humanos, y las mujeres especialmente, estamos regidos por una serie de códigos que no debemos nunca desobedecer. La desobediencia tiene como consecuencia grandes contratiempos.

Flavio miró la expresión de su rostro y se dio cuenta de que Isadora no lo había entendido. Sus ojos le dejaron saber que en la mente de Isadora sus palabras sobre el comportamiento de la mujer poco tenían que ver con la escena entre el toro y la vaca.

—¿Las mujeres especialmente? ¿Y por qué no los hombres, Papá?

—Porque Dios así lo ordenó.

—¿Dios?

     ඐ   ඐ   ඐ

Usualmente le complacía la inteligencia de Isadora, excepto en momentos como éste, cuando no la satisfacía una sencilla explicación. Decidió inventarse una parábola.

—Te voy a contar sobre la mujer que decidió que quería ser como un hombre . . .

—¿Como un hombre?

Lo que quiero decir es que ella quería tener poder y autoridad como su marido. Bueno, un mal día ella pensó que podía hacer lo que él hacía, y fue ahí cuando cruzó la línea prohibida.

—¿La línea prohibida?

—Sí, Isadora, sí.

Su tono delataba el enfado que estaba sintiendo. Paró de hablar por un momento; su caballo resolló al sacudirse las moscas con el rabo.

—Hay un límite que la mujer nunca debe rebasar; sólo el hombre, su esposo tiene ese derecho. Como te iba diciendo, esa mujer, la esposa desobediente, fue condenada a vagar por la Tierra, gimiendo y lamentándose por toda la eternidad, por haber desobedecido a su marido.

Impartió enseñanzas similares más adelante, lecciones durante las cuales se esmeró en enfatizar las diferencias raciales: Una persona blanca, especialmente una mujer blanca, nunca debía mezclar su sangre con la de un hombre de otra raza. Cuando Isadora le preguntó por qué no, le contó sobre los niños deformes, mitad bestias y mitad humanos que eran el fruto de tales uniones, y cómo terminaban condenados a trabajar en circos ambulantes como ejemplos vivos de lo que pasa cuando un hombre y una mujer se entregan a tal perversión. (Cuando ella le preguntó cómo es que un hombre y una mujer pueden mezclar su sangre, Flavio cambió el tema.)

El constante repaso de estos breves adoctrinamientos no sirvió para desvanecer la preocupación de Flavio en cuanto a la formación de su hija, y por más que se opusiera a sus miedos, tenía que recordar que en el futuro ella tenía que contraer matrimonio. También sabía que para que fuera una candidata idónea, tendría que tener conocimientos más extensos que el leer y escribir.

Había que pulirla, prepararla, como se esperaba de una mujer de su abolengo.

Flavio reconocía que en lugar de haberse encargado de que ella recibiera la formación debida, él estaba permitiendo que Isadora creciera entre los indígenas, casi tan salvaje como ellos. Sus amistades más entrañables eran gente de la sierra, mujeres que sólo sabían moler maíz, trenzar algodón y criar hijos. Lo que le preocupaba aun más a Flavio era la estrecha relación entre Isadora y los tres hijos de Celestino.

Un día, por casualidad, resultó estar pasando por el lugar que los jóvenes Santiago habían escogido como la meta para una carrera a pie. Vio a cuatro corredores arrancar a pleno galope, acelerar, aumentar su velocidad, y levantar a su paso oleadas de polvo amarillento que se alzaba sobre ellos según se acercaban. Le horrorizó darse cuenta que Isadora era una de ellos. Corrían uno al lado del otro, cada uno en su lugar, pecho a pecho según sus piernas se desdibujaban de velocidad. Cada uno de los corredores estaba tan concentrado en ganar ventaja que ninguno vio a don Flavio parado frente a ellos. Él los miró atolondrado, boquiabierto ante lo que parecía ser una máquina impulsada por piernas giratorias que se dirigía hacia él. Casi no llega a salirse del medio antes de que los corredores retumbaran más allá de él, rumbo a un árbol.

Fueron Isadora y Jerónimo quienes con los brazos extendidos, llegaron primero a la meta. Los otros dos fueron, sin duda, los perdedores. Cuando Isadora y Jerónimo se dieron cuenta de que habían ganado, se abrazaron, sus rostros mejilla contra mejilla, jadeantes, sudorosos y alborotados. Jerónimo levantó a Isadora y le dio vueltas a su alrededor mientras ella se reía a carcajadas. Isadora se agarró a él, evidentemente complacida de haber ganado y de estar en sus brazos; tanta era su felicidad que no vio a su padre parado a pocos pasos, mirándolos a ella y a Jerónimo con indignación.

Ella enmudeció al ver a Flavio y se apartó de los brazos de Jerónimo. Al verlo los tres jóvenes se paralizaron, suprimiendo sus jadeos, y tratando de dominar sus corazones palpitantes. Los habían agarrado jugando, cuando se suponía que trabajaban: eso fue lo que pensaron los Santiago. Jerónimo la había abrazado, y su padre lo había visto: esto fue lo que petrificó a Isadora.

Don Flavio no dijo una palabra, pero miró a su hija con severidad, sus labios engurruñados. Con los ojos, le ordenó regresar a casa. No tenía nada que decirle a los jóvenes, quienes se dieron vuelta y desaparecieron detrás del establo. Caviló en silencio sobre este incidente durante varios días con sus noches. Hizo los debidos arreglos para fines del verano de 1926, y entonces se sentó a hablar con Isadora.

—En septiembre te vas para Chihuahua.

Flavio estaba sentado a la cabecera de la mesa. Llevaba puesto un traje de estameña con el lazo de pajarita que había convertido en su marca de distinción. Brígida estaba sentada al otro lado de la mesa, vestida como siempre con un traje negro de cuello alto. En segundo plano, Úrsula Santiago, la hermana de Celestino, se desplazaba silenciosamente, asegurándose de que se servían y se retiraban los platos indicados. Flavio miró con detenimiento a su hija quien estaba tan ocupada comiendo que no se dio por aludida. Úrsula, de pie a su lado, le dio un codazo.

—¿A Chihuahua? ¿Yo?

Isadora se enderezó y bajó el tenedor que tenía levantado. Tenía las mejillas abultadas y la boca llena de comida.

—Sí. A Chihuahua . . .

Flavio comió un bocado de carne y tomó un trago de vino,

pero mantuvo la mirada fija en su hija.

—¿Para qué, Papá?

—Necesitas una educación.

Miró a Brígida de reojo. Le disgustaba hasta dirigirle la mirada. Notó su ceño fruncido. Dejó de mirarla, al darse cuenta de que aunque ella nunca hablaba, Brígida se comunicaba con los ojos.

—Pero Papá, —instó Isadora—, yo tengo una educación. Sé leer y escribir. Pregúntale al Padre Pascual. Él fue quien me enseñó.

—Hija, tú necesitas saber mucho más que cómo leer un libro y escribir una carta.

Isadora se viró buscando a Úrsula con la mirada. La miró con aprensión, y con su expresión le imploró su ayuda. Úrsula, en cambio, recogió una pila de platos y desapareció detrás de la puerta de la cocina. Isadora le dirigió a Brígida una mirada que no pasó desapercibida por Flavio.

—¿Eso quiere decir que tengo que vivir allá?

—Sí. En el Convento de la Encarnación. Es ahí donde estudian todas las señoritas distinguidas de la región. Ya he hecho todas las averiguaciones pertinentes.

—¿Vivir por allá? ¿En un convento? —La voz de Isadora tenía un dejo de terror—. ¿Con monjas? ¿Con niñas solamente?

—Sí.

—Yo no voy, Papá. No voy.

Flavio bajó el pedazo de pan que tenía entre los dedos, se sacó la servilleta del cuello, se limpió la boca y miró fijamente a su hija.

—Isadora, vas a ir porque yo te estoy pidiendo que vayas. Dentro de algunos años me lo agradecerás.

Habló con ternura, no en un tono amenazador. Al terminar, miró a su hermana, y notó que había palidecido. Su rostro en blanco no le comunicaba nada.

ભ ભ ભ

Isadora se fue de Hacienda Miraflores para la escuela conventual en Chihuahua a los catorce años de edad. Lloraba al sentarse a la diestra de su padre en el asiento trasero del automóvil de lujo que ahora utilizaba en sus viajes. Flavio trató de consolarla, de ponerle el brazo sobre los hombros, pero se dio cuenta de que ella estaba tratando de mirar hacia atrás, así que la soltó. Al mirar por la ventana, ambos vieron desaparecer en la distancia a Úrsula, y a Celestino con sus hijos. Esta imagen se quedó grabada en la memoria de Isadora durante los cuatro años que estuvo en la escuela, hasta la primavera de 1930.

Capítulo 7

Para Flavio, esos fueron unos años vacíos. Viajaba a ver a Isadora una vez por mes, pero sabía cada vez menos sobre sus amistades, sus pensamientos, su vida. Durante cada visita sentía una creciente separación entre ellos. Contaba los días y los meses hasta el día final de sus estudios. Ese día se presentó al convento antes que cualquier otra familia. Llegó tan temprano que le pidieron que esperara en el patio junto con su chofer, desde allí se escuchaba el alboroto de las estudiantes despidiéndose unas de otras. Después de todas las despedidas, le ordenó a su chofer cargar con las pertenencias de Isadora, mientras él se despedía de las monjas y de los otros maestros. Pronto, él e Isadora, se dirigían a toda velocidad hacia el sur, hacia Hacienda Miraflores.

Primero iban callados, como escuchando el zumbido del motor. De vez en cuando sentían las sacudidas de los hoyos en la carretera. Isadora iba recordando los cuatro años, que habían pasado más rápido de lo que esperaba, y Flavio iba pensando que su hija se había convertido en una señorita elegante. Observó el sombrerito de fieltro que llevaba inclinado sobre un ojo, los guantes de piel haciendo juego con los zapatos, y se alegró de haberse separado de ella para proveerle una educación. Estaba, como él lo había esperado, transformada.

—¿Hay muchas de tus amigas que se van a casar pronto?

Isadora estaba pensando en sus mejores amigas, cuando las palabras de Flavio la interrumpieron. Suspiró mientras las contaba en silencio.

—Sí, Papá. Blanca Peralta se va a casar en junio. Isabel Morán y su prima, Yolanda Lizardi, se van a casar en julio. Va a ser una boda doble.

—Los Lizardi son los banqueros, ¿no?

—Sí.

—¿Dónde se van a llevar a cabo las ceremonias?

—En la capital. Probablemente en la catedral. Las fiestas van a tener que ser en el zócalo, porque sus familias son extensas. Hay miles de ellos.

Isadora se río tontamente ante su exageración, y Flavio se le unió. Le gustaba charlar así con su hija, aunque sabía que hablaban de boberías. Sin embargo, la oportunidad ideal para traer a colación un tema nada frívolo.

—¿Has pensado en casarte?

Isadora levantó la cabeza. Su semblante se tornó grave, contradiciendo su juguetona disposición de momentos antes.

—Del matrimonio era lo único de lo que se hablaba en los últimos meses de este período escolar. Pero como yo no conozco a nadie, en verdad no he pensado en el tema. —Isadora miraba el monótono paisaje que se desvanecía según el automóvil rodaba hacia el sur. Flavio la observaba, escudriñando su rostro y los movimientos de su cuerpo.

—Hay muchos jóvenes que querrían casarse contigo, Isadora.

—¿Quiénes, Papá?

Flavio notó que sus ojos se empañaron, y que por unos breves instantes pareció que la embargaba la emoción. Al responderle, trató de hacerlo con ternura.

—Pretendientes dignos de ti.

A partir de esa conversación el matrimonio de Isadora se convirtió en la preocupación principal de don Flavio. Llegó a la conclusión de que durante su próximo cumpleaños tendría la ocasión de reunir un grupo de pretendientes viables. Don Flavio había planeado las festividades alrededor del decimoctavo cumpleaños de Isadora por los últimos dos años. Ahora, que el futuro de su hija era su máxima obsesión, se arrojó de lleno en los arreglos para la fiesta. A pesar de sus temores, Flavio trató de involucrar a Brígida en la celebración, no porque fuera su volun-

tad, sino porque le era difícil explicar su ausencia a todos aquéllos que sabían de ella. No quería tener que responder a preguntas comprometedoras. Como de costumbre, ella era una mancha
a la hora de dar la impresión de una familia perfecta. Brígida,
como siempre, le causó el disgusto de no aparecer a la hora de la
fiesta.

Como ya lo había hecho anteriormente, Flavio decidió igno-
rar a su hermana y concentrarse en su hija. Estaba complacido
con Isadora —se había convertido en una joven madura,
inteligente y cordial. Su belleza le deleitaba: su cabello era
todavía rubio con vetas doradas, sus ojos brillaban como cuando
era pequeña, tenía un cuerpo esbelto y saludable. La educación,
a la que tanto se había opuesto, eventualmente surtió efecto y la
transformó. Don Flavio musitó que era una candidata idónea
para cualquier familia de la región.

Durante las vacaciones ya había ido observando cambios en
ella. Con el pasar de los años fue tomando interés en pasatiempos más adecuados que escalar montañas y competir en carreras
con los indígenas. Flavio se sintió especialmente aliviado al con-
vencerse de que Isadora ya no mostraba inclinación alguna hacia
Jerónimo Santiago. De hecho, descubrió que ya para el final de
sus estudios, Isadora casi no recordaba al muchacho.

Flavio fue a la habitación de Isadora temprano el día de la
fiesta. Tenía algo especial que quería mostrarle.

—Buenos días, hija.

—Buenas, Papá.

Ya había salido de la cama y estaba por vestirse. Se le veía
contenta y lista para celebrar.

—Ponte ropa cómoda para montar. Vamos a hacer algo especial hoy antes del desayuno.

—¿Qué es más importante que tu taza de chocolate matuti-
na, Papá?

—Vamos, ándale. No podemos esperar, tenemos que llegar
antes de que lleguen los primeros huéspedes.

Flavio se enderezó el corbatín mientras miró por la ventana,

Isadora entró al vestidor. La escuchó tirando zapatos, alzando perchas, sacudiendo vestidos. El día estaba magnífico. Al estirar el cuello para atisbar el espacio, notó las praderas reverdecidas con las últimas lluvias, y las lejanas sierras cubiertas de nieve. Entonces, debido a un juego de la luz, vio su propio reflejo en la ventana. Se había puesto grueso; su cintura se había ensanchado. Su rostro ya no era anguloso, estaba ahora carnoso e hinchado alrededor de los ojos. Los tonos rubios de su cabello habían encanecido y el bigote espeso que cubría sus labios también estaba ceniciento.

—Estoy lista.

Miró a su hija porque el hacerlo lo llenaba de energía, y aprovechaba cada ocasión. Se había puesto un vestido largo de algodón blanco, abrigado, con las botas que él le había hecho traer de Nuevo León. Eran del estilo norteño: de media pierna, con tacones de una pulgada de alto y labradas con complicados diseños. Estaban hechas de su piel favorita, cordobán. Justo antes de entrar a los establos, don Flavio se detuvo y le puso la mano sobre el hombro a Isadora, indicándole que lo esperara. Después de unos momentos salió él conduciendo por la brida a su propio caballo y a una yegua andaluza color castaño. La sonrisa de don Flavio lo decía todo. Isadora abrazó a su padre sin decir palabra. El sentir los latidos de su corazón lo llenó de regocijo, y la fuerza con la que ella lo abrazó le comunicó que él era su ser más querido.

Los miraban varios hombres, sonriendo, y cuando uno de ellos se acercó con la montura, Isadora brincó en la yegua, y se alejó galopando a tal velocidad que lo dejó aturdido y cubierto de polvo. Comenzaron a vociferar y bramar tan pronto la vieron montada a pelo sobre la yegua. Don Flavio quedó tan sorprendido que lo único que pudo hacer fue cerrar y abrir la boca como si le faltara el aire.

Su hija atravesaba vertiginosamente la pradera. Don Flavio pudo ver cómo se agarraba de la crin del animal y sus piernas apretaban los flancos de la yegua. El viento le subió el ceñido traje de algodón blanco hasta dejarle las piernas y las botas marrones al descubierto. La vio reír en desafío del viento que azotaba su rostro. Su cabello, con los rayos del sol atrapados entre sus rizos, era como una aureola. Pausó entonces, como tanteando a la yegua. A medio galope, dio vueltas, entrecruzándose, moviendo su cuerpo al unísono con la bestia. Se rio a carcajadas, y su risa resonó hasta alcanzar los oídos de don Flavio.

—Ven, Papá, ven.

Él se dio la vuelta y agarró por la brida a su caballo que ya estaba ensillado, y saltó sobre él. Galopó hacia ella, y juntos arrancaron a través de los campos hasta llegar a la ladera que marca el inicio de la Sierra Madre. Ahí se detuvieron, jadeando y boqueando, desternillados de la risa. Don Flavio miró a su hija y pensó que no había hecho nada en su vida para merecerla.

Más tarde llegaron en automóviles descapotados, en Packards, y en otros vehículos de lujo, las familias invitadas. Algunos jóvenes llegaron montados en potros de pura sangre, ya que los actos del día incluían competencias ecuestres. La celebración comenzó tan pronto como don Flavio e Isadora le dieron la bienvenida a la mayoría de los convidados. Hubo competencias: la reata de becerros, el jineteo y la lucha con novillos y toros jóvenes. Cada una de las justas fue un éxito, ya que la fiesta había atraído a docenas de personas de las haciendas vecinas y hasta de la capital del estado. El aire resonaba con vitoreos y rechiflos. Se sirvieron refrigerios: comida, bebidas, y dulces, en lo que llegaba la hora de la competición culminante de la fiesta, la carrera a pie.

La carrera era entre diez hombres Rarámuri, de más de quince años cada uno, representantes de las haciendas vecinas. El premio para el ganador era un caballo, cortesía de don Flavio Betancourt. La carrera, de una longitud de aproximadamente treinta kilómetros, comenzaba en el confín de las tierras de Betancourt y terminaba a la entrada de la casa principal de la hacienda.

Flavio había alistado apostaderos desde donde sus invitados podían observar los diferentes tramos de la carrera. El mejor mirador era el que estaba al final, desde donde se decretaba al ganador. Era ahí donde estaba Isadora y donde estaban sentados bajo un pabellón sus asociados y amigos más cercanos. Comían y bebían mientras esperaban el desenlace de la carrera.

Don Flavio y Celestino se habían reunido con los contendientes en el arrancadero para desearles buena suerte. Normalmente estos hombres estaban ataviados con pantalones caqui, camisas, botas, sombreros de ala ancha, y pañuelos para el sudor anudados al cuello. Para correr, sin embargo, los corredores se habían quitado sus atuendos de trabajo y llevaban solamente lo necesario para sobrepasar al viento: huaraches, taparrabos y una cinta bordada con los colores de su hacienda en el pelo.

El patrón examinó a su equipo, sabía que sus corredores habían estado preparándose escrupulosamente para la carrera, pero desconocía que los hermanos Santiago estaban entre ellos. Los hermanos habían pasado largas horas del día anterior con el nahual de la tribu, quien les frotó los cuerpos con piedras lisas y yerbas ceremoniales. Habían dormido juntos después de que el chamán había bendecido los huesos de un corredor muerto, habían hecho la señal de la cruz, y puesto ofrendas de tesguino y peyote frente a los restos. Los hermanos mayores no habían tenido relaciones para no debilitarse, y ninguno de ellos había comido o bebido nada que no fuera de manos de algún familiar, para evitar cualquier embrujo.

Don Flavio finalmente fijó sus ojos en los hijos mayores de Celestino Santiago, y le sonrió a Celestino con la certeza de que uno de ellos sería el ganador. Después escudriñó a cada uno de los corredores, y uno de ellos en particular le llamó la atención; se trataba del hijo menor de Celestino. Había olvidado su nombre, pero sabía que se le conocía como El Rarámuri, por ser el corredor más rápido de su tribu.

Hacía tiempo que Flavio no lo veía, y le sorprendió descubrir que ya no era un niño, había crecido hasta hacerse hombre. Flavio entornó los ojos y observó a El Rarámuri. Tenía la cara angular y los sesgados ojos acentuados por una nariz picuda. Su quijada se había engrosado, su boca era ancha, y ya estaba cercada por un delgado y alicaído bigote. Flavio bajó los ojos y examinó el cuerpo del corredor. Tenía el cuello largo, los hombros, el pecho y el estómago musculosos; las piernas enhiestas y poderosas. Al terminar su escrutinio, Flavio retrocedió sintiéndose inexplicablemente aprehensivo, y desdeñando sus cavilaciones como tonterías, levantó la voz para que todos lo escucharan. Los corredores estaban listos, y esperaban la señal.

—¡Muchachos! ¿Preparados?

—Sí, Patrón.

Flavio agitó un pañuelo blanco sobre su cabeza, indicándole a los corredores que asumieran sus posiciones. Cuando se cercioró de que estaban listos, bajó prestamente el brazo.

—¡Empiecen!

Los corredores arrancaron con la señal y desaparecieron en una polvareda. Don Flavio dejó a Celestino atrás y se montó en un automóvil que lo esperaba y que lo llevaría hasta la próxima posta, donde esperó a los corredores. Una vez que los competidores pasaron retumbando, abordó nuevamente el automóvil hasta la próxima parada, y así hasta llegar al final del trayecto donde se reunió con Isadora y con el resto de los invitados que disfrutaban entre risas, chismes, bebida y comida. Este recorrido le tomo alrededor de tres horas.

Los invitados, al ver a don Flavio, supieron que la carrera se acercaba a su fin, e interrumpieron lo que estaban haciendo y fijaron la vista en la meta. En el silencio que se produjo se escuchó el rumor de los corredores que se aproximaban. Al principio era un ruido amortiguado, casi mortecino; era el aleteo de los huaraches sobre la arcilla. Entonces comenzaron a sentir un temblor bajo los pies, un hormigueo que les subía por las piernas, recorría sus cuerpos y los impelía a vociferar. Los gritos coincidieron con el primer vistazo a una nube de polvo, con un corredor claramente a la delantera. El gentío comenzó a hacer más ruido según se acercaba. Era una cacofonía compuesta de chillidos, silbidos y aplausos, que se descargó cuando pudieron distinguir al corredor, se trataba de un Santiago.

Isadora estaba de pie, vitoreando y agitando un pañuelo; su rostro estaba ruborizado de entusiasmo. Se contuvo, sin embargo, al ver que era Jerónimo el que se arrimaba a la meta. Para cuando la cruzó, ya no podía quitarle los ojos de encima. No lo había visto en años pero sabía que era el mismo muchacho que había jugado, trepado y corrido junto a ella. Su transformación la dejó pasmada. La gritería se apagó cuando ella se dirigió hacia él sacudida por la emoción. Don Flavio la agarró de la mano y la sacó de su abstracción.

—Hija, te toca entregarle el premio al ganador.

Isadora se echó a reír y acompañó a su padre hasta dónde estaba el vencedor, quien esperaba parado, sudoroso y jadeante, tratando de recuperar la respiración. Al acercársele, lo miró a los ojos, pero vio que él había agachado la mirada. Uno de los vaqueros le entregó la brida del caballo, y ella se la entregó a Jerónimo.

ଔ ଔ ଔ

El recuerdo de ese día hacía al anciano retorcerse en su sillón mientras oteaba el horizonte de Los Ángeles. No quería mirar por la ventana; le aterrorizaban las imágenes que podría ver ahí. Aunque, no importaba. El espectro que lo perseguía había regresado. Don Flavio escuchó el sonido de los huaraches contra el piso de arcilla seca del cañón. Lo sintió inicialmente lejos, pero luego inundó la habitación. Sacudió la cabeza en dirección a la ventana, hacia la aparición en el cristal. El Rarámuri, Jerónimo Santiago, se desplazaba hacia él. El anciano vio la ira reflejada en el rostro del indígena. Se acercaba cada vez más y más, y la velocidad de su cuerpo le quitó el aliento al anciano. De repente, don Flavio también estaba en la carrera. Estaba corriendo porque el indígena lo perseguía. El anciano jadeó, con la boca abierta, engullendo aire para que no se colapsaran sus pulmones, agarrado a los brazos del sillón, con los ojos a punto de estallar. Batalló por mantenerse a la delantera del corredor, tratando de evitar que lo alcanzara aunque reventara su corazón por el esfuerzo. Cesó súbitamente el ruido de los huaraches. El acoso terminó de un momento a otro. El Rarámuri se había esfumado, no obstante, don Flavio yacía sobre el sillón, sudoroso y confundido. Sacudió la cabeza para despejarse la mente.

Úrsula Santiago no esperó para entrar después de haber tocado varias veces a la puerta de la habitación; se adentró en el cuarto oscuro. Esta vez no le preguntó si quería que encendiera la lámpara. Fue a tientas hasta la cama y prendió la lámpara que estaba sobre la mesita de noche.

—Ya es tarde, don Flavio.

Dijo Úrsula mientras preparaba la cama para dormir. Esponjó las almohadas y enderezó el pequeño crucifijo que colgaba de la pared sobre la barandilla de metal de la cama.

—Todavía está lloviendo. Va a haber mucho lodo mañana.

Siguió hablando, tratando de darle conversación al anciano. Lo miró después de un rato. Se le veía cada vez más deteriorado. La piel se le estaba poniendo amarillenta.

—¿Ya vino Samuel? —La interrumpió don Flavio para preguntar por el nieto quien hacía años se había casado y había abandonado la casa. No visitaba casi nunca, pero el anciano siempre preguntaba por él.

—No vino hoy, don Flavio. Quizá venga mañana.

—Llama a mi hermana. Necesito hablar con ella.

—Señor, recuerde que ella ya no está con nosotros.

Úrsula esperó su respuesta, pero el anciano no dijo nada.

—¿Quiere algo de la cocina? ¿Pan dulce? ¿Más chocolate caliente?

—No. Déjame . . .

Solo, don Flavio siguió recordando.

Capítulo 8

Los sirvientes de Hacienda Miraflores desempeñaban sus tareas mientras don Flavio fumaba un habano, sentado en su escritorio. Don Ángel Pardo estaba sentado frente a él. Hubo una pausa en la conversación mientras ambos andaban en sus propios pensamientos. Eran mediados de diciembre y la sala se sentía ligeramente fría. Don Flavio tenía los ojos entrecerrados y su boca era una línea delgada.

—Serían buena pareja, Don Flavio. Le aseguro. Mi hijo, Eloy, ha expresado cariño por su hija y creo que ella le corresponde.

Don Flavio vio fijamente a don Ángel, observando su corpulencia. No era un hombre alto y los años habían dejado su marca. Todos sabían que él no estaba acostumbrado a andar a caballo ni a cazar, mucho menos a mostrarle a sus trabajadores cómo hacer algo. Y aquí delante de don Flavio estaba el resultado: un hombre achaparrado y con demasiado peso encima. Pero era de tez blanca, y para don Flavio eso era recompensa suficiente por los demás defectos que Pardo tenía.

Apartó su vista y miró por la ventana. Don Flavio estaba visualizando a Eloy, quien tenía más o menos la misma edad que Isadora. Era poco atractivo y aburrido, concedió don Flavio, pero como todos en la familia Pardo, era blanco. Los hijos de Isadora, sin duda, heredarían el mismo color de tez. De repente, don Flavio se puso tenso y frunció el ceño; la cara color café de su mamá le saltó inesperadamente a la memoria. La imagen duró sólo unos segundos.

—Primero, tendré que hablar con mi hija acerca de esta

proposición, don Ángel. Yo no la obligaría a nada. Y francamente, no he oído que mencionara a su hijo. Quizá ella ni siquiera le ha prestado atención.

—Ay, pero don Flavio ¿no recuerda cómo bailaron sin parar en la fiesta de cumpleaños de Isadora? Seguramente lo debe haber notado. Los rumores corrían entre los invitados, encantadísimos de ver qué linda pareja hacían. En verdad, no tengo duda alguna que esta pareja fue, como dice el dicho, hecha en el cielo.

—Umm.

Don Flavio no respondió a lo que el otro había dicho, más que con ese gruñido. Claro que había notado que Isadora había bailado esa noche con Eloy Pardo más que con ninguna otra persona ¿cómo se le escapó algo así? Pero Isadora no volvió a mencionar al joven.

Don Flavio se estudió las uñas mientras cavilaba. Era más rico que Pardo, por lo tanto la razón por el entusiasmo de don Ángel para formar esta pareja era obvia. Por otra parte, los Pardo tenían linaje y antecedentes familiares, no como los Betancourt a quienes algunas familias todavía consideraban intrusos.

—Hablaré con ella, —dijo don Flavio, de manera cortante. Y cuando vio que Pardo estaba por decirle algo, lo cortó—. Jamás he forzado a mi hija a hacer nada. Como he dicho, hablaré con ella y si acepta, pues bien, es su decisión.

—Pero don Flavio, seguramente usted tiene influencia sobre su hija. ¿Qué padre no la tiene? Yo estoy aquí porque ya le he llamado la atención sobre esto a Eloy, y después de, pues . . . después de mucha conversación y, pues . . . persuasión, estuvo de acuerdo conmigo de que ésta sería la alianza del año

Don Flavio, que estaba por levantarse de la silla, se desplomó nuevamente en ella al oír las palabras de don Ángel. Frunció el entrecejo y escrutó intensamente al otro hombre.

—¿Qué es lo que dice? ¿Me está diciendo que usted tuvo que convencer a su hijo de casarse con mi hija? ¿Eso es lo que me está diciendo? —Flavio no trató de ocultar el coraje que sentía al pensar que el hijo de don Ángel le iba a hacer un favor al casarse con Isadora. Su hija tenía más dinero, más educación y más elegancia en su persona de lo que la familia Pardo podría tener jamás.

—¡Ay, no, no, don Flavio! Le pido mil disculpas si esa es la impresión que yo he dado. Eloy está enamorado de Isadora, créame. Habla de ella constantemente, él la necesita, apenas come . . .

Don Flavio levantó la mano, interrumpiendo las excusas interminables. Estaba furioso y sólo quería acabar con esta conversación. Pero algo le instó a controlarse y a explorar la posibilidad de una unión entre las dos familias. Tal matrimonio ofrecería muchas ventajas.

Esa noche, don Flavio e Isadora hablaron de la propuesta matrimonial de Pardo. Cuando don Flavio trató de sacarle plática sobre sus sentimientos con respecto a Eloy, Isadora fue evasiva, cambiando de tema cada vez que se lo mencionaba. Don Flavio dejó pasar unos días y nuevamente sacó a relucir el tema.

—Papá, lo he pensado y creo que sería una buena idea que yo me casara con Eloy. Me gusta. Me gusta su manera de ser, y baila bien.

—¡Baila bien!

La voz de Flavio era sarcástica, pero por dentro, estaba sorprendido de que Isadora había acordado tan fácilmente al matrimonio. Secretamente había esperado que ella pidiera más tiempo, que se resistiera, que discutiera, hasta que emitiera amenazas. Su actitud lo decepcionó, pero luego se imaginó que Velia Carmelita debió haber acordado casarse con él de la misma manera. Pensar en ella le molestó. Hacía años que no pensaba en su esposa. Haberse acordado de ella también lo fastidió porque tuvo que pensar en Brígida.

Isadora se casó con Eloy Pardo un año más tarde. Flavio hizo que se construyera una casa para la pareja en sus tierras, a poca distancia de Casa Miraflores. Úrsula Santiago, en su papel de mamá, se mudó con Isadora. Al poco tiempo, Isadora le dijo a Flavio que estaba encinta. Flavio estaba contento y por el momento, pudo olvidarse de las preocupaciones que lo acosaban durante esos días. Una de las cuales era que Jerónimo Santiago andaba merodeando por allí, huraño y malhumorado, hasta que un día —para el gran alivio inexpresado de don Flavio— simplemente desapareció. La otra preocupación, más importante para él, era que Eloy ya estaba dando señales de apartarse de Isadora. Se pasaba noches enteras fuera de la casa, dando hincapié a rumores de que era un mujeriego. Don Flavio trató de silenciar los chismes, pero aumentaban más cada día.

Isadora tuvo un hijo, y le puso Samuel. Cuando don Flavio primero lo acurrucó en su brazos, sintió una enorme alegría, especialmente cuando vio que el niño había heredado la belleza de su madre. Pero su alegría desapareció cuando se enteró que Eloy se había marchado con una de las sirvientas, una mujer que dejó a un marido y cuatro hijos.

Después de que Eloy abandonó a Isadora y a Samuel, los años pasaron lentamente para don Flavio. Durante ese período, Flavio sufrió mucho, culpándose por el fracaso del matrimonio de su hija, sabiendo que ella estaba sola. Isadora no hablaba del asunto, pero don Flavio tenía miedo. No sabía por qué, pero tenía miedo por ella. Su temor aumentó cuando un día, oyó un rumor de que Jerónimo Santiago había regresado.

ଔ ଔ ଔ

Cuando Samuel tenía cinco años, empezaron los rumores sobre Isadora, en voz baja al principio, luego fueron creciendo y al final eran tan enormes que quedaron fuera del poder de control de don Flavio.

Al principio, él no quiso creer lo que sus ojos y oídos le decían. Isadora era su hija, la persona que más amaba en todo el mundo, a la que le había dado todo. Pero era la verdad. Al poco tiempo, estuvo convencido de que lo que las malas lenguas estaban diseminando de casa en casa, de choza en choza, del establo al pozo de la mina, de los llanos hasta los cañones y aun hasta las cuevas, era verdad. El chismorreo decía que Isadora ahora era la mujer de Jerónimo Santiago, que dormía con él, que aparecía a su lado tomada de su brazo.

Don Flavio enfrentó a Isadora. Ella ni siquiera trató de negar lo que los rumores decían. Admitió que era la concubina de Jerónimo y que estaba encinta de un hijo suyo. Después de eso, se marchó. Desapareció, llevándose a Samuel. Don Flavio sabía que había huido a las cuevas en lo alto de la sierra.

Poco después de la fuga de Isadora, don Flavio sufrió un colapso. Fue atacado por una recurrente fiebre alta, acompañada de vómitos y delirios. Su enfermedad duró varios días, cuando empezó a recuperarse, su espíritu se había paralizado. Ya no tenía capacidad de pensar o de moverse. No quería salir de su habitación porque había quedado avergonzado y humillado por lo que su hija había hecho. Cuando le trajeron comida, se rehusó a abrir la puerta. Cuando golpeaban la puerta, su respuesta era el silencio. No se bañaba ni se rasuraba, y cuando cada día se tornaba en noche, se mantenía en vigilia durante la oscuridad hasta que los primeros rayos de luz penetraban la penumbra de su guarida.

Don Flavio no supo cuántos días habían pasado antes de que se despejara su mente. Cuando finalmente quedó lúcido, empezó a tramar su plan. Se convenció de que no sólo El Rarámuri pagaría por esto, sino que su padre, su madre, sus hermanos, tíos, tías y toda la tribu sufriría con llantos y angustias. Don Flavio no se apuró, pero se pasó día y noche rumiando y maquinando.

Primero, decidió que dejaría pasar un tiempo. Don Flavio sabía que la tribu esperaba que él se deshiciera de El Rarámuri y del resto de su familia, que correría a cada uno de esos diablos de Hacienda Miraflores. Pero decidió hacer justo lo opuesto; no haría nada porque eso los dejaría más confundidos. Esperaría hasta que todos pensaran que nada iba a pasar, y entonces atacaría. Después se cruzaría de brazos y los observaría caer en el dolor y la inanición.

A Flavio le tomó tiempo ingeniar la próxima fase de su estrategia porque involucraba a El Rarámuri y a Celestino. Su primer impulso era eliminar tanto al hijo como al padre. Flavio sabía que sería sencillo, que nadie desafiaría su autoridad, especialmente en virtud del insulto que había sufrido. Sin embargo, decidió que sólo matarlos no era suficiente, que eso era demasiado fácil, demasiado rápido, demasiado agradable. Don Flavio pensó en capar a Jerónimo, dejándolo que cojeara de por vida, ni hombre ni mujer. Pero la idea de su continuada presencia le daba asco.

Cuando consideró lo que haría con Celestino, se le hicieron nudos en el estómago. ¿Qué le causaría sufrir el mismo dolor del que él padecía? ¿De qué manera podía crear la misma tortura para Celestino? Un tormento que duraría el resto de su vida. Cuando le vino la respuesta, se reprochó por no haberla visto desde un principio. Los dos castigos se acoplaban: Al matar al hijo, el padre quedaría vivo para sufrir la misma pena y ultraje que él sentía. Con esto, don Flavio vio que su plan estaba listo. Pero resolvió que tendría paciencia. Pensó en el embarazo de Isadora, decidió esperar un año antes de poner su plan en práctica, aunque cada hora era una tortura para él.

Después de finalizar los detalles del plan, don Flavio se rasuró, bañó, vistió y salió de su habitación. Al caminar por los pasillos y corredores de la hacienda estaba consciente de los ojos asustados y sorprendidos de los sirvientes. Se había mirado en el espejo y sabía que había perdido peso, que su rostro estaba más pálido, arrugado y viejo. Don Flavio entendió que cuando los ojos de los sirvientes Rarámuri lo miraban, era con una mezcla de curiosidad y temor; estaban esperando que se desatara su furia. Pero no hizo nada, le satisfacía saber que eso los aterrorizaba aun más, que elevaba la ansiedad y aumentaba el temor de lo que pasaría ahora que El Rarámuri e Isadora vivían juntos.

෬ ෬ ෬

El momento de implementar su plan no tardó en llegar. Ese día, don Flavio nerviosamente se tocaba el corbatín al pararse ante la ventana, dándole la espalda al hombre, un extraño en estos lares. Había sido contratado, a pedido de Betancourt, a través de un contacto en Los Mochis. Don Flavio habló primero, sus palabras cautelosas.

—No contesto preguntas.

—No las hago.

Betancourt volteó la cabeza hacia el hombre, sorprendido por la brusquedad de la respuesta, así como por la frialdad de la voz. Cuando don Flavio lo miró de arriba abajo, vio que el aspecto del hombre ocultaba su voz y sus palabras: anteojos con montura de alambre, ojos miopes, una cara rosada y redonda, un bigote pequeñísimo y cuidadosamente recortado; traje cruzado de sarga, un sombrero de paja delicadamente apoyado en su regazo. Parecía un profesor o quizá un banquero, notó Flavio.

—¿Cuáles son sus condiciones?

—Cinco mil. En oro. Nada de billetes. Cincuenta por ciento ahora, el resto al completarse el proyecto.

—¿Cuáles son sus armas?

—Las que usted prefiera.

—¿Cuándo?

—Cuando usted diga.

Este rápido intercambio dejó a don Flavio con las rodillas temblando. Se sentó frente a este hombre de poca estatura. Escudriñó el rostro del asesino, su cuerpo, la manera en que estaba sentado. Flavio había decidido que eliminaría a Jerónimo Santiago de la vida de Isadora, y aunque había analizado, cuestionado, a veces, hasta dudado de sus decisiones, al final Flavio no encontró ninguna otra solución.

Su mente se lanzó a otro momento, reviviendo la amarga confrontación que tuvo con Isadora. Admitió que había sido él quien provocó el choque con su hija cuando quedó convencido de que realmente era la mujer de El Rarámuri. En aquel momento, Flavio había estado seguro de que él podía cambiar su parecer, de que se impondría usando su autoridad si fuera necesario. Pero Isadora se sublevó, indómita y en vez de tratar de ocultar la verdad, se la echó en cara.

Desde entonces habían pasado meses. Ahora, enfrentando al hombre que sería el verdugo de Jerónimo, Flavio inexplicablemente empezó a vacilar. Pensó que había estado totalmente comprometido al plan que había tramado, pero con el asesino sentado al frente, comenzó a sentirse incómodo. Había participado del derramamiento de sangre durante la Revolución —qué hombre no lo había hecho, se preguntó. Pero jamás había mandado a matar a nadie.

Miró al hombre pequeño y creyó ver una expresión de que algo le hacía gracia. Sus cejas se habían arqueado y su boca había formado un círculo pequeño que enfatizaba su bigote fino como marca de lápiz. Flavio bajó los ojos, tratando de ocultar sus emociones. Quería fingir que era resuelto e inquebrantable.

En su mente calculaba: Isadora había sido cautivada por Jerónimo, y estaba empeñada en vivir con la gente de él como si fuera una de ellos. De eso, don Flavio no tenía duda alguna. Nada más que la eliminación de ese hombre, la sacaría de su lado porque ella ya había perdido el raciocinio. Como ella misma dijo, estaba cargando un hijo y con el tiempo, todos se enterarían de quién había engendrado esa criatura. Con respecto a su nieto Samuel, existían sólo dos caminos: o se quedaba con su madre y pasaría a ser tan primitivo como la gente que lo rodeaba, o volvería a vivir con don Flavio para enfrentar una vida de burla y humillación por lo que había hecho su madre.

Al reconcentrarse en estos argumentos, la resolución de don Flavio quedó renovada. Pero luego fue azotado por otro asunto: ¿Qué pasaría con Isadora? Ella iba a saber con certidumbre que había sido él quien había mandado a asesinar a su amante. ¿Cómo reaccionaría? ¿Lo odiaría? ¿Optaría por vivir entre esa gente en una cueva, aun sin El Rarámuri? Pero esos pensamientos ya no podían cambiar el sentir de don Flavio. Estaba seguro que no tenía otra alternativa. No podía mantenerse al margen y ver a su hija mezclarse con esa gente; no podía permitir que este insulto intolerable quedara sin castigo.

Flavio irguió la espalda, tenso, inmóvil. Sin darse cuenta

había puesto las manos, palma abajo, sobre el escritorio. Estaba sudando tanto que sus dedos dejaron una impresión húmeda sobre la superficie pulida cuando levantó las manos. Reconfirmó su decisión al dejar a un lado su temor sobre la manera en que Isadora reaccionaría. Se paró, caminó al ropero donde guardaba el efectivo y volvió con un talego de piel en sus manos. Se lo entregó al hombre pequeño.

—Cuéntelo.

—No hay necesidad, señor Betancourt. Su reputación es excelente. Por favor dígame de quién estamos hablando, cuándo quiere que se realice la misión y con qué armas.

Don Flavio se forzó a sentarse nuevamente. Le dio el nombre y la descripción de Jerónimo Santiago, dónde lo podía encontrar, cuándo y cómo se debería llevar a cabo el lance.

—No quiero que se usen armas de fuego. Atraerá demasiada atención.

El pequeño hombre de cara redonda accedió afablemente; como un vendedor tomando un pedido. Cuando vio que don Flavio había terminado, se puso de pie sin decir nada, le estrechó la mano y caminó a la puerta. Antes de salir, volteó la mirada y dijo —Entiendo su vacilación, señor Betancourt. No es fácil matar. Créame, yo sé.

ೞ ೞ ೞ

Unos días después, el pequeño hombre de cara redonda se ocultó entre los arbustos y árboles para esperar a Jerónimo Santiago. Dos hombres lo flanqueaban. Se escondieron en una zona boscosa.

El asesino a sueldo había pasado varios días siguiendo a El Rarámuri, aprendiendo de memoria sus rutas, horas y hábitos. Sabía que su presa ya no trabajaba para Hacienda Miraflores, pero no fue difícil recopilar la información necesaria. Cuando estuvo satisfecho de que había dominado las idas y venidas de Jerónimo, atacó.

Era mediodía cuando Jerónimo se agachó para beber del arroyo. Al ahuecar las manos para recoger agua, oyó algo detrás de sí. Se dio vuelta para ver que dos hombres se le venían encima a toda velocidad. Jerónimo había temido algo así desde el principio, y aunque sentía miedo, no se sorprendió. Mandó una patada en dirección a uno y le pegó al otro con el puño. Los golpes dieron en el blanco y tuvo el tiempo justo para salir corriendo hacia los árboles cercanos. Corrió, pero en un momento, las botas que tenía puestas lo empezaron a frenar. Se detuvo abruptamente, lo suficiente como para arrancárselas. Descalzo aumentó su velocidad y los que lo perseguían quedaron más y más atrás hasta que ya no los oía. Pero no aminoró el paso y se encaminó hacia la barranca.

Jerónimo corrió con tesón y el ritmo de sus pies incrementó su energía. Apenas se veía el movimiento de sus pies sobre la tierra a medida que aumentaba la velocidad. Sabía que solamente otro como él, uno de sus hermanos, podría alcanzarlo o mantenerse a la par. Corrió con confianza, sabiendo que dentro de poco estaría con los suyos y con Isadora.

Inesperadamente, un hombre saltó al camino delante de él, casi chocando con Jerónimo, pero guardando la distancia que necesitaba para levantar el brazo. El hombre bajó su arma. Ocurrió tan de repente que Jerónimo no vio de dónde había venido la primera tajada del machete, pero le desgarró el antebrazo derecho. La fuerza del golpe, intensificada por el ímpetu de su carrera, lo tambaleó hacia atrás. Aún al caer, tuvo tiempo de ver el brillo de otra cuchillada que se le acercaba. Ésta le cortó el muslo izquierdo, casi cercenándole la pierna. Un dolor atroz atravesó su cuerpo. Jerónimo se retorció y tembló, rodó en la arcilla polvorienta, su sangre se mezcló con la tierra. Antes de sucumbir a la total oscuridad, tuvo un segundo para ver una cara redonda; anteojos que reflejaban momentáneamente el brillo de la puesta del sol y labios redondos que señalaban a alguien que apuntara a la garganta de Jerónimo.

CR CR CR

Habían pasado años desde aquel día, pero la memoria todavía perseguía a don Flavio, sentado en su sillón, casi sin respirar. Miró detenidamente a la ventana empapada mientras que recordaba la cabeza de El Rarámuri, los ojos muertos que lo fulminaban con la mirada. El anciano revivía el asesinato y el intento de Isadora de matarlo poco después. Se aferró a los brazos del sillón, tratando de relajar su cuerpo, pero la memoria del odio que ella le tenía lo aplastó. Algún impulso lo hizo mirar a uno de los rincones de la habitación. Entrecerró sus ojos; pliegues de piel reseca le cubrían los ojos, y se le hacía difícil ver, pero estaba seguro que ella estaba allí y empezó a sollozar.

—¡Ay! ¡Ay!

El anciano gemía con tanta fuerza que Úrsula entró a la habitación sin golpear la puerta. La lámpara que había prendido no iluminaba lo suficiente la habitación, la luz era tan tenue que Úrsula chocó ruidosamente con una silla.

—Por Dios, don Flavio ¿qué pasa?

No le contestó. Úrsula por fin lo pudo ver, encorvado en el sillón. Estaba casi enrollado, los brazos agarrándose el estómago, y seguía gimiendo. Trató de enderezarlo, pero él se resistía. Ella miró a su alrededor, buscando, como si la cura del dolor estuviera en algún lado de la habitación. Úrsula oyó un ruido y vio que había entrado Alondra, en su camisón.

—El viejo está enfermo, —susurró Úrsula—. Creo que deberíamos llamar al doctor Canseco. ¿Qué te parece?

—Abuela, tú sabes cómo se pone cuando hacemos eso. Enloquece.

—¿Qué tanto cuchichean? —dijo don Flavio, su voz débil y áspera, pero segura.

—Déjenme. Ya pasó. —Cuando las mujeres no se movieron, repitió sus palabras—, Déjenme. Por favor.

Úrsula y Alondra se miraron, sorprendidas. Ninguna podía acordarse de una sola ocasión en la que don Flavio había sido cortés. Después de unos segundos, Úrsula encogió los hombros y movió la cabeza hacia la puerta. Se fueron sin decir una palabra.

El anciano, con los ojos cerrados, apretó su estómago con ambas manos. Unos dolores fuertísimos recorrían su abdomen de un lado a otro. Apoyó la cabeza en el respaldo y volvió a sus memorias. Afuera seguía lloviendo. El cuerpo frágil de don Flavio se estremecía, sus ojos pegados a la ventana, donde reflejos de luces brillaban con cada automóvil que pasaba.

El anciano nuevamente se dobló en su sillón. El dolor que sentía era demasiado atroz, demasiado intolerable. Entre sus labios flácidos le corría la baba. Trató de enderezar su cuerpo, pero no pudo; parecía que su estómago estaba en las garras de algo.

—¡Ay!

Úrsula y Alondra entraron corriendo nuevamente cuando oyeron al anciano gimotear. Al abrir la puerta, lo encontraron en el piso, apretando las rodillas contra el estómago con los brazos. Su rostro se retorcía del dolor; los gemidos aumentaron a aullidos, y los aullidos aumentaron en volumen con cada segundo.

Las mujeres se arrodillaron junto a él tratando de calmarlo, tratando de que dejara de aullar, pero don Flavio lloraba con la boca abierta, gemía desconsoladamente, llamaba a Isadora, pero no había respuesta. Se retorció aun más hasta que el dolor lo abrumó, dejándolo inconsciente, mientras su espíritu batallaba con la visión de su hija encerrada en una celda.

Isadora Betancourt

Capítulo 9

Isadora Betancourt empezó a despertarse del sueño provocado por los sedantes en los que había estado sumergida por varios días. Estaba tumbada en el asiento de atrás toda despatarrada, se sentía empujada de un lado a otro, a medida que el automóvil caía en baches y pasaba por los adoquines desiguales. Cuando por fin se pudo levantar y sentar, vio la silueta bien delineada de su padre en el asiento al lado del chofer. Estiró el cuello y entrecerró los ojos, pero se le nubló la vista cuando se viró para mirar por la ventanilla de atrás. Lo único que pudo ver era unos arbustos que pasaban por el reflejo de las luces traseras del Packard.

Isadora trató de hablar, pero el paladar y la lengua se le habían resecado. Abrió los labios; pero no salía ningún sonido. Lentamente, se empezó a despejar su mente, mientras que el automóvil recorría el camino lleno de curvas. Trató de pensar, pero lo único que podía recordar después del tiroteo fue que la habían encerrado en una habitación; por cuánto tiempo, no sabía. Recordó algunas imágenes borrosas: su padre y otro hombre que la arrastraban a un automóvil. Eso le causó confusión —estaba segura que había matado a su padre. ¿Cómo pudo haber sobrevivido? ¿Cuánto tiempo había pasado?

Su última memoria clara era de la casa de su padre, donde habían discutido. Después de eso, oscuridad, espesa e impenetrable como la que la envolvía ahora. Se distendieron sus pupilas tratando de enfocar. Pensó en Samuel y en Alondra, pero la neblina causada por los medicamentos eliminó cualquier otra imagen.

—¿Adónde vamos? —preguntó con voz ronca.

Don Flavio viró el cuello para mirar de reojo a su hija. De repente, le entró un terror de pánico a Isadora; comenzaba a comprender; podía ver los pliegues de piel suelta alrededor de la mandíbula de su padre; cada pliegue colgando por encima del cuello almidonado de su camisa abrochada con un corbatín. Su boca estaba rígida y en la oscuridad, apenas veía el reflejo de sus apagados ojos azules.

—¿Adónde vamos?

Sin pensar, sus manos se precipitaron en pánico sobre la puerta. No importó cuántas veces empujó la manija para arriba o para abajo, la puerta no abría; la habían cerrado con llave por afuera. Empezó a patalear desesperadamente en el aire. Sus pies descalzos golpearon el respaldo del asiento delantero, varios golpes encontraron un blanco. Una patada acabó en la oreja derecha del chofer quien se acurrucó encima del volante y dio un gruñido de dolor. Las próximas patadas rasparon la mejilla de su padre, y con eso éste se dio vuelta en el asiento y le agarró los tobillos fuertemente. Sus manos la agarraban con tanta fuerza que dio un gemido de dolor. El automóvil se detuvo repentinamente.

Mientras que el chofer esperaba delante de las puertas de hierro la llegada de un portero, hubo total silencio en el automóvil, se oía sólo el runrunear del motor y el jadear de los tres pasajeros.

Isadora dejó de luchar, y don Flavio le soltó las piernas. Ella apretó su rostro contra la ventanilla del automóvil para leer las palabras inscritas en la pared que surgía imponente delante de ellos. "Sanatorio de San Juan. Zapopán, Jalisco". Observó la fachada curvada del asilo con terror.

No, era un convento. Quizá una iglesia.

Pero al acercarse el automóvil al edificio, Isadora comenzó a oír los gritos de una mujer en la distancia. Movió la cabeza en dirección a los gritos. Brígida le había hablado de un lugar como éste en una ocasión, un lugar donde los hombres escondían a las mujeres desobedientes. Al principio, los gritos dementes parecían estar lejos. Pero se fueron acercando hasta que los sintió casi encima de ella.

Entonces supo. Sus manos se levantaron para tocar su boca abierta en terror. Trató de cubrir con las manos ese hueco del que salían gritos de protesta, pero había perdido control de su cuerpo.

Se abrieron bruscamente las grandes puertas de entrada del sanatorio y cuatro hombres salieron corriendo por las escaleras empinadas. Isadora vio sus uniformes cuando abrieron la puerta trasera del automóvil. Se echó en dirección opuesta, tratando de evitar las manos que la alcanzaban. Golpeó con toda su fuerza contra la ventanilla cerrada y cuando se estrelló el vidrio, no le molestaron los trozos y fragmentos de vidrio que le penetraban las muñecas y los antebrazos.

Había estado vestida con un camisón y una bata de cama delgada y éstos se rasgaron y deshicieron cuando la arrastraron del automóvil, pero ella estaba totalmente ajena a su desnudez y al dolor en sus senos, hombros y abdomen causado por esas manos que la tiraban y arrancaban. Continuó pataleando y moviendo los brazos violentamente mientras gritaba con desaforo. Con una fuerza que tomó de sorpresa a los que la querían detener, Isadora retorció su cuerpo hasta que se libró de ellos. Sintiéndose libre, corrió, y subió la escalera a empellones y se internó en el patio interno del asilo.

Las columnas del claustro se irguieron delante de ella. Los helechos y geranios en sus macetas brillaban como monstruos negros a esa hora antes del alba. Corrió alrededor de las plantas, cortándose los pies descalzos contra las baldosas afiladas del piso. Se estrelló contra una maceta que bloqueaba su camino, y la tumbó al suelo; la tierra y las hojas la azotaron. Después de darle unas vueltas frenéticas al patio, jadeando y ahogada, corrió precipitadamente y se cayó en una fuente que no había visto.

Los hombres la sacaron del agua fría atontada y respirando entrecortadamente, y ya no la soltaron. Isadora oyó el jadeo de uno que la agarró del brazo izquierdo y le metió una aguja, descargando el contenido de una jeringa. Su última sensación fue que iba perdiendo el conocimiento, el agua le chorreaba de la nariz y las baldosas le cortaban las rodillas.

ୠ ୠ ୠ

Oyó voces pero su cuerpo estaba paralizado y no podía hablar. Estaba tendida en una superficie dura y cubierta con algo que creía ser una sábana. Aunque tenía los ojos cerrados, se filtraba la luz de una lámpara colgada encima; esferas blancas y negras se arremolinaban en el vacío debajo de sus párpados.

—Señor Betancourt, antes de llegar a cualquier conclusión, tendremos que someter a su hija a una serie de pruebas.

Isadora hizo lo posible para oír la respuesta, pero había sólo silencio.

—Lo que quiero decir, don Flavio, es que no la podemos tener aquí sin pruebas más convincentes de que ella realmente está demente. Recuerde, por favor, que este sanatorio es sólo para los casos más extremos. Si su hija ha demostrado indicios de melancolía o algún otro síntoma, no quiere decir que ella haya perdido la razón.

Isadora luchó por moverse, pero no pudo —ni un dedo de manos o pies, ni un codo. Se preguntó cómo era que podía oír pero no moverse. Después de algunos minutos, oyó el respirar profundo de su papá.

—Doctor Alférez, Isadora está loca; trató de matarme. Usted me va tener que creer. Lo heredó de su madre, créame. Ella también perdió la razón, pero Dios le tuvo piedad. Se la llevó con Él.

Las mentiras de su padre la empezaron a tranquilizar. Ahora recordaba lo que había pasado. Ella se había enterado del asesinato de Jerónimo. Le dio placer saber que había tratado de matar a su padre.

—Esta desconocida ya no es mi hija. Mi hija murió hace tiempo, le estoy diciendo. En su lugar quedó esta mujer que ha demostrado su demencia con actos depravados y violentos. El rostro de Jerónimo, penetró la oscuridad. Isadora pensó en Alondra. Con eso, dejó de tener miedo. Sintió que un dedo levantaba el párpado de su ojo izquierdo. Un haz de luz inundó la pupila y luego el párpado se volvió a cerrar cuando se quitó el dedo. Oyó un suspiro profundo.

—Aún así, don Flavio, perdóneme, no tengo ninguna intención de insultarlo, pero no puedo atenerme solamente a su palabra. Estamos obligados . . .

La voz se detuvo abruptamente y se oía que se movían o juntaban papeles. Hubo movimiento en la habitación. Alguien abrió una ventana e Isadora sintió una ráfaga de viento contra la cara.

—Usted recibirá esto todos los meses, doctor. Y esto aumentará con cada año de la vida de ella. Veo también que ustedes necesitan equipos nuevos; esta mesa debería reemplazarse por una más moderna. Asegúrese que le garantizaremos el mejoramiento de su institución.

Hubo más silencio, luego el clic del abrir y cerrar de una puerta. El terror la atravesó nuevamente, forzándola a gritar, pero el aullido hacía solamente eco en su cabeza; su boca estaba congelada y cerrada.

Isadora entendió que la habían abandonado. Se dio cuenta de que estaría aislada el resto de su vida y que su padre era quien la había condenado.

Capítulo 10

Entre los primeros recuerdos de Isadora Betancourt se contaba la curiosidad por su tía Brígida. Después de eso, Jerónimo Santiago llenó casi todo momento de su niñez. Aun cuando estaba con su papá, cuando comían juntos o salían a cabalgar en el llano, por lo general, su cabeza estaba llena de pensamientos de su tía o del muchacho Rarámuri.

 C3 C3 C3

Isadora recordó que una noche, cuando tenía doce años, oyó a alguien cantar, o quizás suspirar. Aunque había estado profundamente dormida, el sonido musical la había despertado. Se levantó de la cama y caminó despacito por el corredor. Miró a su alrededor y luego hacia arriba. Las sombras de los techos abovedados parecían gigantescos pájaros negros que la asustaron, así como las ventanas alargadas a un lado del pasillo. Le parecían ojos puntiagudos que la seguían. Todo eso la asustó, pero quería descubrir lo que había creído oír.

—¡Ay, Dios!

Isadora estaba tan cerca de la puerta de la habitación de tía Brígida que pudo distinguir las palabras que se filtraban por debajo de la misma. Se detuvo un momento, indecisa, queriendo volver corriendo a la seguridad de su propia habitación, pero la curiosidad la detuvo. Luego oyó más. Logró distinguir un nombre.

—¡Velia Carmelita!

La voz de Brígida era suave. Isadora pensó que sonaba casi como el inicio de una canción, y sintió que se le desvanecía el miedo. Se acercó más a la puerta y puso su oreja contra el panel tallado.

—¡Velia Carmelita!

¡Ahí, de nuevo! Isadora no se había equivocado: su tía decía el nombre de su madre. La voz de Brígida era tan bella que Isadora no pudo resistir, puso su mano en la manija de bronce y la giró. La puerta apareció casi sin tener que empujarla; la enorme recámara apareció ante ella. Una luz pálida inundaba la habitación e Isadora vio a Brígida sentada en el borde de la cama. Ahora oía la voz claramente, pero todavía no sabía si Brígida estaba cantando o llorando.

Isadora vaciló unos instantes, luego comenzó a moverse lentamente hacia su tía. De repente, Brígida calló y el sonido suave de los pies de Isadora se oyó en toda la habitación. Brígida se volteó bruscamente. Isadora se asustó tanto que salió corriendo. Con su camisón blanco, la huida de Isadora parecía un rayo de luz en la oscuridad hasta que desapareció de vista.

Cuando llegó a su habitación, estaba respirando profundamente por el terror y la corrida. Saltó a la cama y se cubrió la cabeza con la cobija, riéndose y sollozando al mismo tiempo. Sintió pena por huir; deseaba haberse quedado para oír la canción de su tía. Hundiéndose en el sueño, Isadora pensó que le hubiera gustado que su tía Brígida la hubiera acurrucado en sus brazos.

La mañana siguiente, Isadora salió a cabalgar con su papá, tal como hacían casi todos los días. Esa mañana, sin embargo, ella decidió no escuchar las parábolas de su padre, ni las reglas y barreras que regían a las mujeres.

—Papá ¿por qué actúa raro la tía Brígida?

Don Flavio detuvo su caballo instantáneamente, tomando al mismo tiempo las riendas del caballo de ella.

—¿Qué quieres decir?

—Pues, suspira mucho y luego canta. ¿No la oyes? Creo que lo hace casi todas las noches.

Don Flavio tragó aire entre dientes. Ahora Brígida estaba afectando a su hija. Él sabía que ya no podía dejar de hablar del tema.

—Porque está loca.

—¿Loca? ¿Cómo?

Isadora lo miró perpleja porque no veía la conexión. Flavio trató de ser paciente con ella y movió los labios, pero no podía controlar el ceño fruncido que le daba un aspecto de gran enojo. Sencillamente no quería hablar de su hermana, aun cuando eso involucraba a Isadora.

—Cuando alguien tiene todo: comida, ropa, una linda casa, sirvientes, todo lo que pudiera querer en este mundo, y todavía se pasa los días y las noches haciendo el papel de idiota, ésa es una mujer loca. ¿No te parece que es hora para tu taza de chocolate? —Le puso espuela al caballo y salió al galope.

Isadora se quedó atrás unos momentos, considerando lo que había dicho su padre, luego lo siguió. Mientras comían, platicaban, y aunque Brígida no formaba parte de la plática, ambos estaban pensando en ella.

Isadora se había empeñado en saber más de su tía. Después del desayuno, se fue a la cocina en busca de Úrsula. Por fin la encontró afuera, en el fondo de la casa, donde hacía un pedido de harina, arroz, vino y otros comestibles a un comerciante ambulante. La esperó hasta que terminara.

—Úrsula ¿por qué actúa tía Brígida de esa manera?

La mujer mayor la miró. Desde que Isadora tenía tres años y durante los últimos diez años, Úrsula la había visto crecer y en ese tiempo, terminó amándola. Úrsula no se había casado; había tomado a Isadora como su hija. Ahora, por fin le había hecho la pregunta que ella sabía que algún día le iba a hacer. Se dio vuelta para poner agua en una jarra.

—¿Qué quieres decir?

—Por la noche canta y tararea y camina por los corredores.

—Eso no es tan raro.

—¿No es?

—No. Ella duerme durante el día.

Isadora arrugó la frente y puso su mano en el hombro de Úrsula. Quería toda su atención.

—¿Por qué llama el nombre de mi mamá?

Úrsula colocó la jarra en la mesa, se secó las manos en el

delantal y miró a la niña. Era como su papá. Sus ojos, cabellos, rostro, cuerpo. Esto, se dijo Úrsula, es lo que la hace también como Brígida. Pero al mirar fijamente a Isadora, vio lo que había visto desde que era pequeña. Algo alrededor del borde de la frente, las esquinas de los labios, el ángulo de las mejillas —ahí estaba Velia Carmelita, si alguien quería verla y recordarla. Úrsula sabía, se acordaba de la esposa de don Flavio, aunque hubiese sido muy joven cuando la mujer falleció. Se envolvió las manos en el delantal y ladeó la cabeza. Sus ojos se entrecerraron por el brillo del sol matutino.

—Pues, niña, no estoy segura, pero creo que es porque amaba mucho a tu mamá.

—Pero . . .

—Cuando amas mucho a alguien y esa persona muere, parte de tu espíritu se va con ella. Es una tristeza que viene y toma el lugar de lo que antes era tuyo.

Al oír sus propias palabras, Úrsula se dio cuenta que estaba hablando sin realmente saber lo que decía. Hasta ahora, ella nunca había perdido a nadie que amaba, alguien como Isadora.

—Pero ella canta, Úrsula. La gente canta cuando está contenta y no cuando está triste.

—A veces cantamos cuando estamos tristes. Lo hacemos especialmente en nuestros sueños.

Habiendo dicho eso, Úrsula sacó sus manos del delantal, se arregló unos cabellos que se habían soltado con la brisa, y volvió a la cocina. Dejó sola a Isadora, pero cuando se dio vuelta para mirarla, vio que la niña seguía parada donde la había dejado.

෨ ෨ ෨

Ese día, Isadora decidió enfrentar a su tía Brígida. No esperó hasta la noche porque tenía miedo de perder el valor; le tenía miedo a la oscuridad. Esperó hasta después de la comida, cuando ya casi todos en la hacienda estaban durmiendo la siesta y nadie la podía observar, ni siquiera su papá.

Haciendo un esfuerzo para ser valiente, Isadora se encaminó hacia la habitación de Brígida. Hasta se sacó los zapatos para que no hicieran ruido. Esta vez, al caminar por el corredor, todo se veía diferente. Las ventanas no eran ojos alargados que espiaban; sólo dejaban entrar el sol de la tarde. Los techos altos no ocultaban pájaros desagradables, sino que parecían dar albergue, protección.

Cuando llegó a la puerta de la habitación de Brígida, Isadora golpeó la puerta suavemente. Nadie respondió, volvió a golpear la puerta, un poco más fuerte esta vez. Puso su oreja contra la puerta y se sobresaltó cuando la puerta se abrió repentinamente. Ahí estaba Brígida frente a ella; estaba vestida en un traje largo, negro con un cuello que le llegaba al mentón; y las mangas eran tan largas que se veían sólo sus manos largas y blancas.

—Tía . . .

Isadora veía a su tía casi todas las noches a la hora de cenar. Sin embargo, ésta fue la primera vez que la había enfrentado sola, en su habitación, lejos de su papá y los sirvientes. Isadora sabía intuitivamente que si su papá se enteraba, la castigaría.

Al mirar a su tía, se dio cuenta por primera vez de que el vestido de Brígida era anticuado; de que ella era alta y muy delgada. También notó que su rostro no era severo e inflexible, como lo era generalmente de noche en la mesa. No era como el yeso que cubría las paredes, y aunque Brígida no decía nada con los labios, Isadora vio que hablaba con los ojos.

—Pasa, Isadora.

La niña entró tímidamente, pasando a su tía, pero luego tomó más confianza al llegar al centro de la habitación. Miró a su alrededor y vio fotografías, algunas tan pequeñas que no podía distinguir quiénes eran. Otras se encontraban amarillentas y otras más cubiertas de un matiz violáceo. Lo que más le llamó la atención a Isadora fue que había fotos por todos lados: en los estantes, las paredes, cómodas, mesas y hasta desparramadas en el piso.

—Tía, yo hice eso anoche, —confesó Isadora—. Lo siento si la asusté. Perdóneme, por favor.

—Yo sé que fuiste tú. Ven, siéntate aquí conmigo al lado de la ventana.

Indicó un banco bajo debajo de la ventana. Al sentarse las dos, Isadora notó que su tía la miraba detenidamente. Después de unos momentos, Brígida puso su mano en el mentón de Isadora y movió la cara joven de un lado a otro, mirándola, escudriñándola. Isadora se sorprendió del calor de sus manos; siempre las había imaginado heladas, como el hielo que a veces cubría los charcos en el invierno.

Brígida bajó la mano y la puso en su regazo sin decir nada. Isadora recordó la razón por la que había venido a ver a su tía, pero tenía miedo de hacerle la pregunta. Empezó a jugar con un pliegue de su falda, haciendo de cuenta que lo alisaba, pero enseguida, lo volvió a arrugar. Pasaron varios minutos y todavía Brígida no decía nada; solamente miraba a Isadora quien finalmente decidió hablar. Puso cara seria.

—Tía, ¿la gente canta cuando está triste?

Por dentro, Isadora se retó; ¡ésa no era la pregunta que quería hacer! Pero era demasiado tarde.

—Sí.

La niña sonrió débilmente, respiró profundamente e intentó de nuevo. —"Úrsula dice que usted amaba a mi mamá. ¿Es cierto?

Isadora no le quitó los ojos de encima a Brígida. Pensó que la mirada de su tía era serena, dulce.

—Sí, yo la amaba. Y la sigo amando más que a nadie y a nada.

Isadora quedó desconcertada por un momento. La respuesta de su tía fue sencilla; sin embargo, había algo que la tenía confundida. Le dio una gran sonrisa, arrugando su nariz y frente. Estaba contenta de que había hecho la pregunta, aunque no comprendería la respuesta hasta años más tarde, hasta que había amado y perdido a Jerónimo Santiago. Pero, por el momento, Isadora se sintió cómoda con Brígida. Decidió que, en verdad, su tía no estaba loca. Isadora se contoneó más cerca de su tía.

—¿Cómo era usted cuando era niña?

Brígida encogió los hombros y movió la cabeza de lado a lado. Se acomodó en el banco, pensando.

—Pues, yo era como tú.

—¿Usted tenía un padre y una madre?

—Por supuesto, todos los tienen.

—Quise decir ¿cómo eran ellos?

—Bueno, Papá era de España. Tenía una tienda de abarrotes.

—¿Dónde?

—En Arandas.

—¿Dónde queda eso?

—Lejos de aquí.

Isadora vio que sus preguntas estaban fastidiando a su tía, y decidió callarse por un rato. Si Brígida le pedía irse, lo haría; si no, Isadora le haría otras preguntas. Después de unos instantes se volvió a sentir con suficiente confianza como para pedir más información.

—¿Y su mamá?

Brígida ladeó la cabeza y entrecerró los ojos. Parecía que estaba revolviendo en la memoria, sacando imágenes y lugares.

—Mi mamá era indígena.

—¡Indígena! —Isadora abrió los ojos y la boca.

—Sí, mamá era una mujer indígena. ¿Te es difícil creer eso?

—¿Quiere decir que era de tez color café? ¿Cómo las mujeres Rarámuri?

—Sí.

Isadora guardó silencio, estaba estupefacta.

Si su mamá era indígena, eso quiere decir que Papá es su hermano, la mamá de él era la misma mujer indígena, quizá . . .

—Tuvimos la misma madre, Isadora.

—Entonces eso quiere decir que ella fue mi abuela.

—Sí.

—¿Y ella tenía tez color café? ¿Café oscuro?

—Como una castaña.

—¿Entonces por qué somos nosotros tres tan blancos, Tía?

—No sé. Lo somos nomás.

Isadora, sorprendidísima, se recostó contra la pared. Las cortinas flotaban en la brisa de la tarde, azotando algunas de las fotos que cayeron de su lugar. La imagen de una mujer con tez color café, pasó por su imaginación. La vio vestida como los

Rarámuri: vestido largo, blanco, de algodón, bordado con flores y mariposas. Cuánto le gustaría conocerla.

—¿Por qué Papá no habla de ella?

—Porque tiene vergüenza.

Isadora no preguntó más sobre eso; ella sabía la respuesta. Los muchos ejemplos y advertencias de su padre pasaron por su cabeza.

—¿Dónde está ella ahora?

—Murió.

—¿De qué?

—De tristeza.

Isadora movió la cabeza bruscamente para mirar los ojos de su tía, pero vio que estaban tranquilos. Quedó cautivada al pensar que era la nieta de una mujer indígena. Quizá con el tiempo, pensó, su piel cambiará y se tornará color café. La idea le fascinó tanto que quería que Brígida le contara más. Quizá en otro momento había ocurrido un cambio en el color de la piel de la familia. Isadora ahora sabía que no se quería ir, quería entretenerse otro rato aquí con su tía.

—Quiero que me enseñe la canción que estaba cantando.

—¿Qué crees que diría tu padre si te oye cantar una canción que yo te he enseñado?

—No le diré que usted me la enseñó.

—Pero él sabe todo.

—Entonces no la cantaré delante de él.

Brígida sonrió e Isadora se sorprendió porque esta vez sabía que aquí había algo que jamás había visto; nunca había visto a su tía sonreír. Le devolvió la sonrisa y por un momento, tía y sobrina quedaron en silencio. Para ese entonces, el sol del atardecer ya estaba echando largas sombras sobre los muebles viejos y el piso de madera.

Brígida empezó a tararear e Isadora, acercándose a ella en el banco, imitó la melodía; porque era una cadencia que le gustaba. Quería cantar con su tía, especialmente cuando oyó que su voz era fuerte, sonora y cariñosa. Después de ese día, tía Brígida e Isadora se hicieron amigas secretas.

La otra vida secreta de Isadora era con la familia Santiago. No podía recordar cuándo había empezado, pero ella estaba contenta cuando subía la barranca y se quedaba a dormir y a comer con los Santiago en la cueva de ellos. Cada vez que su padre se ausentaba, Isadora tomaba una mochila y subía por el cañón con Jacobo, el mayor, a la cabeza. Después de él, venía Justino y luego lo seguía Jerónimo, el más joven, quien era un poco mayor que Isadora. Los dos más jóvenes caminaban juntos gran parte del tiempo.

Isadora había conocido a Celestino desde el principio. Su esposa, Narcisa, entró a la memoria de Isadora un poco más tarde. Ella la recordaba como bien pequeña, pero cuando echaba una carcajada, se oía el retumbar por las paredes rocosas de su hogar. A Isadora le gustaba estar con Narcisa porque se podía sacar los zapatos cuando quería, podía sentarse en el suelo y usar sus dedos en vez de un tenedor para comer.

Cuando Isadora estaba con la familia Santiago, parecía uno de ellos. Todos se olvidaron de que ella tenía los ojos azules y cabello color oro. Le dieron un nombre nuevo y pasó a ser tan Rarámuri que incluso se vestía como las mujeres de la tribu cuando estaba con ellas. Isadora era bastante joven todavía cuando empezó a correr; las mujeres también corrían entre sí. Con el pasar de los años, Isadora se hizo tan experta corredora que pudo competir con Jerónimo y sus hermanos.

Isadora estaba contenta durante las fiestas de la tribu, cuando bailaban el *dutuburi* alrededor de la hoguera casi toda la noche, y podía comer comida que nunca se servía en su casa. Ella se divertía viendo a los adultos dando saltos y agitando los brazos en celebración, especialmente después de pasar la jícara de uno a otro. Lo que bebían parecía hacerlos muy felices. La ceremonia que más le gustaba era la de la cruz, porque era en esas ocasiones que los bailes y cantos eran de los más bellos. Para los Rarámuri, le dijo Narcisa a Isadora, la cruz era un santo, no un símbolo, era un ser espiritual que necesitaba peyote y copal para que la gente no se enfermara ni muriera.

Isadora y Jerónimo estaban juntos cada vez que su padre se

ausentaba, o cuando ella no estaba tomando clases con el padre Pascual. Jerónimo le enseñó a atarle un cordel a un lagarto y hacer de cuenta que era un caballo; le enseñó a agarrar una abeja sin que la picara y cómo treparse a las ramas más altas de un árbol. Pero era su manera de caminar y sonreír lo que más le gustaba a Isadora.

Con el tiempo, las cosas cambiaron entre Isadora y Jerónimo. Al principio sólo se miraron con timidez; en otros momentos se observaban secretamente. Ella vio que su cuerpo crecía: se estaba poniendo más alto, sus brazos se pusieron nervudos y ahora tenía músculos que ella no había notado antes. Su mandíbula se puso más cuadrada, estaba perdiendo su redondez, y su nariz estaba tomando la forma de un pico.

Su propio cuerpo también estaba cambiando. Había empezado con la aterrorizante experiencia de despertarse una mañana para encontrar que la parte interior de sus muslos estaba embadurnada con una pasta que parecía chocolate. Cuando pegó gritos, fue Úrsula quien corrió a su lado para calmarla, diciéndole que era su momento, que ahora ya era mujer. Después de eso, sus senos empezaron a desarrollarse y su cintura a disminuirse. En lo más profundo de su cuerpo, en el mero centro, sentía una sensación rara cuando pensaba en Jerónimo y sabía que él también sentía algo.

Isadora le contó a tía Brígida sobre Jerónimo. Empezó despacio, cautelosamente, tardando días en hablar porque no estaba segura de lo que diría o de lo que pensaría su tía. Después de un tiempo, sin embargo, vio que Brígida estaba interesada y escuchaba cuidadosamente.

—Me ha enseñado muchas cosas, Tía.

—¿Qué cosas?

—Correr y agarrar lagartos . . .

Isadora calló abruptamente, dándose cuenta que Brígida estaba por reírse de ella. Pero estaba equivocada; su tía no se rio. Tenía cara de preocupación, e Isadora decidió contarle lo que había pasado la última vez que había ido a la barranca.

—Cuando me quedo a dormir ahí, Narcisa me pone en una

cobija al lado del fuego. La otra noche estaba casi dormida cuando sentí algo y abrí los ojos un poco. Ahí, al lado mío, estaba Jerónimo y me estaba mirando. Tiene ojos extraños, especialmente cuando hay poca luz. Brillan como los ojos de un gato, pero a mí no me asustan porque me gustan.

—¿Él estaba al lado tuyo? —Con eso, Isadora volvió a lo que quería decirle a su tía.

—Sí.

—¿Y?

—Y nos miramos nomás. Fue muy raro.

Isadora dejó de hablar; estaba trazando con su dedo un dibujo invisible en el asiento del sillón. Brígida siguió callada, pero le indicó a la niña que estaba esperando.

—Luego me tomó de la mano.

—¿Qué hiciste?

—Nada. Dejé mi mano en la de él. Me gustó la sensación de su mano.

Isadora estaba a punto de decirle a su tía lo que había pasado después, pero decidió guardarlo como secreto. No le dijo de cómo se le había acercado Jerónimo, estaba tan cerca que sentía el calor de su cuerpo y que partes de él pulsaban. Tampoco le dijo que ella también se había acercado a él lo más que pudo y que le permitió poner sus dedos entre sus muslos. Anhelaba decirle a su tía que ella había pasado sus manos por el cuerpo de Jerónimo y que al poner su mano alrededor del montículo que había encontrado, sintió que se movía.

Brígida suspiró, se paró y caminó hacia las fotografías. Distraídamente trazó su dedo sobre una de ellas, pensando en otra cosa. Luego miró a Isadora.

—¿Qué pasa, Tía?

—Sabes, Isadora, hay ciertas cosas que son prohibidas.

La niña se puso tensa, pensando que su tía le había leído los pensamientos, de que su secreto ya no era secreto.

—Tía, ¿le va a decir a Papá lo que le acabo de decir a usted?

—No.

—¿Es prohibido para mí ir a la barranca?

—No.

La aprensión de Isadora se estaba tornando rápidamente en impaciencia; parecía que su tía ahora usaba solamente una palabra. Empezó a arrepentirse de haberle contado del incidente, cuando Brígida volvió a su lugar al lado de Isadora.

—Lo que quiero decir es que se nos ha prohibido querer a ciertas personas.

—¿Está diciendo que yo no debo querer a Jerónimo?

—No.

¡Ahí estaba de nuevo! Isadora quería más; quería que su tía le explicara bien lo que quería decir.

—¿Qué me está diciendo, Tía?

—Estoy diciendo que te han prohibido amarlo. Pero al mismo tiempo, estoy diciendo que aun cuando se le prohibe a una mujer amar a alguien, no quiere decir que no debería amar, ni que no amará.

Isadora ladeó la cabeza y cerró los ojos tratando de descifrar las diminutas distinciones que su tía había hecho. Era confuso y demasiado complicado para ella. El enigma de Brígida la asustaba, especialmente porque sintió que su tía estaba hablando de sí misma.

—Tía ¿alguna vez hizo algo prohibido usted?

—Sí.

Isadora se sintió eufórica al oír la afirmación de su tía. Aunque no sabía lo que su tía había hecho, eso explicaba por qué ahora pasaba su vida de la manera en que lo hacía. Decidió que ahora que sabía que ella había hecho algo que otros prohibían, amaba más que nunca a su tía Brígida.

附 附 附

El verano transcurrió; Isadora reflexionó sobre las palabras de su tía tratando de desenredar su significado. Durante ese tiempo, ella y Jerónimo estaban juntos casi constantemente, hasta el otoño de ese año, cuando su padre le dijo que ella se iría a estudiar a otra ciudad. Ese día, Isadora se quedó en su cuarto, en la oscuridad, hasta que estaba segura que su padre se había dormido. Luego fue a la habitación de Brígida, quien la esperaba.

Isadora no le dijo nada a su tía. Se sentó en el piso al lado de ella y puso su cabeza en el rezago y ahí se quedó por mucho tiempo. Lloró, pero lo hizo calladamente al sentir las manos de su tía en su cabeza.

—Tu papá te ha visto con el muchacho.

Las palabras de Brígida dejaron atónita a Isadora; eran precisas, seguras y certeras. Isadora levantó la cabeza y miró a su tía.

—¿Él le dijo?

—Nunca hablamos. Tú lo sabes.

—¿Entonces cómo lo sabe usted?

—¿Por qué otra razón te enviaría a otro lado? Él te quiere más que nada, tú sabes.

—Si me ama ¿por qué me está enviando a otro lado?

—Porque tiene miedo de lo que tú y el muchacho Rarámuri podrían hacer, y eso lleva más peso con él que el amor que te tiene.

ᘓ ᘓ ᘓ

Isadora volvió a poner su cabeza en el regazo de Brígida. Estaba pensando, tratando de entender lo que su papá temía. Ella también sentía temor, pero sabía que tenía una razón: ella no quería estar lejos de su tía Brígida, ni de Úrsula, ni de la familia Santiago. Ella iba a tener que pensarlo bien y quizás podría descubrir la razón por la cual le estaba pasando eso.

ᘓ ᘓ ᘓ

Los cuatros años que Isadora estuvo en la escuela del convento pasaron rápidamente. Durante las primeras semanas, tenía tantas añoranzas y se sentía tan sola que todo le disgustaba y sólo pensaba en regresar a Hacienda Miraflores. Pero al poco tiempo, empezó a hacer amistades entre las otras estudiantes y con las monjas. Después de eso, le gustó ser estudiante. También le gustaron las bromas y los pasatiempos de las otras niñas y se metió de lleno en la diversión.

Su tiempo en la escuela se acortó con las vacaciones de los

veranos, cuando volvía a la Hacienda Miraflores. Isadora estaba feliz cuando se pasaba el tiempo andando a caballo por el llano, viendo a los hombres trabajar y conociendo a los asociados de su papá. Al atardecer, iba a la cocina para estar con Úrsula, ayudaba a organizar las comidas y desempeñaba otros quehaceres. En esas oportunidades, las dos mujeres platicaban, se reían y comentaban las noticias del día. Después de cenar, Isadora iba a la habitación de Brígida.

Cuando terminó su primer año en la escuela, Isadora volvió a su hogar, ansiosa de ver a Jerónimo y a sus hermanos, así como a Celestino y a Narcisa. Aunque se pasaba horas buscándolo, casi nunca lo podía encontrar y cada vez que lo veía, él dejaba de hacer lo que estaba haciendo y se iba a otro lado. Isadora pronto se convenció de que él la estaba evitando, de que no la quería ver.

Ella no entendía el comportamiento de Jerónimo, hasta que se dio cuenta de que su papá la observaba casi todo el tiempo —que don Flavio estaba a su lado cada vez que salía de la casa, que la vigilaba todo el tiempo. Ella sabía que El Rarámuri era la meta de la vigilancia de don Flavio. Por eso, Jerónimo se alejaba. Por eso, Isadora hizo de cuenta que se había olvidado de él durante los años de escuela.

El día que su papá la vino a buscar, al concluir sus estudios en el convento, Isadora estaba nerviosa. Se había acostumbrado a estar lejos de sus ojos agudos y de sus preguntas. Pero más que nada, estaba tensa porque sabía que don Flavio tenía planes para ella, incluyendo el matrimonio. No se sorprendió cuando él inició el tema casi inmediatamente despues de subir al automóvil. Aunque trató de sonar despreocupado, Isadora sabía que él la estaba preparando para el buen matrimonio que tenía en mente.

Mientras hablaban, Isadora miraba el desierto que se desplegaba a cada lado del camino, pero las preguntas de don Flavio la hicieron pensar en el apareamiento de hombres y mujeres. Revivía sus experiencias con Jerónimo; su tacto, sus caricias, pero no más de eso. Ella había querido más y sabía que él sentía el mismo deseo, pero nunca habían ido más allá de tocarse las manos. Ni siquiera se habían besado.

Esta idea la hizo pensar mucho en su padre. Había tantas preguntas que ella le quería hacer acerca de su mamá y de cómo fue cuando los dos primero se acostaron juntos. Por más que tratara, Isadora no se podía imaginar el apareamiento de sus padres y aunque le quería preguntar, tenía demasiado miedo.

Durante el último año de escuela, el sexo había sido el tema favorito de las niñas. Esperaban hasta que se apagaran las luces en el dormitorio para saltar de sus camas y unirse, con las cabezas juntas debajo de las cobijas, riéndose tontamente y hablando de lo que un hombre le hace a una mujer la noche de su boda. Algunas de las muchachas habían oído cosas horribles, como la del hombre cuya parte pudenda era tan larga y dura que cuando la insertó en su novia, casi la partió en dos. Otras contaron cuentos que habían oído de sus hermanas mayores o amigas que se habían casado.

Isadora acompañaba a sus compañeras de cuarto pero casi nunca tenía nada que decir; sólo escuchaba. Se puso a pensar en Jerónimo y cómo sería si él fuera a hacerle esas cosas a ella. Isadora generalmente trataba de no pensar en eso, sabía que amar a Jerónimo era prohibido —no sólo por su padre, sino por toda la demás gente que conocía. Con esa reflexión, pensó en su papá y se preguntó por qué había seguido solo después del fallecimiento de su madre. Isadora también se preguntaba acerca de Brígida, ¿Por qué no se había casado nunca? ¿Alguna vez alguien le había tocado el cuerpo o la había besado en la boca? Isadora pensaba en estas cosas, mientras que el automóvil iba rumbo a la Hacienda Miraflores a toda velocidad, y decidió que a diferencia de su tía Brígida, ella se iba a tener que casar. Y ya que eso era inexorable, iba a tener que enfrentar lo que viniera con eso.

En la noche de su fiesta de cumpleaños, Isadora bailó con el joven que iba a ser su marido. No sentía nada por él. Pensaba solamente en Jerónimo. Pero fingió con los demás y aun consigo misma, pensando que si tenía que fingir una vez, lo podría hacer varias veces. Trató de sacar de su mente a Jerónimo. Pero esa noche, cuando Isadora ya estaba en la cama, quería que

Jerónimo estuviese con ella. Hasta soñó que estaban juntos en una cueva, con los brazos y las piernas entrelazadas.

El casamiento de Isadora no ocurrió hasta que don Flavio le construyó y amuebló una casa; él seleccionó un sitio cerca de la casa principal de la hacienda. Una vez completado el proyecto, él decidió la fecha en que ella se casaría. La ceremonia se celebró en 1931, cuando ella tenía diecinueve años. Ella no sintió ni alegría ni tristeza; había sólo sensaciones raras en su estómago y garganta. Decidió que no tendría nada que ver con los preparativos, dejando que su padre hiciera todos los arreglos, que decidiera a quién se iba a invitar y cuál sería el entretenimiento.

Durante esos meses, Isadora se pasó el tiempo escribiendo cartas a sus amigas de escuela y platicando con Úrsula en la cocina. A veces, se sentaba a mirar por la ventana con la expresión perdida y el cuerpo apático. Otras veces salía a cabalgar por el llano, pero lo hacía sin la euforia que antes había sentido. Era como si estuviera buscando en la vasta planicie algo o alguien que nunca aparecía.

Uno de esos días, Isadora, perdida en sus pensamientos, dejó que su caballo anduviera primero a medio galope, luego al paso y que por fin se detuviera, contento de poder comer pasto. Ella ni cuenta se dio de que se había detenido hasta que el ruido de otros cascos la sacó de su introspección. Virándose en la silla de montar, vio que su papá se acercaba a caballo. Él refrenó su caballo tan bruscamente, que el caballo de ella también empezó a girar nerviosamente, piafando la tierra.

—Hija, te he estado buscando.

Isadora lo miró sin contestar. Se había abierto una brecha entre ellos desde que ella consintió en casarse con Eloy Pardo. Era una brecha que ella no podía explicar, ya no sentía el amor que de pequeña había sentido por su padre. De alguna manera, eso se había transformado. En su lugar quedaba una sombra que oscurecía más y más cada vez que él se le acercaba o le hablaba o la miraba. Era una sensación como de miedo, se dijo ella, una aprensión que le ponía los nervios a flor de piel y le hacía doler la cabeza. Ahora, sabiendo que se había tomado el tiempo de salir a encontrarla, la sensación fue más intensa y trató de adivinar lo que lo había traído. Algo importante había acontecido.

—¿Pasó algo malo, Papá?

—¿Algo malo? No, nada. ¿Por qué piensas eso?

Don Flavio se sonrió, pero la sonrisa fue forzada. Él también había sentido la brecha cada vez más amplia entre ellos y eso lo tenía preocupado: Brígida la debe estar influyendo. Y fue debido a ese temor que él había decidido hablar con ella. Tomando las riendas del caballo de Isadora, él desmontó y la ayudó a hacer lo mismo. Luego se encaminó hacia un grupo de árboles donde se sentaron. El sol empezaba a ponerse, pintando al cielo occidental con listas color naranja y azul lavanda.

—Es difícil para un padre hablar con su hija, Isadora, pero lo tengo que hacer. La verdad es que ya que no tienes madre, sería la madre quien debería hacer esto, pero ahora la responsabilidad es mía.

—Si me vas a explicar de dónde vienen los bebés, Papá, ya ni te preocupes. De eso hablan las niñas de escuela cuando las monjas están fuera de la sala.

Isadora oyó su voz: su tono sarcástico y duro, y se sorprendió. Miró a su padre y aunque el ala del sombrero sombreaba sus ojos, notó que él estaba momentáneamente aturdido.

—¿De veras? ¿Y hablan de cómo cierran fuertemente sus piernas cuando las deberían abrir para sus maridos?

Ahora le tocó a él sorprenderse de sus propias palabras. Cuando él se oyó, sintió una ola de vergüenza, especialmente cuando Isadora lo miró boquiabierta. Pero era demasiado tarde para echarse atrás, y siguió adelante porqué ésta era la conversación que había querido tener con ella. El hecho que se había tornado inesperadamente grosera y burda sólo le ayudó a hablar de su preocupación.

—Ya eres una mujer, Isadora, y es obligación tuya dejar que tu marido haga lo que es responsabilidad de él. Para eso están las mujeres en este mundo ¡y eso es lo que harás! No debes resistir

¿me entiendes?

Isadora no respondió, pero el asco se veía claramente en su rostro. Don Flavio lo vio, y su voz subió, lacerante como grava. Ya no se limitó por cortesía, modestia o aun por consideración a su hija. Don Flavio se sintió arrastrado al pasado por una memoria amarga, recordando que había forzado a su mujer a aceptarlo. Impulsado por esos pensamientos, dio abruptamente contra la otra llaga que le había corroído el alma.

—¿Has tenido relaciones con otra mujer? —La voz de don Flavio estaba llena de amargura al revivir su angustia cuando descubrió que Velia Carmelita y Brígida eran amantes. Más que por celos e indignación, ahora se sentía sofocado por una ira incontenible, que no podía y que jamás reconocería como lo que era: envidia. Ahora se daba cuenta de lo que había pasado por alto anteriormente: su mujer amaba a Brígida y no a él. Después de todos esos años, Flavio todavía sentía la humillación.

Isadora se puso de pie pero no le sacó los ojos de encima a su padre. Estuvo callada por un tiempo antes de contestarle.

—En la escuela, algunas niñas dormían juntas, se tocaban y se besaban. Yo no lo he hecho, pero no sé lo que ocurrirá en mi vida.

Se dio vuelta, saltó a la silla de montar y dejó a don Flavio, todavía de cuclillas en el suelo, fulminándola con la mirada. Estaba temblando y la sensación en su garganta empeoró tanto que apenas pudo hablar durante la cena.

જી જી જી

La noche de la boda, cuando el baile estaba en su apogeo, don Flavio le tocó el hombro a Eloy, tomó a Isadora de la mano y los llevó hacia el corredor. Ahí levantó su mano para bendecirlos y les indicó que era hora de ir a su habitación. Eloy agachó la cabeza, como era de esperar, pero Isadora miró con muchísima ira a su padre. Lo miró a los ojos con tanta intensidad que él tuvo que bajar la vista, incapaz de soportar la emoción de sus ojos.

Ella caminó rápidamente, casi tropezando con el ruedo de su vestido; Eloy tuvo que moverse rápido para seguirla. Cuando cerró la puerta, él prendió la luz y la miró asombrado.

—Apaga la luz.

—¿Sin luz?

—Sin luz.

Eloy hizo lo que ella quería. Apagó la luz y esperó a que sus ojos se acostumbraran a la penumbra. Quedó atónito cuando vio que ella se estaba quitando la ropa. Una vestimenta tras otra, toda se la quitó hasta que quedó parada delante de él, totalmente desnuda.

—Haz lo mismo.

Eloy no estaba preparado para el comportamiento de su novia. Él había anticipado remilgos, una modestia exagerada, hasta resistencia —pero ahora ella le estaba diciendo a él que se quitara la ropa. Empezó con su corbata blanca, luego las mancuernillas. Tardaba; le temblaban los dedos y no podía abrir los botones.

Isadora se quedó mirándolo a medida que se quitaba los zapatos y los calcetines, la camisa y los pantalones, y todo lo demás. Ella temblaba, no de frío sino de una combinación de asco y miedo. Pensaba en los cuentos que sus amigas de colegio habían fabricado acerca de este momento.

Cuando Eloy la penetró, el dolor fue tan atroz para ella que dio un gemido, a pesar de su intención de no hacer ningún sonido. Los gruñidos, el sudor y especialmente el hedor rancio del cuerpo de Eloy, le dieron asco. Cuando él terminó, dio media vuelta y empezó a roncar.

Semanas después de esa noche, Isadora le dijo a su padre que estaba encinta. Don Flavio sonrió y echó los hombros para atrás como si él hubiera logrado ese acontecimiento; y esa noche se emborrachó con los peones de la hacienda, bailando con cualquier sirvienta que pudiera alcanzar. Eloy durmió con Isadora todas las noches hasta que su abdomen se empezó a dilatar. Después de eso, él prácticamente ni aparecía en su habitación y al poco tiempo, empezó a correrse la voz por la hacienda de que estaba teniendo relaciones con la mujer que lavaba la ropa. Un buen día, Eloy desapareció sin una palabra.

ᘓ ᘓ ᘓ

Encerrada en el aislamiento del asilo, esas memorias parecían aplastar a Isadora y sintió dolor en la espalda debido a la dureza de la tabla en la que estaba tendida. De repente, una mano brusca le agarró el mentón. Movió su cabeza de lado a lado, como si la estuviera examinando. Trató de abrir los ojos, pero no pudo. Los párpados, labios, las puntas de los dedos de sus pies y manos, todas las partes de su cuerpo se sentían tan pesadas que ella no tenía fuerza para moverlas.

Tuvo dificultad en clasificar sus pensamientos. La imagen de Brígida se mezcló con el blanco de los uniformes que la tenían prisionera. Luego vio a Úrsula con los brazos extendidos, tratando de llegar a ella. Después de eso, Isadora oyó una voz monótona, sus palabras arrastradas penetrando la densa neblina que ocupaba su cerebro. *Una inyección más,* decía; sólo *para aplacarla,* insistía; *sólo para estar seguros,* repetía.

Partes del cuerpo de Isadora empezaban a cobrar sensación y ella podía mover los dedos del pie, podía girar los pies de un lado a otro, mover las rodillas y muslos. El resto del cuerpo estaba tenso, paralizado. Deseaba poder gritar para que alguien la viniera a ayudar.

Buscaba a Jerónimo, pero recordó que estaba muerto. Llamó a sus hijos y pensó que también ellos estaban muertos. Después su mente se aclaró, recordándole que ellos no habían muerto, que Úrsula había jurado que jamás los abandonaría. Le juró a Isadora que prefería morir antes que dejarlos. Eso la calmó y se dijo que pronto saldría de la trampa en la que se encontraba. Pronto volvería a buscar a sus hijos.

Manos toscas estaban tratando ahora de hacerla sentar. Isadora sintió el frío de la pared contra su espalda desnuda. Descubrió que ahora podía mover sus piernas y brazos y hasta mover la cabeza de lado a lado. Oyó voces. Aunque murmuraban, ella entendió algunas de las palabras.

—Se está despertando.

—No estés tan seguro. Agárrala, quizás se lance nuevamente a correr.

—¿Crees que debería traer otra aguja?

—No. Tenemos el chaleco.

Isadora mantuvo los ojos cerrados, temiendo que cualquier cosa que hiciera resultaría en otra inyección. Fingió no oír ni saber lo que estaba pasando. Se concentró en su cuerpo. El dolor le subía y bajaba por las piernas y los brazos. La espalda le dolía como si se le hubieran retorcido los músculos y los senos le palpitaban dolorosamente.

La tuvieron en un chaleco de fuerza varios días, hasta que las enfermeras estuvieron seguras de que la habían tranquilizado. Después de eso le permitieron caminar por el patio del asilo, pero solamente bajo vigilancia. Después de varios meses, el personal todavía estaba preocupado. Andaban con cautela recordando los problemas que ella había causado al llegar.

Isadora no hablaba con nadie. Comía poco; y cada vez que podía se sentaba en un banco de piedra en una esquina del claustro para mirar la fuente que le recordaba su primera noche allí. Su mente estaba llena de pensamientos y memorias. La imagen de su padre entraba y salía de su conciencia, pero ni bien aparecía, ella la echaba a un lado. Pensó en Eloy y nuevamente sintió el alivio que había sentido cuando los abandonó. Imaginó el rostro de Úrsula y la sensación de seguridad que siempre había sentido con ella. Pensó en Brígida sentada al borde de su cama, inmóvil, un enigma, rodeada de fotografías y memorias. Y luego, el ciclo de las memorias de Isadora dio una vuelta entera cuando sus pensamientos regresaron al día en que Jerónimo volvió a entrar en su vida.

Capítulo 11

Cuando Eloy la abandonó, Isadora sintió alivio. Estaba contenta de ya no tenerlo a su lado. Su vida pasó a ser rutinaria y sosa; no obstante, esa tranquilidad le trajo paz. Se volvió a mudar a la casa de su padre, donde comía y le hablaba, pero nunca acerca de sí misma o de lo que sentía. La brecha que había surgido entre ellos antes de su matrimonio se siguió abriendo y ni siquiera el nacimiento de Samuel les ayudó.

Jerónimo había desaparecido en la época de su matrimonio y Celestino no quiso hablar de su hijo. Isadora pensaba en ellos con frecuencia, así como en Narcisa, y a veces quería subir a la barranca. Sin embargo, no lo hizo. Había perdido contacto con la familia Santiago.

Cuando Samuel tenía cinco años, Jerónimo volvió a la Hacienda Miraflores. En la cocina, Isadora oyó a dos de las sirvientas riéndose. Pensó que había oído mencionar a Jerónimo, pero era tan grande la cocina que no podía estar segura. Cuando Úrsula regresó del fondo de la casa con los brazos llenos de cebollas, Isadora se le acercó. En voz baja, casi un susurro, le preguntó:

—¿De qué están hablando esas dos?

Úrsula tomada por sorpresa dejó caer las cebollas en la tabla de cortar, se limpió las manos en el delantal y miró a las dos muchachas paradas cerca de la estufa, platicando. Se volteó hacia Isadora, impaciente y desconcertada.

—No sé, niña. Estaba afuera.

Úrsula indicó con su mentón. Estaba de mal humor y se mostró aun más irritada cuando Isadora puso el dedo contra los labios, dándole a entender que bajara la voz.

—Ve y pregúntales, —dijo Isadora.

—¿Qué?

—*Ve y pregúntales.*

—Niña . . .

—¡Anda!

Úrsula encogió los hombros y volteó los ojos, pero fue al otro lado de la cocina arrastrando los pies y sin que ellas se dieran cuenta, se acercó a las muchachas, pretendiendo que estaba viendo el contenido de una olla. Manoseaba la tapa de la olla, luego, revolvía el carbón, fingiendo que quería asegurarse de que había suficiente leña para terminar de cocinar lo que estaba hirviendo a fuego lento, después limpió un lugar mojado sobre el mostrador con un trapo. Cuando volvió a donde Isadora estaba esperando, la cara de Úrsula reflejaba una expresión de satisfacción.

—Niña ¡el Rarámuri ha vuelto! Están diciendo que se fue al norte hasta Texas, donde se ha pasado los últimos años; que allí trabajó; que ganó mucho dinero; que aprendió el idioma de ellos y hasta aprendió a manejar un automóvil; que hizo muchos amigos, especialmente mujeres. Dicen que trae unas costumbres raras. Ha vuelto para visitar a Narcisa. Ella está enferma.

Se le abrieron silenciosamente los ojos a Isadora mientras Úrsula recitaba sin respirar todo lo que había oído. Sin embargo, no estaba segura si le creía. Frunció el ceño, tratando de imaginarse a Jerónimo entre los gringos, hablando como ellos, incluso pensando como ellos. Cuando vio que Úrsula estaba a punto de seguir con su próxima labor, la agarró del brazo. La voz de Isadora era baja y ronca; sus ojos se habían entrecerrado.

—Úrsula ¿me estás diciendo la verdad?

—¡Niña!

—¿Cómo pudieron esas muchachas haber dicho tanto en tan poco tiempo?

Ofendida por la falta de confianza de Isadora, Úrsula frunció la boca y miró a las cebollas sin contestar. Isadora se dio cuenta de que la había ofendido, pero repitió su pregunta. Esta vez, su tono de voz era más suave.

—No quise decir que no te creía, Úrsula. Es que es tanta información y tú estuviste cerca de ellas sólo unos instantes.

—Bueno, Niña, lo único que puedo decir es que estas muchachas modernas hablan muy rápido.

Úrsula esbozó una enorme sonrisa, mostrando que ya no estaba ofendida. Se paró delante de las cebollas y empezó a pelarlas y picarlas. Isadora se fue a una ventana, se sentó en la orilla y se quedó pensando en lo que acababa de oír.

Después de ese día hizo todo lo posible para salir a caballo de los establos, al llano y hasta donde la sierra se inclina en dirección a la barranca. Lo hizo todos los días, sin estar segura exactamente de por qué lo hacía. Sólo sabía que estaba impulsada por una sensación nerviosa y agitada. En una de sus primeras visitas a Brígida, Isadora le dijo de sus cabalgatas diarias.

—¿Él ha vuelto?

La pregunta de su tía sacudió a Isadora, aunque no la sorprendió. Ya hacía tiempo que se había acostumbrado a los métodos de su tía. Cuando contestó, oyó su propia voz; era suave, casi un susurro.

—Sí.

En silencio, Brígida siguió mirando sus manos, las tenía en su regazo. Isadora aprovechó el momento para darle una ojeada a las docenas de fotografías. Sonrió, recordando su primera impresión de la habitación de su tía. Luego volvió a mirar a Brígida. Estaba envejeciendo. Sus facciones eran más angulares que nunca, y no tenía buena cara. Todavía usaba vestidos de principios de siglo, siempre negros.

—Tía, lo quiero ver.

Cuando Isadora se oyó, se cubrió la boca con la mano, sin darse cuenta. Pero después de unos minutos, pensó que sería bueno ser honesta con Brígida. Si no, ¿por qué la había venido a ver esa noche? Isadora respiró profundamente.

—Sí, lo quiero ver. Entiendo que ha estado en los Estados Unidos, y están diciendo que ha cambiado mucho.

Brígida cambió de posición en su sillón y suspiró; era un sonido frágil, como ella. Con cabeza ladeada, miró a Isadora, dudosa.

—Estoy segura de que él ha conocido a muchas mujeres, —dijo Isadora, luego quedó callada y corrió los dedos contra el brazo del sillón—. Quizá se ha casado. ¿Qué cree?

Brígida decidió hablar después de un rato. Frunció la boca como si estuviera sacándose algo de entre los dientes o acumulando saliva. —¿Cómo puedo yo creer o saber algo de Jerónimo? No lo he visto en años. Si tú necesitas saber algo de él, Isadora, le tendrás que preguntar tú misma. Pero te recomiendo que no te confíes de los chismes, casi nunca son ciertos.

—¿Le parece que esté mal ir a verlo?

—Solamente si eso no es lo que sientes en tu corazón.

—Todavía estoy casada y . . .

—Hay algo más importante que estar casada.

Brígida interrumpió a Isadora, dejándola sin saber qué decir. Frunció el ceño, repitiéndose a sí misma lo que su tía acababa de decir, pensándolo. Se acordó de una de sus conversaciones de años atrás, cuando todavía era niña.

—¿Lo prohibido?

—Sí.

Isadora se recostó en el sillón con la cabeza en el respaldo. Pensó que había entendido el significado de lo que había dicho Brígida, pero algo la tenía insegura todavía.

—Si yo no estuviera casada ¿Jerónimo seguiría siendo prohibido para mí?

—Sí.

Isadora cerró los ojos, ahora estaba segura de que sí entendía. No era porque estaba casada y, por lo tanto, obligada a las leyes de Dios y todo lo que la rodeaba. Jerónimo era prohibido porque él era Rarámuri. Se sentó en el sillón tiesa y tensa.

—Tía ¿alguna vez ha hecho usted algo prohibido?

—Cuando eras niña me preguntaste eso y yo te contesté que sí, que yo había hecho algo prohibido.

—Recuerdo.

—¿Ahora quieres saber lo que era?

—Sí.

—Amé a tu madre.

Isadora miró a su tía con desilusión. Brígida le estaba diciendo lo que había sabido por muchos años y no veía lo que había de prohibido en ese afecto que se tenían. Su tía dejó pasar unos minutos antes de hablar nuevamente.

—Fuimos amantes.

Isadora se sentó, tenía las cejas levantadas, y los ojos redondeados y brillantes con emoción. *Fuimos amantes.* Al tiempo que las palabras de Brígida se colaban en su mente le hacían recordar un eco: la pregunta que don Flavio le había hecho a Isadora antes de su boda. *¿Haz tenido relaciones con otra mujer?* En pocos momentos, todo quedó en claro: el odio que su papá le tenía a su hermana, el desdén que tenía por la memoria de su esposa, su atención posesiva a todo lo que ella hacía.

La mente de Isadora se movía de pensamiento en pensamiento. Se preguntó si el centro del tormento de su padre era un vacío, una angustia sobre algo que nunca había tenido. Esto también la hizo darse cuenta de que ella, tampoco, había sido amada jamás de la manera en que Brígida debió haber amado a su mamá. Eloy nunca la había amado, e Isadora tampoco lo había amado a él. Se quedó pensando en todo esto por mucho tiempo. Sus ojos rondaron por la habitación, sus paredes, sus fotografías, y la luz de la ventana que se iba desvaneciendo. Con eso, se relajó en el sillón y miró a Brígida a los ojos.

—Me alegro. Sí, me alegro mucho.

Cuando se fue de la habitación, Isadora caminó un rato por la casa, simplemente mirando las habitaciones y los corredores, y pensó en Brígida y en su madre. Luego se encaminó a la cocina, donde su hijo Samuel prefería comer. Se sentó a su lado, le acarició la frente, pensando en lo que hubiera sido la vida de su tía si Velia Carmelita hubiera vivido. Después de ese día, Isadora cabalgaba cada día más lejos de la casa, hasta que por fin encontró a Jerónimo. Fue en octubre de 1937, una época en que el llano ya estaba en su temporada de adormecimiento y los días eran cortos.

ଓ ଓ ଓ

Jerónimo justo había salido del establo donde acicalaba los caballos y se volteó al oír el ruido de un caballo que se acercaba. Isadora estaba montada y lo miró desde lo alto. Él estaba tan sorprendido que lo único que pudo hacer fue mirarla, con la soga colgada de las manos.

—Hola, Jerónimo.

Isadora desmontó. El caballo resopló, piafando la tierra y moviendo las ancas de un lado a otro. Sin pensar, Jerónimo tomó las riendas en sus manos; pero como ella no decía nada la forzó a decir algo.

—¡Hola, niña Isadora!

Su voz era suave y sonrió, mostrando dientes blancos y parejos. Su tez era color caoba. Isadora pensó que su piel se había puesto áspera y más rica que antes. Él se paró erguido y aunque sólo era de estatura mediana, era más alto que Isadora. Estaba vestido de caqui, botas con tacones y un sombrero cuyas alas le sombreaban los ojos.

—Ya no soy niña, —dijo Isadora, riéndose calladamente. Él sonrió pero su cuerpo estaba tenso y sus ojos brillaban con nerviosidad y sorpresa. Cambió las riendas de mano a mano, y su peso de un pie a otro.

—¿Has estado en la hacienda por mucho tiempo?

—Sí.

—No te visto hasta ahora.

—No.

—¿Por qué no has venido a saludar?

Jerónimo le clavó los ojos a Isadora. Quería correr, pero no podía. Quería hablar, pero tampoco podía. Deseaba poder decir las palabras que tenía en su corazón, pero la lengua no lo obedecía. Como si hubiera oído sus pensamientos, Isadora habló por él.

—Éramos amigos. Hacíamos muchas cosas juntos, pero es como si todo aquello nunca hubiera pasado. Y yo no sé por qué.

La voz de Isadora estaba llena de emoción; había perdido el tono juguetón de unos momentos antes. Jerónimo relajó el cuerpo como si su voz fuera un líquido tranquilizante y cálido que pasaba por sus venas. Dejó caer las riendas y la tomó del brazo, llevándola a un lado del establo donde había un banco en que se podían sentar.

—Me alegra mucho verla, Niña.

—Ya no soy . . .

—Ya sé que ya no es niña, pero ése es el nombre con que la llamo aquí. —Jerónimo apuntó a su pecho. El nerviosismo que se había apoderado de él cuando Isadora lo sorprendió, estaba desapareciendo, y ahora sentía la alegría que siempre sentía cuando estaba con ella. Ella le sonrió y asintió con la cabeza.

—¿Adónde fuiste?

—Al norte, a Texas. Trabajé en un rancho como éste. No es tan diferente. Los caballos son los mismos.

Isadora miró fijamente a Jerónimo, absorbiendo por la piel, su voz y sus miradas. Su corazón latía con intensidad y sintió la misma sensación que la noche de la fiesta de su cumpleaños de los dieciocho, cuando lo había deseado en su cama.

—¿Por qué te fuiste?

Jerónimo miró para otro lado y ella vio que se le movía la mandíbula. Frunció los labios nerviosamente y su mirada se fijó en la punta de las botas. De repente, levantó la cabeza y la miró a los ojos. Estaba sonriendo.

—¿Recuerda la última carrera que corrimos juntos? ¿La vez que usted y yo le ganamos a mis hermanos? Nunca me he olvidado. Fue la mejor carrera que jamás corrí.

Isadora sabía que él estaba tratando de distraerla de la pregunta que le había hecho. Ella también recordó la carrera, porque para ella también había sido maravillosa. Pero ella volvió a su tema.

—Jerónimo, por favor dime por qué te fuiste de Miraflores.

—Porque usted se casó, Niña, y porque creía que me moría de tristeza.

—¿Estás enojado conmigo por haberme casado?

—No. Las mujeres de mi tribu se casan cuando se les dice. Es más o menos igual para toda mujer en todos lados. —Calló un momento; luego dijo— fue la tristeza lo que hizo que me fuera.

—Mi marido se fue. ¿Sabías eso? Me abandonó poco después de casarnos.

Jerónimo dijo algo entre dientes, pero Isadora no lo pudo entender. Después de eso, quedaron callados. Estaba empezando a anochecer y varios de los trabajadores estaban recogiendo sus pertenencias al prepararse para regresar a sus casas. Se oían algunos sonidos apagados; puertas que se abrían y cerraban, uno que otro caballo resoplaba y un gallo cacareaba. En las matas, los grillos empezaron su cantar, y en la distancia, se oía un tecolote preparándose para su vigilia nocturna.

—Usted tiene un hijo.

Las palabras de Jerónimo sorprendieron a Isadora; no sabía qué significado les estaba dando. La idea de que él pudiera resentir a Samuel le pasó por la mente.

—Sí, ¿y qué?

—Nada. Me alegro.

Isadora sintió que Jerónimo decía palabras que no significaban lo que sentía ni pensaba. Pensó de repente que habían perdido demasiado tiempo, años inclusive, de no decir inmediatamente lo que pensaban y lo que tenían en sus corazones.

—Jerónimo, te he amado desde que tengo memoria y sé que tú también me amas.

Su rostro reflejaba alarma y euforia al mismo tiempo, como si fuera dos hombres, cada uno yendo en dirección opuesta. Su respirar se agitó, y cerró y abrió los puños. Ladeó la cabeza y miró a Isadora. Luego levantó la mano y le puso el dedo índice en los labios. Su tacto era suave y ella tomó su mano y la besó.

—Niña, no podemos hacer eso.

—¿Por qué? ¿Porque estoy casada? Eloy se ha ido. No volverá más.

—No es eso, piense . . .

—¿Es por mi hijo? ¡Yo lo quiero de otra manera!

—Usted sabe por qué. —Jerónimo se había recuperado de la ola de emoción que había sentido al oír la declaración de amor de Isadora, así como la sensación de sus labios en la mano. La miró detenidamente, pero ella se había recostado contra la pared y estaba respirando con exasperación—. Es imposible que alguien como yo pueda amar a alguien como usted.

—¿Imposible?

—Es que no debería.

Isadora recordó las palabras de su tía Brígida. Delante de ella también estaba la barrera invisible que su padre, repetidas veces, le había prohibido transgredir. Isadora sintió que le surgía una enorme ira: furia contra el padre que le había advertido de las barreras invisibles; irritación contra una tía que jugaba con palabras; impaciencia con Jerónimo que le daba vuelta a la verdad.

—¿Por qué no dices las cosas como son? Tú no me amarás porque es prohibido. Eso es lo que quieres decir, Jerónimo. Porque tú eres Rarámuri y yo soy quien soy. Porque tú y tú familia vienen de una cueva y yo de aquí.

Después de ese arrebato de ira, cayeron en silencio, pero las palabras de Isadora quedaron colgadas en la penumbra.

—¿Qué vamos a hacer, Isadora? —Jerónimo cerró los ojos, esperando su respuesta. Su cuerpo demostraba entrega, mezclada con temor. Con los ojos todavía cerrados, estrechó la mano, buscando a Isadora, quien tomó su mano. Ella se le acercó un poco más y puso su cara contra la de él.

—He tratado de escuchar y hacer todo lo que Papá me ha pedido, pero ahora ya no puedo. Quiero estar contigo.

La oscuridad cubría la Hacienda Miraflores cuando Isadora y Jerónimo se dirigieron al llano. Nadie los vio cuando se acostaron en un lugar cubierto de hierbas debajo de un grupo de árboles. No hubo testigos cuando ella se quitó la ropa, ni cuando él se quitó la suya. Don Flavio tomaba su chocolate del anochecer sentado en su sillón y pensaba en los negocios del día, mientras su hija era transportada por júbilo y placer a un mundo donde nunca había estado. Isadora y Jerónimo jamás se podrían haber imaginado la felicidad que ahora sentían, abrazados, convirtiéndose en uno, con las sierras eternas y las barrancas albergándolos.

Después de esa noche, Isadora y Jerónimo se veían todas las noches al ponerse el sol para hacer el amor debajo de los árboles. Cada vez era más intenso, más largo, menos cauteloso, menos silencioso. Ella empezó a abandonar la discreción cuando estaba con otros, se reía fuertemente en los corredores de la casa de su padre, en la cocina, bromeaba con las sirvientas y hacía de muecas a Samuel. Jerónimo también se notaba más seguro de sí mismo al separarse de Isadora todas las noches. En vez de caminar con su andar normal, se pavoneaba. Se puso imprudente, insistiendo en montar los caballos más salvajes. Andaba con una sonrisa constante, aunque sin razón aparente.

El éxtasis de Jerónimo e Isadora duró unas cuantas semanas, antes de que la gente comenzara a chismear. Al principio, eran susurros, preguntas indirectas, insinuaciones, a veces aseveraciones. Pronto la gente se daba miradas elocuentes cada vez que se acercaba Isadora o Jerónimo. Labios entrecerrados comunicaban mensajes silenciosos. Un levantar de cejas afirmaba lo no digno de mencionarse. Después de un tiempo, sirvientas, cocineras, costureras, lavanderas, enlazadores, vaqueros, leñadores, mestizos e indios, todos chismeaban y hablaban solamente de El Rarámuri y la hija del patrón.

Por fin, Jerónimo e Isadora se dieron cuenta de la realidad que los rodeaba. Su secreto ya no era secreto: Lo que hacían, cuándo lo hacían y por qué lo hacían corría por la boca de cada trabajador de la hacienda.

Una noche Isadora y Jerónimo se encontraron en un lugar diferente donde hablaron con temor y desprecio de lo que estaba pasando alrededor de ellos.

—Voy a hablar con él. Soy su hija y lo debería oír de mí.

—Te acompaño. Él me oirá decir que te amo.

—¡No! Ni siquiera te dejará entrar en la casa.

Jerónimo se le quedó mirando a Isadora, sabiendo que ella decía la verdad. —¿Cuándo le hablarás?

—Esta noche.

ଔ ଔ ଔ

Esa noche después de la cena, Isadora golpeó la puerta de la oficina de su papá; sintió debilidad en las rodillas y latidos fuertes de corazón. Don Flavio estaba sentado en su escritorio. La pantalla verde de la lámpara echaba sombras color verdoso sobre su cara. Isadora se dio cuenta enseguida que sabía por qué había venido.

La mandíbula de don Flavio se cerró bruscamente y le dio una mirada hostil a Isadora, pero ella se le acercó a pesar de su modo amedrentador. Por dentro, temblaba, pero sabía que no podía salir corriendo como su cuerpo la exhortaba. Iba a tener que enfrentarlo con la verdad.

—Papá, yo . . .

—Tu hijo sólo tiene cinco años. ¿Has pensado en él? ¿Y en lo que tus actos significarán para él?

Isadora se sorprendió. No había esperado que le echara en cara a Samuel.

—Samuel comprenderá.

—¿Comprenderá cuándo lo hayas abandonado?

—¡No lo abandonaré! ¡Vendrá conmigo!

—¿Adónde? ¿A una cueva infestada y pulguienta?

Isadora sintió que la furia estaba por envolverla y que no podía respirar. Temía perder control de sí misma, y no dijo todo lo que estaba pensando.

—Dime que esos chismes inmundos son una mentira. Dime que no eres la concubina de un salvaje, que no te has corrompido, ni a mí tampoco. Dime que no te has olvidado todo lo que te he enseñado. Dime eso, Isadora, y todo quedará como si no hubiera pasado nada.

Un reloj hacía tictac en la repisa de la chimenea. Un caballo relinchaba en la oscuridad de la noche. Isadora pensó en el hogar de Narcisa.

—Papá, lo amo. Tengo un hijo suyo en mi vientre y tengo la intención de vivir con él el resto de mi vida. Nada me detendrá.

Isadora se dio vuelta para irse, pero cuando tenía la mano en la manija de la puerta, oyó que los tacones de las botas de su papá, pegaban con fuerza en el piso de madera y se dio vuelta a mirarlo. La luz detrás de él radiaba a su alrededor dejando sólo su silueta, y ella imaginó que había crecido porque parecía un gigante. Don Flavio separó las piernas y puso las manos en el cinturón.

—Isadora, no permitiré que me insultes de esta manera.

Isadora salió en busca de Jerónimo, quien la estaba esperando donde siempre se encontraban. Cuando lo encontró, se sentaron en silencio. La comprobación de que don Flavio estaba enterado de su relación, que estaba en posición de controlar sus vidas y de que estaría exento de cualquier castigo, no importa las medidas que tomara, los llenó de aprehensión.

—Nos iremos de aquí, nos trasladaremos a Texas. —Jerónimo asintió con la cabeza varias veces, confirmando su idea. Tenía los labios y la frente fruncidos. Cuando Isadora no respondió, la miró. Ella se le quedó viendo.

—¡Texas! ¿Qué vamos a hacer ahí?

Yo sé dónde se puede encontrar trabajo y podemos vivir ahí sin miedo. Tenemos que irnos lo más lejos posible de él. Si nos quedamos en México, nos seguirá y nos hará daño.

Isadora no dijo nada, pero Jerónimo vio que sus manos habían formado puños y que su cuerpo estaba tieso. Esperó que hablara.

—Nosotros somos de aquí, nacimos en estas tierras. ¿Por qué nos tenemos que mudar a un lugar extraño?

—Porque él nos seguirá si no lo hacemos, Isadora.

—Y qué pasará con Celestino y Narcisa.

—Ellos sufrirán más cuando don Flavio nos haga daño.

Isadora no dijo nada, pero lo negaba con la cabeza. Su respirar aumentó de ritmo, se puso más fuerte, más agitado y presionó las rodillas nerviosamente una contra la otra.

—Tu padre no descansará hasta que nos haga pagar por lo que hemos hecho.

—¡No! ¡Estás equivocado!

La voz de Isadora era estridente y defensiva. Su rostro mostró la ansiedad que sentía cuando Jerónimo la forzó a hablar de las represalias de su padre.

—Isadora.

—Está enojado, nada más. Pero no me haría daño. Yo sé. Él me ama más que a nadie. Démosle un tiempo, Jerónimo. Verás que tengo razón. En unos pocos meses, cuando nazca nuestro hijo, celebrará, igual como lo hizo cuando nació Samuel. Y todo será como antes. Al poco tiempo te considerará hijo suyo.

—¡La que está equivocada eres tú! No dejemos que algo pase. Podemos volver si creemos, o si él nos avisa que ha dejado a un lado su plan de castigarnos. Isadora, piensa en el niño. Piensa en ti misma.

Con la exasperación, la voz de Jerónimo había subido a la par de la irritación de Isadora. Pero luego se callaron, ambos luchaban con lo que se imaginaban iba a ocurrir. Y fue Jerónimo el que se rindió. Miró a Isadora; estaba calculando el riesgo. Luego asintió con la cabeza, al principio con lentitud, luego con mayor energía.

—Quizá tengas razón, Niña. Quizá no nos hará ningún daño. Quizá podamos seguir viviendo aquí. Pero iremos a la barranca, con mi familia.

El día siguiente, antes del alba, Isadora esperaba en el establo, junto a Samuel quien estaba medio dormido y de mal humor. Cuando Jerónimo llegó, se fueron de Hacienda Miraflores y empezaron a subir a las cuevas de los Rarámuri. Pocos días después, Úrsula Santiago empacó sus cosas y, también, se fue de la hacienda y volvió a su pueblo.

∾ ∾ ∾

Isadora apoyó la frente contra el cristal empañado de la ventana. Enderezó la cabeza y fijó la mirada en la tela de alambre empotrada en el vidrio. ¿Cuánta fuerza se necesitaría para romper esa malla? Cerró los ojos y sintió que los ojos le ardían. Volvió a abrirlos y los enfocó en el parque que rodeaba el asilo.

Era el final del día; la oscuridad envolvía los arcos altos y recovecos del edificio. Isadora se concentró en la neblina que subía de los pantanos de Zapopán, ondulando por debajo de arbustos y adhiriéndose a los tallos caídos de los pastos altos. Los árboles surgían imponentes contra el cielo; con sus ramas colgadas hasta casi tocar el suelo empapado y los oyó lloriquear.

Isadora trazó una línea en el vidrio empañado con su dedo, luego escribió su nombre. Al lado puso una J, y luego una A. Se alejó violentamente de la ventana y caminó por la celda, moviéndose de una pared a otra, ida y vuelta, hasta que se detuvo al lado del camastro donde dormía. Se sentó al borde sintiendo los travesaños de madera contra las nalgas.

Se volvió a parar y regresó a la ventana. La niebla había subido, llegaba casi a las ramas inferiores de los árboles. Torció el cuello y vio que la luna subía en el cielo oriental. Por su mente pasó la idea de que la esfera blanca y fosforescente parecía una calavera rodeada por un halo transparente. Después de mirar la luna por unos momentos, se acordó que los Rarámuri creen que los muertos vuelven a reunirse con los espíritus de los que todavía viven —los que sueñan en las noches iluminadas por la luna.

Capítulo 12

"Le dicen el Día de la Luna."

Isadora y Jerónimo estaban acostados en un terraplén cubierto de hierba a poca distancia de la cueva en la que habitaban. Jerónimo había fijado su mirada en el cielo que cambiaba de tono rojo y anaranjado en el oeste a lavanda en el este. Mientras ella estaba recostada a su lado, con su cabeza apoyada en su brazo extendido, delineaba su perfil con un dedo.

ༀ ༀ ༀ

Jerónimo e Isadora se preocupaban más y más con lo que estaba pasando a su alrededor y hoy estaban tratando de distraerse. Ya no podían negar el antagonismo de la tribu. Era un resentimiento que Jerónimo no había anticipado cuando trajo a Isadora y a Samuel a vivir en su pueblo. Sabía que habría sorpresas e incluso chismes, pero no había esperado el trasfondo de amargura que surgía todos los días.

Otro motivo de inquietud era el silencio y la inercia de don Flavio. Se comportaba como si nada hubiera pasado, como si el abandono de Isadora de Hacienda Miraflores y su huida con Jerónimo no hubiera sido una afrenta a su honor. Cuando Jerónimo dejó la hacienda con Isadora, encontró trabajo en otra hacienda cercana. Todos los días, al bajar al llano, oía los rumores que eventualmente iban llegando. El patrón de Miraflores estaba enfermo. Ni siquiera podía salir de su habitación. Pero luego, con el pasar del tiempo, se vio a don Flavio salir a caballo, cruzar sus tierras de un lado a otro, y, aún así, nadie había detectado un cambio en su conducta, por más que lo observaran cuidadosamente. Esto llenó a todos de ansiedad. No era normal que el padre de una mujer blanca no hiciera nada cuando ésta se había ido con uno de los indígenas. En su lugar, don Flavio estaba extrañamente tranquilo, y la tribu sospechaba que algo espantoso le iba a acontecer.

Ese anochecer, con la esperanza de distraerla, Jerónimo empezó a hablar de las creencias de los Rarámuri. Isadora escuchó cuidadosamente, aunque gran parte de lo que decía no le era nuevo. Cuando habló de la cruz, ella recordó que los Rarámuri creían que era un santo —un ser verdadero, que merecía homenaje y veneración. Isadora también sabía que el peyote era considerado un dios y que, con frecuencia, era llamado Tata, padre, por los ancianos, los *huehues*, de la tribu. Cuando niña, había visto las procesiones, bailes y cantos; y en todo ese tiempo, había sentido que aunque lo que había aprendido de las monjas era diferente, las creencias de la gente de Jerónimo no contradecía su propia manera de pensar. Pero ahora las palabras de Jerónimo capturaron la atención de Isadora.

—Le dicen el Día de la Luna.

Movió su mano de la cara de él, levantó la cabeza, y se balanceó en un codo:

—¡Qué bello! ¿Pero qué quiere decir?

—Los antiguos creen que mientras soñamos nuestras almas se juntan con los espíritus de los muertos, y que ellos trabajan duro conjuntamente, más duro que durante el día, cuando caminamos bajo la luz del sol. También creen que durante la noche, cuando estamos durmiendo, llevamos a cabo maravillosos y misteriosos actos con aquéllos que se han marchado al otro lado de las sierras. Dicen que durante este momento es cuando creamos nuevas canciones y poemas, y cuando descubrimos a nuestro verdadero amor. Esto es lo que se conoce como el Día de la Luna. Ocurre, según cuentan, cada noche cuando estamos durmiendo.

—No había oído eso anteriormente, —dijo Isadora mirando a Jerónimo a los ojos—. Pero tú dices *ellos* como si no creyeras en el Día de la Luna. Yo creo que lo podría creer.

Jerónimo sonrió y encogió los hombros. —Pues, quizá. Lo que quise decir es que no sé. Quizá cuando tenga más años veré las cosas como las ven los antiguos. —La miró, sus ojos brillaban—, ¿Crees todo lo que te dicen?

—No, no todo. Pero ¿no te parece que nuestro espíritu hace algo cuando uno duerme? Yo sí creo. Me pregunto ¿adónde va mi alma? ¿Va en busca de algo o de alguien?

—Quizá. No estoy seguro.

—Sería maravilloso creer que nos volveremos a ver después de morir, Jerónimo. Y qué momento mejor que durante un sueño, cuando la luna nos da otro día para trabajar, cantar y amar.

Isadora se sentó, cautivada por la novedad. Jerónimo, todavía tirado en la hierba, cruzó los brazos detrás de la cabeza y miró a Isadora mientras el último centelleo de luz desprendía tonalidades de plata y verde sobre su silueta. Sus ojos miraron la curva de su frente y nariz. Luego descendió la mirada para ver sus labios, mentón, garganta y pecho. Paró al llegar al abdomen abultado; hinchado con su hijo. Ese pensamiento lo forzó nuevamente a pensar en lo que los había tenido más recelosos cada día que pasaba. Sacudió la cabeza como si se sacara un insecto; se sentó, puso la palma de la mano en el estómago de Isadora y la besó. Ya estaba casi oscuro, así que se levantaron y se dirigieron a la cueva.

Al caminar, dejaron a un lado la plática de esa noche, y volvieron al tema que los venía preocupando hace semanas. La quietud de don Flavio los tenía desconcertados, el antagonismo de la tribu les había causado gran pena —además estaba Samuel, quien se había descorazonado a medida que las semanas se transformaban en meses. A diferencia de Isadora, que había habitado en las cuevas cada vez que podía cuando era niña, Samuel no se podía acostumbrar a vivir ahí; durmiendo en una estera en el suelo, comiendo maíz y frijoles y calabaza casi todos los días. Quería ver a su abuelo y hacerle compañía en el establo, tal como lo había hecho antes de ser llevado a la cueva. Añoraba su habitación cómoda y el tener sirvientes. Más que nada, resentía que su mamá durmiera con El Rarámuri.

Isadora había tratado de calmar a Samuel, hablándole, llevándolo a caminar, cantándole. Al principio, le dijo que su abuelo se había ido, pero cuando vio que el niño no le creía, decidió decirle la verdad: Jerónimo ahora era su marido y el padre de él. Cuando Samuel oyó eso, se desconcertó aun más, y se rehusó a hablar, ni siquiera con ella.

Úrsula no pudo consolar a su hijo, aunque lo intentó muchas veces. En medio de todo, Jerónimo trató de hacerse amigo de Samuel, pero fue rechazado rotundamente.

Jerónimo e Isadora hablaron de Samuel mientras caminaban, pausando, moviéndose con cuidado en la pálida luz del oeste. Después de un rato su conversación volvió a la reacción de la tribu a la presencia de Isadora. El resentimiento pasó a ser obvio cuando primero caminaron por la plaza de la aldea comunal. La gente se paraba a mirarlos. Los que iban en dirección al mercado, se detenían para verlos mejor. Los que habían estado hablando, dejaron de hacerlo para mirar boquiabiertos a la inverosímil pareja que cruzaba los adoquines de la plaza. El cura, en su sotana negra, recién saliendo del pórtico oscuro de la iglesia, parpadeó con sorpresa y volvió a mirar una vez más, convencido de que sus ojos le habían hecho una mala jugada. Un grupo pequeño de mujeres ancianas miraron primero al joven Rarámuri, luego a la mujer blanca y finalmente al niño, después se miraron entre sí, cerrando los labios con incredulidad, sus pequeños ojos brillantes llenos de curiosidad.

Lo que al principio había sido una rareza, al poco tiempo pasó a ser el único tema de conversación. Después de unos días, el interés se convirtió en recelo y por fin, la presencia de la mujer blanca y su hijo pasaron a ser una fuente de temor para la gran mayoría. Los hombres que todos los días bajaban la sierra para ir a trabajar, especialmente aquéllos con sueldos pagados por don Flavio Betancourt, se preguntaban qué acontecería cuando el patrón se enterara de dónde estaba viviendo su hija. Los que no eran peones de Hacienda Miraflores, se compadecían o se burlaban de los trabajadores de don Flavio diciendo que dentro de poco iban a tener que encontrar empleos nuevos.

Para las mujeres de la tribu, lo que Jerónimo Santiago había hecho era un insulto calamitoso. Aunque eran los *huehues* los que dictaban las leyes al pueblo, las mujeres eran las que tomaban las decisiones importantes. Ellas eran las guardianas de la familia y las tradiciones que la regían. Ellas eran las que salvaguardaban recelosas quién se casaba con quién, qué familias se unirían, y qué sería de los niños de dichas uniones. Al moler el maíz, tejer la lana, teñir las telas, recoger la leña, ayudar a los enfermos y a las encintas, y especialmente, cuando recogían agua del pozo, eran las mujeres las que decidían lo que estaba aprobado o prohibido dentro de la tribu. Cuando Jerónimo Santiago llegó con una mujer blanca a su lado, y ella con el hijo de otro, las mujeres de la tribu se congregaron; primero en grupos pequeños y finalmente se juntaron en las cuevas en enormes asambleas. El hijo de Celestino y Narcisa Santiago les había arrancado el derecho de decisión que tenían. Esa conducta era intolerable.

Aquéllos que observaban secretamente a los amantes estaban convencidos de que Isadora y Jerónimo se estaban burlando de la tribu porque andaban sonriendo todo el tiempo, hablándose y riéndose. Cuando el abdomen de Isadora comenzó a crecer, los hombres y las mujeres de la tribu lo encontraron ultrajante. Estaba mal que uno de los suyos se mezclara con la progenie del patrón blanco. De eso no podía resultar más que algo terrible. Y así fue cómo la tribu presionó a los *huehues* a que se convinieran y que le pusieran punto final al peligro en que la tribu se encontraba.

Celestino y Narcisa también hablaron de lo que debían hacer. Cuando Jerónimo apareció con Isadora y su hijo, ellos no se sorprendieron, pensando que era una de las tantas visitas que ella había hecho desde que era niña. Pero cuando Jerónimo anunció que iba a retirarse de la morada familiar para establecer la suya, pasó a ser evidente que tenía toda la intención de dormir con esa mujer y hacerla suya. Narcisa y Celestino, y hasta los demás hijos, se alarmaron y se asustaron. Don Flavio era capaz de destruirles la vida.

Celestino bien sabía que sus años de servicio con don Flavio se evaporarían. No significaban nada. En los ojos del patrón, no sería más que otro indio. Su familia iba a ser el enemigo, su cueva el lugar de la violación de Isadora, y todos quedarían arruinados. Mientras pasaban las semanas y don Flavio no hacía nada, esa calma lo aterrorizó aún más.

Por otra parte, Celestino y Narcisa no se podían olvidar de que Jerónimo era un hijo bueno, y de que Isadora también era una mujer buena; la habían conocido y cuidado desde que era muy pequeña. Los padres batallaron con sus aprehensiones, así como con los chismes que los envolvían. Sabían que dentro de poco iban a tener que decidir entre lo que determinaba la tribu y lo que su hijo había optado hacer.

ষ্ট   ষ্ট   ষ্ট

Cuando Isadora y Jerónimo regresaron a su cueva esa noche, encontraron a Narcisa y a Celestino esperándolos. Jerónimo echó leña al hogar, los demás se sentaron en el piso de tierra. Las llamas saltaban del fuego, echando sombras sobre sus caras. Sólo el crepitar de las ramas que quemaban rompió el silencio. Isadora observó las caras de los padres de Jerónimo.

El rostro de Celestino era una máscara tallada en caoba. Su frente marcada por una grieta profunda que empezaba en el nacimiento del cabello y bajaba para unirse con la larga y encorvada nariz. Isadora lo miró con más atención y vio que sus ojos estaban entrecerrados; hendiduras inclinadas que descansaban encima de pómulos marcados.

Narcisa estaba sentada con las piernas cruzadas, y las manos en el regazo. Su cabello negro azabache estaba partido en el medio y estaba estirado hacía atrás en dos trenzas gruesas; lo negro estaba salpicado con hilos de plata que se veían al moverse las llamas. Isadora descubrió que nunca había mirado detenidamente la cara de Narcisa. Lo que vio ahora fue un retrato bello: ojos almendrados debajo de una frente ancha, nariz chata y labios redondos y llenos. Se preguntó si así habría sido su propia abuela.

—Los *huehues* se han puesto de acuerdo en que se reunirán para considerar lo que has hecho.

La voz de Celestino rompió el silencio, dejando mudo el ruido del fuego. No mencionó el nombre de su hijo, sólo lo miró.

—¿Qué te parece, tata? —Jerónimo, también, sólo miraba a su padre. El hombre más joven, sentado de piernas cruzadas, su espalda recta y tensa, indicando la tensión que llevaba en su cuerpo. Celestino movió la cabeza de un lado a otro. Sus labios y su frente estaban fruncidos, haciendo más profunda la grieta; en la penumbra de la cueva, parecía un tajo.

En su lugar habló Narcisa, —No es sólo lo que piensa tu padre, hijo, sino lo que todos sentimos y de lo que hablamos, eso es lo que debemos considerar. Niña, la hemos conocido desde que era muy pequeña. —Continuó Narcisa, mirando a los que estaban sentados alrededor del fuego—. Usted es buena no tenemos nada en contra de usted. Pero usted es de otro pueblo, de otra sangre, y no nos deberíamos mezclar. Eso va en contra de lo que nuestra tribu considera lo más sacrosanto. Es por eso que los Rarámuri han sobrevivido mientras que otras tribus han perecido.

—Pero Narcisa, la sangre mía y la de Jerónimo ya se ha mezclado. —Isadora puso sus manos con dedos abiertos sobre su estómago. Luego añadió—, Mi abuela era de su gente.

Hasta Jerónimo volteó la cabeza en dirección a ella. Nunca había oído a Isadora decir una cosa así. Sus padres la miraban atónitos. Narcisa finalmente rompió el trance.

—¿Qué quieres decir? Ella no podría haber sido de los Rarámuri. De eso estamos seguros.

—No, no del pueblo de ustedes. Ella era de las tribus de Jalisco. Era india Cora. Mi abuelo se casó con ella y juntos tuvieron a mi papá y a su hermana, doña Brígida.

Celestino, estupefacto, se dirigió a Jerónimo, quien quedó mudo. Luego los tres miraron a Isadora, escudriñando sus facciones sin ninguna vergüenza. Si había una abuela color café ¿cómo era que el cabello de Isadora era dorado? ¿Sus ojos azules? ¿Por qué era tan largo y angular su cuerpo? Celestino suspiró, ya no podía decir nada sobre la abuela de Isadora. Era tan increíble que no podía pensarlo.

—Los *huehues* se reunirán mañana por la noche. Me han pedido que esté presente.

—Tata, ahí estaré yo también.

—Y yo también estaré ahí.

Las palabras de Narcisa eran enfáticas, firmes. No era costumbre que una mujer se sentara en el consejo de ancianos de la tribu, pero había resuelto ir y Jerónimo y Celestino sabían que no le iban a hacer cambiar de opinión. Isadora cerró los ojos, sabiendo que aunque ella era el centro de la tormenta, su presencia en la reunión no se toleraría.

CR CR CR

Una nube de aprehensión se suspendía encima de la tribu el día siguiente. El sacerdote sintió que algo estaba por ocurrir, pero no importaba a quién le preguntara, a dónde mirara, y cuánto escuchara, se encontró solamente con silencio. Estaba seguro que tenía algo que ver con la mujer Betancourt. Decidió permanecer en la rectoría esa noche, por si acaso alguien lo necesitaba.

El consejo iba a celebrarse cuando la luna empezara a ascender, pero la tranquilidad del anochecer se rompió antes de la hora indicada con los gritos de hombres y mujeres coléricos. Todos corrieron a la plaza atraídos por la conmoción. Al crecer la multitud, el párroco salió de su casa. El furor aumentó hasta que un hombre se paró en la fuente del centro de la plaza para que pudiera ser visto.

—Don Flavio se ha recuperado de su enfermedad. Estamos seguros de que nos quitará nuestros empleos.

Celestino y Narcisa, Jerónimo e Isadora, quedaron parados, inmóviles. Lo que todos habían anticipado todas esas semanas por fin había ocurrido. Ahora, sin duda, iba a pasar lo peor; sin trabajo, la probabilidad de inanición era un peligro verdadero para la tribu. Isadora sintió las rodillas débiles. Aunque ya estaba casi oscuro, detectaba temor, consternación y rencor en los ojos de ese gentío. Creyó, incluso, que sus miradas se dirigían a su abdomen, a su hijo, y lo cubrió con sus manos.

—¿Qué vamos a hacer?

—¡Nos moriremos de hambre sin trabajo!

—Esto ha ocurrido antes y tuvimos que comer lagartos y malas hierbas.

El miedo saltó de una persona a otra. Crecían los murmullos, había un agitar de cabezas y un levantar de puños amenazadores en el aire nocturno. Los niños empezaron a llorar, y pronto hasta en las voces de algunos de los adultos se oía el lloriqueo.

—¡Es culpa de *ellos*!

El gentío se dio vuelta y vio a la familia Santiago parada en un grupito al margen. Jerónimo se paró delante de Isadora para protegerla.

—¡Gente, no pierdan el sentido común!

La voz del cura se oyó en todos lados y Narcisa corrió a la fuente de la plaza, demostrando su valentía.

—¿Ya los han corrido de Hacienda Miraflores? ¿Ha ocurrido eso?

—No, todavía no . . . —Se oyó una voz en la noche y Narcisa se viró, asegurándose que estaba enfrentando a la mayoría de las caras vueltas hacia arriba.

—Entonces, ¿por qué estamos actuando como animales en pánico? ¡No nos moriremos de hambre! —Su voz era tan alta que todos quedaron en silencio mientras ella se movía de donde estaba para subir al escalón más alto de la fuente—. ¡No nos moriremos de hambre! Pero aun si nos exilian de Hacienda Miraflores, otros patrones nos darán trabajo, y si no nos dan, marcharemos hasta Creel o a Los Mochis, y si no, hasta la capital. ¡No! ¡No nos moriremos de hambre!

—¡Sólo dices eso porque quieres que nos olvidemos de lo que ha hecho tu hijo!

Todos se dieron vuelta para ver quién había dado voz al pensamiento no expresado.

—¿Quién dijo eso?

Nadie se ofreció. Ahora sólo las estrellas brillaban en el cielo oscuro, y en el este, la luna había comenzado su viaje nocturno hacia el otro lado del horizonte. Una brisa silbaba por las grietas y los nichos de la sierra. Narcisa quedó parada en la parte más alta de la fuente.

—¡Les digo que encontraremos trabajo!

Una ola de murmullos y quejas surgió de la multitud que se mecía de lado a lado. Intercambiaron miradas, movían la cabeza, suspiraban. Después de un rato, algunos comentaron que era probable que Narcisa tuviera razón. Esperarían para ver si realmente perderían sus empleos. Después de eso, tomarían una decisión. Además, ésa no era la primera vez que el patrón se había entrometido en sus vidas y no era la primera vez que ellos le habían hecho frente.

Uno por uno, o en familias, la gente lentamente volvió a sus moradas. Horas después, se corrió la voz de que la reunión del consejo de *huehues* se había cancelado hasta que se supiera lo que pasaría con los trabajadores. Esa noche, Jerónimo e Isadora casi no durmieron, pero quedaron acurrucados uno contra el otro, hablando en voz baja, acariciándose, calmándose. Él le rogó dormir, pero cuando vio que sus ojos no se cerraban, la apretó contra el pecho.

Después de esa noche, los hombres y las mujeres de la tribu volvieron a sus trabajos en Hacienda Miraflores. Aunque algunos seguían desconfiados, con el tiempo, la mayoría de los temores de los Rarámuri se aplacaron. Los hombres cuidaban los campos cultivados y los hatos de la ranchería, y las mujeres cuidaban de las cocinas, lavanderías y recámaras del patrón. Sin embargo, la aprehensión continuó hasta el día en que Jerónimo encontró trabajo en otro lugar. Cuando él volvió a la sierra, corrió la voz de que nuevamente iba a poder contribuir con la comunidad. Con eso, los últimos vestigios del temor y de las expectativas de venganza desaparecieron. Las semanas se convirtieron en meses hasta el día en que la mayoría de los Rarámuri se convencieron de que la furia de don Flavio tenía que haber desvanecido con su grave enfermedad. A veces, se decían entre sí, los espíritus malévolos invaden a un hombre, traumatizándolo, haciéndole imposible que se comportara como todos esperaban. Todos pensaban eso, menos la familia Santiago.

Durante esos días, la salud de Samuel fue la mayor preocupación de Isadora. Su silencio se había complicado con su negativa a comer. Ella le contaba cuentos, recordando lo mucho que le habían gustado sus representaciones. Jerónimo lo llevó a explorar, mostrándole plantas y animales. Sin embargo, nada podía disipar la tristeza de Samuel. Lo único que decía era que quería volver a la hacienda de su abuelo. Enflaqueció mucho y por fin, Isadora decidió que quizá sería mejor que Samuel regresara a Hacienda Miraflores. Lloró al tomar esa decisión. No quería dejarlo, pero sus ojos le dijeron que Samuel no podía vivir entre los Rarámuri.

Fue Úrsula quien llevó al niño de vuelta a Hacienda Miraflores. Cuando regresó, trajo noticias de la hacienda. El patrón se veía muy enfermo; había envejecido y ahora tenía el aspecto de un anciano. No mostró señales de reconocer a Úrsula. Sí abrazó a Samuel, lo besó y le dio la bendición, pero eso fue todo. No hubo furia, ni amenazas, ni gritos.

La ausencia de Samuel hizo que Isadora se sintiera perdida, y a veces se consolaba hablando con Narcisa. Las mujeres con frecuencia se sentaban alrededor del fuego, hablándose y escuchándose. En una de esas ocasiones, Isadora reveló su incertidumbre.

—Creo que lo que estoy haciendo está mal.

Narcisa ladeó la cabeza, miró a la mujer más joven. Su cara redonda expresó un sinfín de emociones. —Niña, ya está hecho. Quizá estos días fueron predeterminados antes de que usted y mi hijo nacieran. Nadie sabe. Lo que sí sé es que viene un niño nuevo. Eso es lo que nos indicará el futuro.

—Mi padre es capaz de hacer cosas buenas, Narcisa, pero también es capaz de hacer cosas horribles. Yo lo he humillado y ofendido, lo sé, pero no lo pude evitar.

Narcisa quedó callada unos minutos, estaba pensando. Agregó leña al fuego y se frotó las manos.

—Quizá su padre algún día verá que hay espíritus que están hechos el uno para el otro. Recuerde que Celestino y yo estábamos enojadísimos con usted. Teníamos miedo de lo que ocurriría al mezclarse la sangre, cuando dos caminos se forjan en uno. Pero ahora usted ve que hemos cambiado. Dele tiempo, Niña. Quizá uno de estos días acepte que usted vuelva.

—Al principio yo también creí eso. Hasta convencí a Jerónimo de que me trajera aquí en vez de ir a otro país. Pero ahora que ha pasado más tiempo, pienso que mi padre es incapaz de entender.

Me he puesto en contra de todo lo que él me enseñó. He abandonado el hogar que me proporcionó, así como el privilegio. Me ha echado, Narcisa, y dudo que jamás me vuelva a aceptar.

—¿Es incapaz de aceptar que se ha mezclado su sangre con la nuestra?

—Creo que sí.

—Como le dije, los Rarámuri son así también. Hay algunos, especialmente entre los *huehues,* quienes dicen que mezclar nuestra sangre con la de otros traerá el sufrimiento.

Después de un rato, Narcisa empezó a tararear, como solía hacer cuando meditaba. Por fin dijo —Cuénteme más sobre su abuela. La de color café.

Isadora, sentada de piernas cruzadas y corriendo sus manos plácidamente por su abdomen abultado, accedió con la cabeza. Frunció el ceño después de un momento de reflexión.

—No sé mucho acerca de ella, solamente lo que mi tía Brígida me dijo. Es raro porque mi abuela es casi como una sombra para mi tía y para mí. Lo que recuerda mi tía es a una mujer, indígena, quien estaba siempre en la cocina y que nunca hablaba. Nada más.

—Eso quiere decir que su padre también debe tener memoria de ella. ¿Alguna vez le ha hablado de ella?

—Nunca, jamás.

—¿Cómo supo doña Brígida que la mujer era su madre?

—Creo que fue el padre de ella, mi abuelo, quien lo reconoció. O quizá fue que los demás sirvientes hablaron de eso. No estoy segura, Narcisa.

—Entonces ¿cómo puede estar segura de eso?

—Porque mi corazón me dice que es verdad.

附 附 附

El embarazo de Isadora siguió su curso, y justo antes del alumbramiento, ella y Narcisa siguieron las costumbres de las mujeres Rarámuri. Primero se mandó a llamar al *nahual* de la aldea a la cueva de los Santiago, donde se habían reunido muchas mujeres de la tribu, agrupándose alrededor del fuego.

Isadora se arrodilló delante del hombre sacro para que la pudiera curar de cualquier mal que alguien le podría haber deseado a ella o a su niño.

El *nahual* levantó sus báculos sagrados encima de su cabeza, apuntando primero hacia el este, donde el sol y la luna se levantan, luego hacia el oeste, donde se ponen. Luego movió los báculos hacia el norte, donde nacen los dioses, y hacia el sur, donde viven en el reino de los muertos después de terminar su misión. Mientras hacía eso, raspó los bastones, salmodiando y murmurando ensalmos sagrados. Cuando terminó la ceremonia, el hombre sacro levantó los brazos estirados, con palmas hacia abajo, sobre la cabeza de Isadora. Nuevamente salmodiaba una letanía —esta vez para cortar el hilo invisible que ataba al niño con el cielo.

Después de la ceremonia de curación, Narcisa e Isadora caminaron a un lugar escondido en la sierra, donde encontraron un árbol cuya rama tenía suficiente fuerza para sostener el peso de Isadora y estaba a la altura que ella podía agarrar con facilidad. Luego juntaron hierbas y arbustos blandos y debajo de la rama construyeron un nido para acunar a un bebé. Ahora, Isadora estaba lista para dar a luz.

Días después, Narcisa vino a la cueva a buscar a Isadora porque había visto indicios de que la hora había llegado. Se encaminaron al lugar que habían preparado para el nacimiento del niño. Llevaron jícaras de agua y pan en un morral para sustentarlas mientras que esperaban que el bebé naciera.

No esperaron mucho tiempo. Isadora empezó con el trabajo de parto poco después de llegar al sitio. El sol se ponía en el oeste, comenzaba el anochecer. Con la ayuda de Narcisa, Isadora se quitó el vestido y la ropa interior. Desnuda, se agarró de la rama y abrió las piernas, una a cada lado de la cuna de hierbas. Sentía dolor en todo el cuerpo y estaba cubierta de sudor. Respiraba en rachas y la saliva le colgaba de la boca abierta en hilos de plata. Al disminuir la fuerza de Isadora, Narcisa se paró detrás de ella y la envolvió en sus brazos, apoyándola y sosteniéndola.

Durante ese tiempo, las dos mujeres estaban calladas, hasta que una ráfaga de dolor insoportable retorció el cuerpo de

Isadora y por unos segundos no vio más que una oscuridad. Con eso oyó gemir al bebé y cuando bajó la vista, pudo ver que el niño resbalaba por entre sus muslos. Narcisa se había trasladado al frente y estaba en cuclillas con los brazos extendidos para tomar al niño. Cuando lo tuvo en sus manos, miró a Isadora.

—Es una niña.

La voz de Narcisa estaba llena de música. Isadora se dejó caer de rodillas y luego hacia un costado, se balanceó en un codo. Levantó la mano libre y la pasó por el cabello liso y negro de la niña que recién había salido de su cuerpo. Su propio dolor desapareció al mirar maravillada la piel cobriza de la niña que brillaba como castaña en la luz del sol que estaba saliendo. El corazón de Isadora se llenó de euforia ante el misterio de que una niña como ésta pudiera haberse producido en su cuerpo.

Después de que Narcisa limpió a la niña de su cobertura de mucosa, cortó y ató el cordón umbilical. Luego, colocó a la bebé en los brazos de su mamá. Isadora todavía estaba desnuda, y la sensación de la piel de la niña contra la suya, hizo latir aceleradamente su pulso. Cerró los ojos y sintió que iba a estallar del júbilo que la azotaba. Aunque Narcisa también estaba eufórica, no se había olvidado de lo que tenía que hacer. Envolvió el cordón umbilical en un trozo de tela; había otra ceremonia que tenía que celebrarse nuevamente en la cueva.

Isadora descansó, reclinándose con la niña en el pecho. En unas pocas horas, ella y Narcisa volverían a la aldea. Por un momento dudó que tendría la fuerza para hacerlo, pero se recordó que así lo hacían todas las mujeres de la tribu.

Durmió. En sus sueños estaba seleccionando el nombre de la niña. Jerónimo y ella se habían puesto de acuerdo en que si el bebé era varón, él le pondría el nombre; y si era niña, ésta llevaría el nombre que Isadora escogiera. En sus sueños bailaban nombres delante de sus ojos. Rosa, Violeta, Lidia, Iris. Las flores empezaron a tomar forma en el delirio de Isadora después de cada nombre. Pero cuando despertó, se acordó. La niña se llamaría como el ave que canta dulcemente y vuela a lugares desconocidos.

—Su nombre será Alondra.

ଔ ଔ ଔ

Cuatro días después, como era la costumbre de los Rarámuri, la fiesta en celebración del nacimiento de la niña tuvo lugar en el centro del pueblo. También era imprescindible que el cura bautizara a la niña de la manera católica.

El día del bautismo todos llegaron antes de la puesta del sol. Los hombres llevaban puestos sarapes decorativos que envolvían sus cuerpos, ocultando los taparrabos que iban a revelar después. Las mujeres traían vestidos largos de algodón, bordados con flores, mariposas y otros diseños complicados. Jerónimo, con la niña en sus brazos, pasó por la muchedumbre hacia la fachada de la iglesia y la pila bautismal. Lo siguieron Isadora, Narcisa, Celestino, los hermanos de Jerónimo con sus esposas y niños, y también Úrsula. El cura, en alba y estola, los esperaba con el misal en las manos.

—*In nomine Patris, et Filii, et Spiritus Sancti, Amen.*

Hizo la señal de la cruz en el aire con la mano derecha. Todos lo imitaron haciendo la señal de la cruz tocándose la frente, el pecho y ambos hombros. Luego se besaron los dedos sostenidos en una cruz. Los hombres se habían quitado los sombreros y las mujeres tenían las cabezas cubiertas con estolas. Sólo una brisa interrumpió la tranquilidad de la tarde al bajar desde las alturas de la barranca.

—¿Quiénes son los padrinos?

—Aquí estamos, Padre.

Celestino y Narcisa se movieron hacia delante cuando el padre pidió los padrinos. Él estaba con la cabeza gacha, pero ella miraba al padre a los ojos.

—¿Cómo se llamará la niña?

—Alondra, Padre.

Fue Isadora quien habló. Miró con firmeza al cura. Él también se le quedó mirando, dejándole saber que él sabía de sus pecados de infidelidad a su matrimonio, de ser la concubina de El Rarámuri, de haber traicionado la educación que le dieron las monjas y lo peor de todo, de la falta de respeto a su padre. Ella no apartó la vista; se quedó mirándolo y él entendió lo que ella quiso decir.

—No puede ser solamente Alondra. El rito del bautismo exige el nombre de un santo.

—María Alondra.

—Así será.

La voz del párroco era quebradiza y aguda, entendió que no podía cambiar las costumbres de las personas a las que servía. Ellos llamarían a la niña de la forma que ellos deseaban.

Le hizo señas a Narcisa, quien ahora tenía a Alondra en los brazos, para que la trajera a la pila donde le vertió agua sagrada en la cabeza. Cuando el agua fría empapó el cabello de la niña, ésta dio un chillido que hizo sonreír a los que estaban a su alrededor. El sacerdote siguió con el rito y los rezos sacramentales, rechazando a Satanás y todo lo que él representaba. Enfatizó el significado de sus palabras, al pausar y asentir con la cabeza. Luego hizo nuevamente la señal de la cruz encima de la cabeza de la niña. La ceremonia concluyó. El párroco se dio vuelta y desapareció en la iglesia.

Tan pronto como el cura había desaparecido de la vista, comenzó la fiesta. Los hombres se sacaron los sarapes y dieron unos pasos hacia delante mostrando sus taparrabos. También se adelantó el *nahual,* seguido por los *huehues;* se formó un círculo grande alrededor de ellos. El hombre sacro elevó los bastones sagrados, salmodiando y bailando, encima de la cabeza de la niña, que nuevamente estaba en brazos de su papá; mientras la tribu empezaba a bailar al ritmo.

Del gentío, se adelantaron los hombres, las mujeres y los niños de la familia Santiago, se arrodillaron delante del *nahual,* esperando su bendición. Él hizo la señal de la cruz varias veces con el incienso, acercándose a Isadora que también estaba arrodillada. Con agua que había tenido en la boca, sopló una cruz encima de su cabeza, asegurándole así fertilidad futura.

Durante estos ritos, los Rarámuri se mecían y golpeaban el suelo con los pies. El sonido de los pies descalzos contra los adoquines enfatizó el ritmo del baile. Jerónimo, el único que no estaba arrodillado, también se movía con el ritmo, girando lentamente y dirigiéndose a los cuatro puntos cardinales del universo, levantando a Alondra por encima de su cabeza en las cuatro direcciones.

La gente tarareó mientras el *nahual* prendió el fuego en el centro del círculo, sacó una ramita de las llamas, y le quemó unos cabellos a la niña. Uno de los *huehues* le entregó cuatro palitos de alquitrán de pino prendidos; con esos hizo más señales de la cruz en el aire de las montañas.

Después de eso, todos se dieron un festín de cabrito, cerveza de *tesgüino* y peyote consagrado por el *nahual*. La Chirimía, un grupo de músicos que aporreaba tambores, hacía sonar jícaras con semillas, soplaba flautas y rascaba violines metálicos, ofreciendo el ritmo que rodeaba la conversación y la risa de la gente. La gente de la tribu estuvo sentada en el suelo por horas, comiendo, bebiendo y, muchas veces, levantándose para participar en un baile rápido y exaltado.

Al internarse la noche, todos quedaron transformados por la cerveza y el peyote, hasta que estuvieron listos para bailar el *dutuburi*. Los hombres formaron un círculo, y comenzaron a mecerse con el ritmo de los tambores, flautas y jícaras. Enseguida, las mujeres formaron un círculo por fuera, girando en dirección opuesta. En el centro, Jerónimo, con Alondra en sus brazos, bailaba alegremente en celebración de esta nueva niña que había nacido de los Rarámuri. El resto de los hombres de la familia Santiago se unieron a él, honrando a su hermano. Isadora veía a Jerónimo, bailaba y se reía mareada con cerveza tesgüino. Jamás había estado tan contenta. Más tarde, al dormirse en la cueva, Isadora por fin pudo dejar a un lado los temores contra los que luchaba. Era mejor creer en lo que había ocurrido esa noche de luna.

Capítulo 13

Tres semanas más tarde, Isadora estaba sentada esperando a Jerónimo en una hondonada con vista al camino que subía del llano al centro de la aldea. Se estaba poniendo el sol y ella gozaba de la brisa suave que jugaba con su cabello volando hacia el frente. Miró al cielo, observó los tonos del color lavanda que se mezclaban con los matices anaranjados y rosados. Por encima, el cielo todavía era de un azul oscuro, salpicado con nubes blancas que correteaban hacia el horizonte, como si el sol poniente las estuviera aspirando. Volvió el cuello en la dirección opuesta: La luna era nueva, una luna creciente transparente.

Miró la curva de la planicie abajo. Sabía dónde empezaban y terminaban las tierras de su padre; mucho de lo que veía era de Hacienda Miraflores. Le pasó por la mente la imagen de cuando era pequeña, cabalgando al lado de su padre. La memoria la conmovió físicamente, como si un pequeño temblor hubiera pasado por la tierra en que estaba sentada. Suspiró, mirando hacia la distancia, sacándole gran placer a la enormidad y belleza de la tierra. Al norte, en la escuela del convento donde había pasado su adolescencia, las otras niñas estaban escuchando y aprendiendo, tal como ella lo había hecho. Hacia el oeste, el océano se movía en el flujo y reflujo de su eterna marea.

De repente, Eloy le pasó por la memoria, e Isadora se echó atrás, asustada por la memoria inesperada y olvidada. Pensó que era raro que pensara en él; no lo había hecho en años. Se rió entre dientes, preguntándose lo que Narcisa diría de eso. ¿Estaba su espíritu tratando de comunicarse? Quizá había fallecido. Movió la cabeza tratando de sacarse los pensamientos tontos que

ahí andaban. Luego desapareció la cara de Eloy y fue reemplaza-
da por la de Samuel, haciéndole recordar el vacío que tenía en su
corazón desde que él se había ido. Cuando fuera hombre, ¿comprendería? Se forzó a pensar en otras cosas.

Pero su atención fue atraída por un punto oscuro que se
movía hacia ella en el fondo del llano. Entrecerró los ojos, tratando de enfocar la vista en lo que se acercaba. Se sentó cuando era
evidente que era un corredor Rarámuri. Estaba solo y no jugaba
a las carreras; corría tan fuerte como podía. Isadora se puso de
pie, sintiendo que el muchacho traía noticias importantes, algo
fuera de lo común. En unos minutos, vio que él había llegado al
inicio de la subida y que pronto la pasaría.

El corredor venía a toda velocidad por el camino, sus pies
golpeando la tierra, levantando pequeñas nubes de polvo detrás
de sí. Isadora saltó al camino, sabía que pronto estaría donde ella
estaba parada; quería saber por qué corría con tanta prisa. Cuando el muchacho la vio, sin embargo, se detuvo tan abruptamente
que casi perdió el equilibrio. Luego se dio vuelta hacia un lado y
la pasó de largo, intencionalmente cambiando su dirección.

La evasión del corredor la asustó y algo la hizo mirar nuevamente hacia el llano. Levantó la mano para sombrearse la frente
y vio a un grupo de hombres que cargaban algo pesado, ¿algo
cuyo peso les causaba problemas. Uno, dos, tres, cuatro, cinco
hombres. Y a medida que se acercaban vio que cargaban un
bulto en forma de un animal. Pero los Rarámuri no envolvían a
los animales que cazaban.

Empezó a trotar hacia los hombres, aumentando de velocidad a pesar de que el vestido largo se le enredaba entre las piernas. Respiraba fuerte, con la boca abierta, engullendo bocanadas
de aire al bajar la colina hacia el grupo. Sus pies descalzos,
aunque ya callosos, le empezaron a doler. Los arbustos le raspa-
ban las piernas y los brazos, cortándola, haciéndola sangrar, pero
Isadora ni cuenta se dio. El resonar en su cabeza se había convertido tormentoso. Cuando finalmente llegó a los hombres, se
detuvo, respirando agitadamente y con la cara llena de polvo.

Dos de los hombres eran hermanos de Jerónimo. Leyó la expresión en sus ojos. Miró a los demás, que voltearon la cara y no la quisieron mirar. Isadora ya sabía la verdad. No tenía que mirar al sarape empapado de sangre para saber de quién era el cuerpo.

Ya estaba casi oscuro, y sólo quedaba algo de luz de día en las alturas de la sierra. Nadie dijo nada. Estaban helados, sus cuerpos paralizados. Isadora sintió que se le iba el aire de los pulmones, que su interior estaba en colapso. El ruido en la cabeza aumentó. Miró la forma delineada por la manta; estaba saturada de sangre y barro, y temió que Jerónimo había sido mutilado, hecho trizas, descuartizado.

—¡Destápenlo!

Cuando dio el mando, su voz era irreconocible. Los hombres que la conocían se asustaron por su estridencia y su tono ronco. Casi era la voz de un hombre.

—Niña, no . . .

—¡Destápenlo!

Los hombres se miraron, no sabían qué hacer, pero entendieron que Isadora no se iba a mover hasta que la hubieran obedecido. Ellos todavía se tambaleaban por lo que habían visto, pero hicieron lo que ella mandó. Uno de ellos se adelantó y abrió el paño, dejando al descubierto los restos destrozados. Isadora retrocedió violentamente, como si la hubiera empujado una fuerza invisible, pero recuperó el equilibrio en un instante. Miró a lo que había sido el hombre que había amado desde la niñez, el hombre que le había dado felicidad más allá de lo que se podía haber imaginado.

—¿Dónde está su cabeza?

Nadie contestó. Se oyó el respirar de ellos a través de narices obstruidas por polvo y sudor. Isadora los miró, y se arrodilló al lado del cuerpo para estar segura de que no se había equivocado. Se volvió a parar.

—¿Dónde está?

—Ya no estaba cuando lo encontramos. Los asesinos se la llevaron.

—¿Asesinos? ¿Había más de uno?

—Sí. Un sólo hombre no podría haber hecho esto. Eran dos o más, por lo menos.

Isadora se dio cuenta de que sólo su padre podía haber mandado el asesinato de Jerónimo de esa manera. Chacales lo habían atacado y descuartizado. Y ella había sido la que quiso quedarse con la tribu. Si ella y Jerónimo se hubieran escapado a otro lugar, esto no habría pasado. No pudo gritar. Se le había cerrado la garganta. Ni siquiera podía tirarse al suelo. Sus huesos se habían inmovilizado; su cuerpo estaba tieso y duro. Por fin, en silencio, se volteó en dirección a la sierra, para encabezar el cortejo de lo que quedaba de su amante.

Al llegar Isadora y los otros al centro de la aldea, Celestino y Narcisa ya estaban esperando. Ya sabían que su hijo había muerto. Sus caras parecían máscaras: ojos entrecerrados, bocas caídas de cada lado como medias lunas. Estaban parados derechos, sin decir nada. Había un grupo grande de personas detrás de ellos. El silencio fue completo, el único sonido era el viento que se metía en las grietas y los recovecos de la barranca.

Los hermanos de Jerónimo colocaron sus restos sobre los adoquines, pero nadie se movió hasta que el sacerdote y el *nahual* se acercaron, hombro a hombro. El rostro del cura reveló su horror. El rostro del hombre sacro no tenía expresión alguna. Ambos pastores fueron hacia el cuerpo y cada uno inició los ritos de su creencia.

—*Pater noster* . . .

—*Tata Hakuli* . . .

Los ensalmos de los dos subieron al cielo, el cura haciendo la señal de la cruz con su mano derecha, una y otra vez; el *nahual* moviendo sus bastones sagrados hacia los puntos cardinales del universo. Los dolientes que los rodeaban espontáneamente siguieron el cántico del *nahual*, un tarareo mezclado con gemidos tapados. Isadora quedó en silencio. Se le había cerrado tanto la garganta que quedaron bloqueadas las lágrimas de sus ojos y la saliva de su boca. Se quedó mirando a los dos pastores como si fueran fantasmas y de repente sintió que necesitaba estar cerca de Jerónimo. Se adelantó y se arrodilló al lado del bulto, a pesar de que la costumbre Rarámuri exigía que la viuda se mantuviera a distancia.

De rodillas, Isadora se mecía para atrás y para delante, junto con los tonos acongojados de los dolientes. Puso sus manos en el montículo sangriento, tratando de rezar, pero todas las invocaciones que había aprendido a recitar durante su vida, se habían desvanecido. Lo único que podía sentir era un odio feroz hacia su padre. Se forzó a mirar a la familia de Jerónimo para ver si la odiaban por haber causado esta calamidad. Pero estaban parados con los ojos cerrados, como si estuvieran en un trance.

Pasaron horas mientras que los dolientes gemían y se lamentaban, pero nadie sufrió colapso ni se arrodilló. Se quedaron en pie, sus caras vueltas hacia el cielo que ahora estaba totalmente negro e iluminado por un manto de estrellas y una luna joven que se movía lentamente a su cuna.

El cura se acercó a Celestino, luego a Narcisa. Les susurró algo y les dio palmaditas en los hombros, mientras movía la cabeza de un lado a otro. Isadora sabía lo que les estaba aconsejando: que no le permitieran a sus hijos intentar venganza; que don Flavio los estaría esperando. Los Santiago iban a acabar perdiendo a sus tres hijos. En medio de esto, Narcisa y Celestino quedaron inmóviles, sin mover ni un músculo facial.

Cuando la luna se posó encima de ellos, los hombres que habían encontrado a Jerónimo, nuevamente levantaron sus restos. Levantándolo hasta los hombros empezaron a subir la sierra donde se habían construido las andas para la cremación del cuerpo. Isadora, Narcisa, Celestino y los hermanos de Jerónimo los siguieron. Después de ellos, Úrsula y Alondra. Después vinieron los demás niños de la familia Santiago, luego el cura y el *nahual*, y finalmente, el resto de la tribu.

Subieron la sierra en la oscuridad, iluminados solamente con antorchas de alquitrán de pino que algunos hombres llevaban. Era una subida lenta, peligrosa debido a los precipicios escarpados por los que andaban los desconsolados. La multitud, encabezada por los restos mortales de Jerónimo, escaló las alturas de la sierra al ritmo de los ensalmos pronunciados por el párroco y el *nahual*, y con el sonido sordo de los pies descalzos en la superficie rocosa de la montaña.

Isadora caminó tiesamente. El amor chocándose con el odio; la memoria de Jerónimo topándose con la imagen de don Flavio. La cara de su amante quedó eclipsada por la silueta gigante de su padre. Tan perdida en su mente estaba Isadora que no se dio cuenta cuando el cortejo llegó a su destino y el cuerpo fue colocado en las andas. Delante de sus ojos ciegos, se untó la base de las andas con brea y se prendió fuego con las llamas de las antorchas. Isadora volvió en sí solamente cuando la pirámide de llamas y los restos de Jerónimo explotaron en una bola de llamas azules y rojas. Ahora estaba totalmente consciente de lo que pasaba. Oyó el chisporroteo de la madera y de los huesos. Olía el hedor de la brea y del cuerpo quemándose.

La tribu volvió al centro de la aldea para iniciar los ritos que llevarían al espíritu de Jerónimo al reino de los muertos. Isadora conocía las ceremonias: Tres días de comida, bebida, peyote y conversaciones sin interrupciones sobre aquél que recién empezaba su viaje al punto débil del mundo, donde viviría con los dioses. Habría bailes y llantos. Cuando se acabaran los días de luto, los Rarámuri estarían satisfechos de que habían hecho todo lo posible para acompañar a Jerónimo en su viaje para unirse con los que habían salido antes que él. Cuando los hombres y las mujeres de la tribu volvieron a sus cuevas, después del ritual de tres días, sabían que Jerónimo estaría con ellos todas las noches, cuando fuese el Día de la Luna.

Durante esos tres días, Isadora hizo lo que se esperaba de ella como viuda; quedó en reclusión sin agua ni comida. Aceptó esta obligación porque quería estar sola. Alondra estaba bien cuidada; dormía con Úrsula. Durante esos días de abstinencia y noches de insomnio, la mente de Isadora era una neblina de memorias de su vida, especialmente aquéllas en que había estado con Jerónimo. Lo vio de muchacho, corriendo, su cabello largo una masa de plumas negras que salían detrás de su cabeza. Luego apareció a caballo; ahora era adolescente, con la sombra de un bigote pequeño sobre sus labios sonrientes. Luego lo vio el día de la carrera de su cumpleaños, cuando el sólo verlo la dejó excitada. Después de eso revivió su amor, su año juntos, y Alondra. Esas memorias la volvieron al punto de partida y estaba nuevamente en el presente, viendo su cuerpo mutilado.

Isadora no entendía el misterio de la vida de Jerónimo con ella. Había estado con ella hasta su última mañana. Habían comido, reído, hablado, abrazado y estado juntos. Lo había sentido, visto y oído. Se estremeció pensando que en cuestión de segundos su existencia había cesado. ¿Adónde fue? ¿Dónde estaba? ¿Estaba mirándola sentado a su lado en la oscuridad? Quería creer que él volvería a su lado durante los sueños nocturnos, cuando aparecía la luna, pero su mente rechazó esa posibilidad. La pérdida de Jerónimo surgió negra delante de Isadora, llenando la cueva, dejándola angustiada y con furia porque se les había robado su vida juntos. Fue en ese punto que sus pensamientos volvieron a su padre.

Isadora empezó a planear lo que haría al concluir el período de duelo. Quedó obsesionada con su plan, perfeccionándolo al repetirlo vez, tras vez, tras vez; construyendo y reconstruyendo cada paso, cada movimiento, cada detalle. Sus intenciones se confirmaron cuando Úrsula le informó que habían atado a los hermanos de Jerónimo a unos árboles para que no pudieran ir a matar a don Flavio y que Celestino había sucumbido a un espíritu extraño que lo dejó de cuclillas, arrimado contra la pared de la cueva, paralizado y mudo.

Cuando los días de luto pasaron, la tribu volvió a su vida cotidiana e Isadora estaba lista para irse. Úrsula estaba con ella, siguiéndola por la cueva.

—¿Adónde va, Niña?

—Tú sabes a dónde. Ven acá.

Isadora tomó a Úrsula del brazo y le pidió que se sentara al lado de ella. Cuando se sentaron lado a lado, Isadora le susurró en voz ronca. —Si no vuelvo, júrame que cuidarás a Alondra y a Samuel. Que lo harás hasta que te mueras.

—Si se le ha prohibido hacerlo a los hermanos de Jerónimo ¿por qué lo ha de hacer usted? Eso traerá una maldición sobre usted y sus hijos.

—Ya estoy maldita.

—¡No! Usted tiene que vivir. Ésa es su obligación. Es su padre quien está maldito por la sangre en sus manos. ¿Usted quiere lo mismo para usted?

Las palabras de Úrsula casi la hicieron perder la resolución, que momentos antes estaba comprometida con la venganza. Pero la idea de una vida sin Jerónimo la inundó, haciéndola volver a su intención original.

—¿Me lo vas a jurar o no?

—Juro, pero . . .

Isadora se levantó y ayudó a Úrsula a levantarse. Era muy temprano, y el fuego en el hogar se había extinguido, pero entraba algo de luz a la cueva. Isadora dejó que su mirada viera la cueva entera una vez más, preguntándose si algún día volvería a este lugar donde había conocido el amor y la felicidad.

—Volveré pronto, vieja. Recuerda que has jurado cuidar a mis hijos.

Isadora no tomó nada consigo más que una jícara con agua. Tenía puesto el vestido largo de las mujeres de la tribu, un chal y huaraches. Cuando Isadora iba a salir, Úrsula la tomó en sus brazos. Fue un abrazo que duró sólo unos segundos.

Una vez en el camino que bajaba al llano, Isadora caminó rápidamente, luego empezó a trotar y a aumentar su velocidad hasta que estaba corriendo. Era de pie firme. No había comido ni dormido; un espíritu tenía posesión de su cuerpo, dándole energía. Ahora era corredora Rarámuri de grandes distancias, sus pies los de un venado. Isadora corrió, sabiendo que su fuerza aguantaría y que llegaría a su destino con la puesta del sol.

No le sorprendió que cuando pasó por los establos de la

hacienda de su padre, nadie la detuvo. Nadie se fue corriendo a decirle a don Flavio que la habían visto; sencillamente, volvieron a lo que estaban haciendo. No sospechó nada cuando nadie dijo nada al entrar ella en la casa, pasando por las habitaciones y corredores, pasando la puerta cerrada con llave de la habitación de Brígida, camino a la oficina de su padre. Isadora estaba tranquila, sabía que Samuel estaría en la cocina a esta hora, lejos de lo que iba a pasar. Sabía también que todos los trabajadores sabían que tarde o temprano ella aparecería.

Abrió la conocida puerta, tomando unos segundos para pasar los dedos sobre el tallado ornamentado. Una vez adentro de la enorme habitación, vio que estaba vacía. Miró al techado oscuro en lo alto, luego viró la cabeza hacia el escritorio donde lo había enfrentado la última vez. Cerró la puerta detrás de sí. No necesitaba luz. Fue al escritorio, abrió un cajón, sacó la llave y fue al armario. Fue fácil abrir las puertas de paneles. Sacó el revólver Remington, se aseguró que estaba cargado, y esperó, parándose en un rincón oscuro con el arma agarrada en las dos manos.

El reloj en la repisa de la chimenea marcó los minutos antes de que don Flavio entrara al cuarto con su chocolate. Estaba recién bañado y rasurado y tenía puesto su sombrero Stetson, como era su costumbre. Se sentó al escritorio, prendió la lámpara con la pantalla verde y esperó, mirando por la ventana a la oscuridad. Parecía estar en otro mundo.

—Papá.

El cuerpo de don Flavio se movió violentamente al oír la voz de Isadora. Giró el sillón en que estaba sentado con tanta fuerza que casi se tumba. Enfrentó el rincón de donde había salido la voz de su hija, pero sólo vio oscuridad.

—Papá.

Isadora repitió la palabra; era seca, rasposa, cortante, como el filo de un cuchillo corroído. Cuando levantó el revólver, agarrándolo tiesamente en ambas manos, don Flavio por fin la vio. Su rostro reflejaba horror y alivio. Tiró los brazos para protegerse la cara. Y sonó el primer tiro. Seguido por otro. La resonancia retumbó por las paredes revestidas de madera y hasta el techado de estuco. Luego sonó otro tiro, llenando la habitación con el olor de pólvora quemada.

Isadora tiró el revólver hacia el cuerpo de su padre, que ahora estaba tendido, boca abajo, en el suelo. Al darse vuelta para irse, vio un charco de sangre que se extendía debajo de él sobre el piso encerado. Salió rápidamente por el corredor, pasó las ventanas alargadas ahora oscurecidas por la noche, las habitaciones de su niñez, las salas y las recámaras, abandonó Casa Miraflores, para subir la barranca. Pero al pasar por el último arco, unos brazos la agarraron, deteniéndola, levantándola y quitándole todo control de sus piernas y brazos.

—¡Dios Santo!

—¡Mató a su padre!

—¡Llama al médico!

—¡Corran! ¡Traigan agua caliente y vendajes! ¡Apúrense!

—¡Don Flavio se está muriendo!

CR CR CR

La celda estaba oscura; iluminada solamente por la luz de la luna que entraba por la ventana con malla de alambre. Al estar sentada al borde del catre, Isadora sintió un calor que le subía a la garganta, llenándole la boca. Sabía que lo que sentía eran lágrimas de odio. Habían entrado a su boca porque los ojos se rehusaban a dejarlas salir. Trató de calcular cuánto tiempo había pasado desde que su padre había asesinado a Jerónimo. ¿Eran días? ¿Semanas? Podrían haber sido meses, incluso años.

La puerta de hierro se abrió, dejando entrar la luz amarillenta de las lámparas del corredor. Dos chaquetas blancas aparecieron delante de Isadora.

—¿Todavía no se acuesta?

—Métase a la cama. ¿Por qué nos causa tantos problemas?

—¿Qué día es hoy?

—¿Qué?

—Por favor, dígame qué mes y año son.

—¡Bien! ¡Bien! ¡Bien! ¿Y qué más quiere la gran dama? ¿Quizá una sirvienta personal?

La puerta se cerró con un golpe dejándola en la oscuridad, pero pudo oír la risa burlona y las palabras que decían, "¡Ja, trató de escaparse tres veces, y, aún así, quiere tratamiento especial!"

Una vez había llegado bien al norte, hasta Nuevo León, antes de que la capturaran. Pero ahora no sabía ni el día, el mes o el año. Lo único que sabía era que su padre había sobrevivido los tres tiros. Al principio, él la tuvo prisionera en su habitación en Casa Miraflores, con un guardia que prohibía a cualquiera —especialmente a Brígida— comunicarse con ella. Lo que nadie se había imaginado en ese entonces era que Isadora iba a ser internada en un manicomio. Desde el principio, la intención de su padre era dejarla ahí el resto de su vida.

Úrsula Santiago

Capítulo 14

¡Buenos días! Me alegro de verla. Por favor, pase. Siéntese aquí al lado mío. Espero que no le moleste estar sentada en la cocina. Es donde más cómoda estoy y nadie nos molestará. Permítame servirle un cafecito. Negro con azúcar es lo mejor. Sé que le va a gustar. Entiendo que usted tiene preguntas. Un poco de café lo hará más placentero para las dos. Usted misma lo vio; Alondra y yo estuvimos levantadas casi toda la noche con don Flavio. Se está muriendo, pero lo está haciendo de a poquito. El doctor Canseco está con él ahora.

¡Y fíjese cómo llueve! Todos dicen que nunca llueve en Los Ángeles, pero hace días que ha estado lloviendo. Es una lluvia suave, lenta y húmeda, y me hace doler los dedos. No es como las tormentas de verano que llegan al barranco, cuando la lluvia cae en torrentes, llenando los cañones y ríos. Ahí uno puede ver las nubes grises y gordas que se llenan, y sabes que está a punto de llover. Luego viene la tormenta repentina, con truenos y relámpagos que cruzan el cielo negro. Tata Dios habla, y los Rarámuri escuchan. Después el cielo se pone celeste y la sierra brilla. Pero así es en el lugar donde nací; aquí es diferente.

Por favor no se impaciente: llegaremos a sus preguntas en un momento. Usted sabe que soy Úrsula Santiago —es la razón por la cual usted quiere hablar conmigo. Tiene razón, estos ojos han visto más de lo que cualquiera pudiera sospechar. Tata Dios me ha colocado en ciertos lugares donde he visto y he oído lo que otros pasaron por alto.

145

ભ ભ ભ

Ahora usted me tendrá que ayudar. Usted dice que se ha omitido demasiado. Estoy de acuerdo, pero le puedo asegurar que no es culpa de nadie. Era la manera de ser de la familia. Parecían entenderse sin tener que expresarse con palabras. Créame, muchas veces me pregunté sobre lo que pudiera haber pasado entre padre, hija y tía.

Doña Brígida era la peor. Era tan silenciosa como una cueva deshabitada. Yo debería saber, porque la conocí el día después de que llegó a Casa Miraflores, cuando le entregué una carta de su hermano. Después de eso, parte de mi trabajo era hacerle la cama, limpiar su habitación y ayudarle con su baño y otras necesidades.

En todos esos años, casi no habló, pero yo aprendí algo sobre ella al mirar las fotografías que tenía. Como todos los demás, creí que estaba loca. Pero después de un tiempo, cuando empecé a prestarle atención a las fotos que había colocado a su alrededor, me di cuenta de que si uno las miraba de cierta manera, se podía ver que estaban contando una historia —la historia de ella. Una de esas fotos se me ha quedado grabada en la memoria. La foto mostraba a un hombre vestido de traje negro. A su lado había dos niños, una nena y un varón. Yo no sabía quién era el hombre, pero los niños eran doña Brígida y don Flavio. Lo más interesante de esa foto desteñida era que detrás de ellos, con delantal puesto, tal como el que tengo yo, había una mujer joven y, como yo, era india. Eso era fácil de ver por su cara, cabello y color de piel, aunque la foto ya estaba amarillenta.

Como yo . . . Sí, creo que tiene razón al decir eso. Por ejemplo, la historia comienza en México, pero aquí estamos sentados en Los Ángeles. ¿Por qué abandonaron Hacienda Miraflores? ¿Por qué se trajo don Flavio a los niños? Le hicieron creer que él odiaba a Alondra y, sin embargo, aquí está, como usted y como yo.

¡Ay! ¡Ay! ¡Ay! Usted hace tantas preguntas ¿y dice que tiene aún más? ¡Dios Santo! Pues, bien. Hay sólo una cosa que no le puedo decir: lo que le pasó a la niña Isadora. Hagamos esto paso por paso con lo que sí sé. Si llega a tener hambre, dígamelo; le haré unas quesadillas. La amargura sienta mejor con tortillas y chile.

Cuando la niña Isadora puso a Alondra a mi cargo y descendió al llano, yo sabía a qué iba. Tenía miedo por ella, porque don Flavio siempre ha sido un zorro . . . sí, sí . . . un zorro. Es casi imposible engañarlo. Nosotros sabíamos que era una trampa cuando él no hizo nada al irse su hija. Así que unas pocas horas después, decidí seguirla . . . No, dejé a Alondra con Narcisa.

Todo era caos en Casa Miraflores. Había gran griterío y gente corriendo en busca de agua caliente y vendajes y medicinas. Llegué a tiempo para ver a un vaquero montar su caballo y salir a galope tendido como si un demonio lo estuviera jalando por los pelos. Iba en busca de un médico. Todos repetían el cuento: Niña Isadora le había pegado tiros a su padre, pero él todavía estaba vivo. Y como el lobo herido por el cazador, vivió para contra-atacar.

Yo me fui a la cocina y ahí me quedé, escuchando y mirando. Nadie me notó porque todos andaban con miedo; lo único que hacían era chismear acerca del patrón. ¿Viviría? ¿Qué le pasaría a su hija? ¿Qué les pasaría a *ellos*? Decidí quedarme y nadie me preguntó por qué estaba ahí. De modo que cociné y lavé platos y dormí en el establo hasta que me enteré de lo que estaba pasando. En la noche rondaba por los corredores para ver lo que le había pasado a la niña Isadora.

Descubrí que estaba en su habitación de antes y que la tenían prisionera. En el momento en que los sirvientes levantaron a don Flavio del charco de sangre que lo estaba ahogando, él ordenó: *Pónganla en su habitación con un guardia en la puerta. Y nada de comida, solamente agua, hasta que yo diga.* Esas fueron sus palabras. Lo sé porque se habló de eso por días. ¡Ay! Usted se puede imaginar. Yo quise ayudarla, tocarla, tranquilizarla, pero fue imposible. Entretanto, varios médicos atendieron a don Flavio, y lo salvaron. *El diablo guarda a los suyos, dicen.*

Al recuperarse, don Flavio hizo aún más prisionera a la niña Isadora. Se clavaron tablas encima de las ventanas de su habitación.

Ninguna mujer tenía permitido acercarse a ella; solamente hombres la vigilaban y entraban y salían con agua y comida. Nosotros en la cocina pudimos ver que la niña apenas comía. Y así la mantuvo hasta que él se volvió a poner en pie. No recuerdo cuánto tiempo habría pasado, quizá semanas, quizá meses.

Una mañana, antes de la salida del sol, entré a la cocina para encontrar a todos parloteando. Se habían llevado a la niña Isadora. Su habitación estaba vacía, la puerta abierta, habían sacado hasta los muebles. Ya no había tablas encima de las ventanas. Ni siquiera cortinas. Me fui corriendo para ver. Tiene que haber ocurrido durante la noche. Nunca más vi a la niña Isadora. Esa cosa terrible ocurrió en diciembre, cuando tendríamos que haber estado celebrando su aniversario de los veintisiete años.

Una vez, dejando a un lado mi temor, le pregunté al chofer del automóvil de don Flavio adónde la había llevado, pero sólo se me quedó viendo. Yo sabía que él había formado parte de algo terrible porque lo vi a él y al médico hablando en voz baja, moviendo las cabezas, apuntándose con un dedo.

Luego una noche, esperé hasta que todo estuviera bien oscuro, cuando sólo la luz de la luna cortaba las sombras. Me fui sigilosamente a la sala principal de Casa Miraflores y subí la escalera. Yo no sabía lo que buscaba, ni lo que esperaba encontrar. Pero una fuerza dentro de mí me forzó a seguir. Empecé a oír voces. Mientras más me acercaba a la habitación de doña Brígida, más fuertes eran las voces. Yo tenía miedo, pero me hice ir hasta la puerta, y le puse la oreja para oír mejor.

Las voces quedaron claras. Eran las de don Flavio y doña Brígida; se estaban gritando y chillando. ¡Ay! No se imagina las cosas crueles que se estaban diciendo. Se echaron palabrotas tan horribles que ni el diablo mismo las usaría. Había acusaciones que me dieron vergüenza y temor por ellos. Dale y dale, hermano y hermana echándose insultos y palabras ofensivas, que nunca olvidaré. Me temblaban las rodillas y mi cuerpo se estremecía. Quería salir corriendo, pero algo, no sé qué, me tenía pegada a esa puerta. Creo que yo quería saber por qué se estaban echando tanto veneno esos dos.

Entonces escuché por qué. Doña Brígida acusó al hermano de mandar a asesinar a la niña Isadora, tal como había hecho con Jerónimo. Ella gritaba que no se iba a quedar callada, que iría a los magistrados. Eso, por fin, silenció a don Flavio. Después de eso, ninguno dijo nada. Lo único que oí antes de irme calladita fue el tic tac del reloj en un rincón de la habitación.

Después de esa noche, don Flavio merodeaba por la hacienda como si los demonios lo jalaran de los pelos. Era un alma que se había escapado del infierno, un hombre poseído. No comía y no se quedaba quieto. Caminaba de una habitación a otra; por los establos y los cobertizos de trabajo. Montaba y desmontaba el caballo sin razón. Daba órdenes y las contradecía o las cancelaba. Empezó a vender cosas, primero equipos, luego vacunos y caballos de los hatos, después parcelas de la hacienda misma. Estaba como loco. Sus ojos eran salvajes, y pocos de nosotros teníamos la valentía de acercarnos a él.

Todos chismeaban acerca de él. Los mestizos decían que Satanás lo estaba castigando por lo que había hecho a su hija. Los indios decían que los dioses del mal se habían desencadenado del reino de la noche porque había mandado asesinar a El Rarámuri. Parloteos y chismes corrieron por Hacienda Miraflores, agrandándose hasta que pasaron a ser un ciclón. La gente comenzó a empacar sus mochilas y abandonar el lugar que una vez había sido un jardín fructífero y bello. Cuando pasó el huracán, no quedó nada de la vieja hacienda. Y eso fue cuando don Flavio, cargando con doña Brígida y Samuel, inició su triste camino a esta ciudad.

Usted no sabe cuánta pena me da recordar esos días. Yo amaba a la niña Isadora como si fuera mi propia hija. ¿Sería posible, me pregunté, que un padre realmente pudiera mandar asesinar a su propia hija?

Lloré e hice actos de penitencia arrastrándome de rodillas, no comí, ni bebí agua, esperando que ella volviera. Recé novenas de rosarios a la Virgen de Guadalupe. Encendí copal y peyote para Tata Hakuli, pero nada la trajo de vuelta. Y yo no fui la única. Muchos, entre los mestizos así como entre los Rarámuri, amaban a la niña Isadora. Pero ocurrió algo que me dio esperanza desde esos días malévolos. Escúcheme, acérquese, para que se lo pueda susurrar al oído. ¡La niña Isadora está viva! No, no sé dónde está, pero mi corazón me dice que ella vive, después de todos estos años.

Se necesitaba mucha gente para manejar la cocina de Casa Miraflores mientras que todavía vivía gente ahí. Si no, hubiera sido imposible alimentar a todos los vaqueros, trabajadores agrícolas, ordeñadores, cosechadores, leñadores, sirvientes de la casa, sirvientas de limpieza y todos los demás. El lugar funcionaba con equipos de cocineros, lavaplatos, panaderos y otros, que constantemente proveían comida para los trabajadores desde que salía el sol hasta que se ponía. Pues, entre las mujeres en la cocina había una torteadora. Una torteadora es la que hace tortillas y créame, es probablemente el trabajo más pesado porque nunca termina. No ha salido la tortilla del comal caliente, cuando ya hay alguien que se la come.

Esta torteadora no era Rarámuri, sino una mujer del sur, de donde hay pirámides en la distancia, de donde dicen viven los dioses. Ella era Mexica y siempre hablada de las épocas antes de que los capitanes barbudos llegaran a las orillas de su ciudad; que en tiempos de antaño se había construido sobre un lago. Era buena mujer. Tenía manos enormes y negras como dos planchas. Todos decían que sus manos eran así de grandes porque se había pasado años amasando y achatando la masa.

De cualquier manera, esa india vio que yo sufría por la niña Isadora, que había llorado tanto que mis ojos estaban prácticamente cerrados y que mi cara estaba siempre hinchada. Yo había cambiado tanto que la gente apenas me reconocía. Un día ella me tomó la cara en sus manos grandes y la acercó a la suya. Y quiero que me oiga bien lo que me dijo, porque sus palabras cambiaron todo para mí:

Entre mi gente, creemos en Xipe Totec, la diosa de la vida y de

150

la curación. Éste es su cuento: Un día un espíritu malévolo de destrucción la desolló viva. Pero Xipe Totec no murió. En lugar de expirar, se vistió nuevamente con su piel y fue devuelta a la vida.

Con eso la torteadora me miró a los ojos, asintió con la cabeza y se alejó. ¡Yo le entendí! Yo vi que la niña Isadora era como esa diosa. Cuando don Flavio mató a Jerónimo, cuando la tuvo prisionera, cuando la mandó a otro lado, lejos de sus niños y de nosotros, era como si la hubiera desollado. Ella tendría que haber muerto. Pero yo creo que la niña tomó su piel, se la volvió a poner y siguió viviendo. ¡Sí! De eso estoy segura, y sé que uno de estos días mis ojos la volverán a ver. Tata Dios se asegurará de eso.

Permítame darle otro cafecito. ¿Azúcar? Bueno, después de esos días, don Flavio nuevamente se encerró en su habitación, pero después de un tiempo, volvió a salir. (Eso era cuando mucha gente ya se estaba yendo.) ¡Ay! ¡Santa Capulina! Él había sido guapo, pero ya no. Se le había caído casi todo el pelo y había perdido muchos kilos, su piel colgaba como escamas. Estaba envuelto en ellas de pie a cabeza y se movía como uno de esos lagartos que se arrastran por los desiertos.

Alguien me vino a buscar, diciendo que el patrón me quería ver. ¡Ay, creí que no me había notado! Tenía miedo, pero fui a su habitación donde estaba sentado detrás del escritorio. Hasta hoy puedo recitar sus palabras exactamente como las dijo, porque las tengo quemadas en el corazón.

Úrsula, ves que todos están abandonando a Miraflores. ¿Por qué no tú?

Patrón, yo . . . yo no sé por qué, dije.

Yo también me voy a ir. Mi hermana y mi nieto se vienen conmigo. Y . . .

¿Sí?

Me llevo a la mestiza.

¿A quién?

A la que prueba al mundo que mi hija pecó con El Rarámuri. Vete a la tribu y diles que mi gente viene a recoger a la niña. Si alguien interfiere, habrá más sufrimiento.

Lléveme para que yo la cuide.

No. Tú serás un peso.

Patrón, trabajaré para mi manutención así como la de la niña.

Si vienes, no podrás nunca decirle la verdad. Le dirás que ella es nieta tuya. ¿Me entiendes? Si me desobedeces, no la volverás a ver jamás.

Aunque no quería estar cerca de él, acepté. Yo sabía que él tenía la intención de matar a Alondra o de dársela a otro, si no había alguien para protegerla. Le había prometido a la niña Isadora que yo la cuidaría, sin importar lo que pasara. Cumplí con mi palabra y me vine a este lugar con don Flavio y doña Brígida.

¿Y ahora usted quiere que le explique por qué él hizo todas esas cosas? Pues, no sé la respuesta. Algunos dicen que el patrón estaba bajo investigación por la desaparición de su hija. Eso pudiera haber sido verdad, porque aunque él era un hombre poderoso, una cosa era matar a un indio cualquiera, pero otra era meterse con alguien como la niña Isadora. Era conocida por personas en las ciudades grandes. Tenía amigas, otras mujeres jóvenes, quienes estaban preocupadas de que algo le hubiera pasado. Yo creo que, en parte, eso fue lo que lo forzó a vender todo lo que tenía y abandonar Hacienda Miraflores.

Yo sé que es disparatado, pero no tengo otra explicación. Le digo que él estaba hecho un jabalí, o un lobo enjaulado. ¿Qué razones tienen esos animales para morder, arañar y devorar? ¿Por qué se trajo don Flavio a su hermana? Él la odiaba y ella a él, todos lo sabíamos. No sé qué espíritu malévolo hizo que se la trajera ni tampoco por qué vino ella —salvo para aferrarse a él como las espinas del maguey y perforarlo.

Es fácil explicar por qué se trajo a Samuel. ¿Pero por qué a Alondra? Él dijo que lo hizo porque ella comprobaba que su madre había pecado, pero yo no le creí. Ni le creo hoy en día. ¿Y por qué me permitió a mí venir? ¡Qué locura! Me daba vuelta la cabeza, y no pude entender lo que estaba pasado. Si yo no lo seguía, él iba a matar a la niña. Hubiera sido tan fácil como echarle agua a una llama débil. De modo que fui yo la que subió el barranco para buscar a Alondra. Narcisa no se resistió. Su corazón y su espíritu se habían roto con el asesinato de su hijo y el embrujo de su marido.

Y así fue que empezamos el viaje a esta ciudad. Vinimos en un automóvil muy grande, trayendo solamente lo que teníamos puesto y otras necesidades. Yo sabía que don Flavio tenía dinero empaquetado en la mayoría de las maletas que permitió en el automóvil, así como en las faltriqueras que llevaba debajo de la camisa. Llevé a Alondra en mis brazos todo el camino, mientras cruzábamos un desierto y luego una montaña que llegaba casi al cielo y finalmente bajamos a esta ciudad en el llano donde él consiguió esta casa y donde nosotros ahora estamos sentadas.

Bueno, sé que he estado hablando por mucho tiempo. Estoy segura que ya está cansada y . . . ¡Virgen del Cobre! ¿Qué más quiere saber? ¿Acerca de la familia de Jerónimo? ¿Narcisa? ¿Celestino? ¡Ah! Pues bien, pero tengo hambre. Tanto hablar me ha dejado el estómago vacío. Cocinaré unas quesadillas. No, por favor, no es necesario que me ayude. Son fáciles de hacer, una tortilla, un poco de queso, unas cucharadas de chile y al comal caliente, unas vueltitas y listo. Más de un par de manos sólo arruinaría lo que es tan fácil hacer.

Usted pensaría que nuestra gente ya se habría acostumbrado a estas alturas, pero no. Los patrones creen que somos bueyes, que no sentimos humillaciones ni dolor, pero sí sentimos. Creen que porque generaciones de nosotros hemos aguantado la carga que nos han echado no sentimos furia ni deseo de venganza cuando se nos trata con injusticia, pero se están engañando.

En nuestra familia fue Narcisa la que primero reclamó venganza por el asesinato de Jerónimo. Tan pronto como terminó el rito del funeral, ella juntó a cualquiera que la escuchara, presionando, recordando y asegurándonos que si no hacíamos algo, las vidas de los Rarámuri serían como paja bajo los cascos de un burro. Sus hijos, Jacobo y Justino, naturalmente tomaron su lado. Recuerde que fueron ellos los que habían estado atados a los árboles para que no pudieran correr a Miraflores y matar a don Flavio. Al mismo tiempo, ese espíritu raro, el que ya mencioné, tomó posesión de mi hermano Celestino. Era un hombre valiente, le aseguro. No, el miedo no fue la razón para el trance en el que cayó, dejándolo con una tristeza que lo transformó en un cadáver.

Después del viaje de Jerónimo al reino de los muertos, Celestino se cayó de lado, agarrándose las rodillas contra el pecho y quedó ahí en el piso de la cueva, inmóvil y silencioso. Nadie lo podía liberar de lo que lo agarraba con tanta fuerza. Narcisa, sus hijos y otros hombres, trataron de enderezarlo, pero no pudieron. Cuando el *nahual* trató de ponerle brebajes en la boca y fracasó, Narcisa se llenó de temor. Ni ella ni los *huehues* jamás habían visto cosa parecida.

Para cuando yo me fui de la aldea en busca de la niña Isadora, la atención de la tribu estaba en Celestino. Todos estaban convencidos de que estaba embrujado, otra manifestación del poder que tenían los patrones. De modo que cuando Narcisa y sus hijos demandaron justicia, se les recordó que era responsabilidad de los *huehues* determinar si se iba a exigir venganza o no. Después de reunirse, los ancianos decidieron que la búsqueda de la justicia iba a poner a la tribu en gran peligro. Cuando volví al barranco a buscar a Alondra, me enteré que mi hermano había fallecido. De pura tristeza. Estoy convencida de que no fue la brujería sino la tristeza la que se lo llevó. Narcisa pensó igual y decidió obedecer a los *huehues*.

Ahora estoy cansada, pero antes de que me despida le quiero contar de doña Brígida. Usted me tiene que escuchar bien lo que le digo porque quizá pueda oír más acerca de sus últimos días de vida y tal vez se confunda. Sería fácil pensar que ella estaba loca e incluso a usted pueda no agradarle, pero quiero ser la primera en decirle que doña Brígida no estaba loca. Al final de su vida, quizá el mismo espíritu de tristeza que tomó posesión de Celestino, poseyó a doña Brígida, porque creo que era pura tristeza lo que la llevó a decir lo que dijo cuando se encontraba en uno de sus trances.

Lo que más me molestó fueron los cambios por los que pasó antes de morir. Durante horas habló y habló, dijo que don Flavio tenía dos hijas y hasta usted sabe que eso no es verdad. Se le llenó la boca hablando acerca de la sangre buena y la sangre mala. Avergonzó a Alondra por el color de su piel, habló de gente superior e inferior. Y también contó el cuento de la cabra, que difícilmente tenía sentido para mí. No sé de dónde sacó esas tonterías. Fue como si el alma de don Flavio la hubiera poseído, ahora que estaba débil de tantos años de tristeza y soledad.

También creo que esta ciudad fue un problema para doña Brígida. Su habitación estaba siempre cerrada con llave. Nadie entraba y ella salía solamente a ciertas horas. En Casa Miraflores por lo menos podía hablar con otra gente, oír su propio idioma, gozar de la sierra, caminar por el llano o incluso pasear por los corredores de la hacienda. Aquí, eso ya no fue posible. Justo antes de morir, ella volvió a ser la de siempre y le dijo a Alondra cuánto la amaba.

Yo le conté de las fotografías que ella tenía en su habitación en Casa Miraflores. Lo que no le dije fue que cuando don Flavio llenó el automóvil con maletas llenas de dinero, doña Brígida insistió en traer varias de sus cajas. No traía ni ropa ni joyas, sólo sus fotografías. Creo que algún día alguien las va a poder juntar y descubrir la verdad acerca de ella y de su hermano.

Doña Brígida falleció hace años. Fue una muerte solitaria. Solamente Alondra y yo estábamos con ella, pero parecía estar contenta. Fue en esa noche que volvió a ser la de siempre; su mente estaba muy clara. Al estar acostada en la cama, le pidió a Alondra que tomara una de sus manos y a mí que tomara la otra. Nos sonrió y yo vi una luz en sus ojos que no había visto antes. Nos pidió que la perdonáramos por su manera de ser, luego se volteó hacia Alondra y dijo, "Tu abuela fue mi alma". Con eso cerró los ojos y su alma se soltó. Tuve dificultades más adelante con Alondra porque quería saber lo que quiso decir doña Brígida cuando dijo que su abuela había sido su alma. Yo le expliqué que probablemente eran las palabras de una mujer anciana y confundida, pero tuve que admitir que ni siquiera yo sabía lo que quiso decir.

Éstas son las cosas importantes que usted debe saber de la familia. Por lo demás . . . pues no somos tan diferentes de la mayoría de la gente que se ha tenido que ir de nuestra tierra a la fuerza. Don Flavio trajo su dinero consigo. Con el pasar de los años he visto personas venir a verlo con sobres pequeños en las manos. Debe haber sido dinero de la renta, porque él también compró otras casas poco después de llegar. ¿Si no, cómo habría podido haber mandado a Samuel a una escuela privada? Para eso se necesita dinero. Y usted se preguntará qué habrá pasado con Hacienda Miraflores. Yo sólo sé lo que me dijo un paisano que viajaba por estos lares hace unos años. Él había oído que las autoridades se llevaron todo lo que quedaba en el lugar: herramientas, equipos viejos, hasta sacaron las puertas de sus bisagras.

Con respecto a mí, Alondra ha sido mi obligación. Don Flavio ha permitido que yo y la niña nos quedáramos aquí a cambio de mi servicio. Hace varios años hice trabajos de lavandería y planchado para pagar la ropa y calzado de Alondra. Cuando mis manos llegaron a tal punto que ya no lo podía hacer, puse una tiendita donde vendía huevos y verduras. Ahora que ella tiene suficiente edad, ella trabaja y paga lo que yo necesito. Así es la vida ¿no es cierto? El círculo da vuelta entera y empieza de nuevo, una y otra vez. Yo cuidé a Isadora, luego a su hija. Ahora ella me cuida a mí, aunque le diré que en estos momentos ella está desempleada. Pero no me preocupo; ella es inteligente, y Tata Dios no nos dejará morir de hambre. Lo único que me inquieta de ella son sus preguntas —quién es y de dónde viene. Nunca he podido sacarle esas preguntas de la cabeza.

Creo que don Flavio morirá dentro de poco, así que me tengo que preparar para eso. Tengo miedo. ¿Por qué? Porque aunque he querido decirle, nunca le he dicho la verdad a Alondra. Mi razón era el miedo. Miedo de don Flavio y lo que haría si yo lo desobedeciera. Usted no tiene idea de lo que él es capaz. Aunque no sé exactamente qué es lo que hizo con la niña Isadora, me lo puedo imaginar. Y si la castigó a *ella* ¿qué no me haría a mí? ¿Y a Alondra? ¿Qué habría usted hecho en mi lugar?

Cuando él muera, yo tendré la libertad de decirle la verdad, pero como ya dije, ahora me da miedo. Ah, y temo lo que Alondra pensará de mí cuando le diga todo. Ella ha sufrido tanto a raíz de todo esto y ahora ella sabrá que yo lo permití. ¡Ay Dios! Yo no puedo vivir sin su amor; ella es mi otra hija, otra niña Isadora.

Es hora de empezar a preparar la cena. He invitado al doctor Canseco a cenar con nosotros, de modo que será una comida especial. ¿No gusta quedarse? Quizá me venga a visitar nuevamente aquí en mi cocina. Podemos tomar otro cafecito y platicar.

Brígida Betancourt

Capítulo 15

—Mi hermano Flavio tuvo dos hijas: una buena y una mala. Alondra, que ya tenía nueve años de edad, le quitaba el polvo a la mesa mientras escuchaba a doña Brígida. Le echó una mirada a Samuel. Se sonrió cuando vio que él rodaba los ojos y se reía del cuento de su tía abuela. La anciana tenía la cara delgada con una nariz picuda virada hacia la ventana y no se había dado cuenta de las burlas del muchacho.

La anciana, doña Brígida, se mantuvo recta y rígida en el sillón con respaldo alto. Su tez de porcelana blanca hacía contraste con el vestido negro que tenía puesto, el cuello alto del vestido envolvía su cuello nervudo. Cuando se dio vuelta para mirar a Samuel tenía los brazos largos y huesudos cruzados contra el estómago, acentuando las manchas de las manos.

—La hija buena fue tu mamá, Samuel. Era adorable, y era tan blanca y pura como un lirio. Nadie más que tu papá puso un dedo sobre ella, de modo que era tan fina como el cristal. Era casta e impecable. Pero murió y la mala se perdió. Igual que una . . .

—¡Cabra! —soltó Samuel. No se pudo contener; la risa se le volcaba de la boca. Su cara estaba roja del esfuerzo de no reírse, pero tuvo sólo pocos segundos para divertirse antes de que doña Brígida embistiera, pegándole un sopapo en la cabeza.

—¡Un poco de respeto para tu tía abuela! Te estaba contando para que nunca te olvides que es posible tener sangre mala, aun si un niño es progenie de gente buena.

—Sí, Tía Grande.

El muchacho respondió tímidamente, retorciéndose bajo la mirada hostil de doña Brígida. No sabía cuál de sus tías abuelas le gustaba más: La que andaba en malhumorado silencio, o ésta, que inventaba nombres y fechas. Sin embargo, él sabía que él actuaba de modo diferente según los cambios de temperamento de ella. Cuando él y su abuelo Flavio se sentaban a la mesa a cenar con ella, ella quedaba casi muda, hablando solamente para pedir la sal o un vaso de agua. En esas instancias, Samuel se sentía ya grande, y le gustaba ayudarle. Pero cuando Brígida estaba en uno de sus momentos, él actuaba como un chiquilín a pesar de sus catorce años, a veces se sentía más joven que Alondra.

—Y tú, Alondra, no tienes derecho de burlarte de la historia de gente mucho mejor de los que te parieron a ti.

Alondra se sentía conmocionada, tal como siempre se sentía cuando doña Brígida le recordaba que sólo era una huérfana. Pero después la niña pensó en lo que Abuela Úrsula le había dicho: Ésta no era la verdadera doña Brígida. Sólo había caído en uno de sus trances.

—Como estaba diciendo, la mala desapareció. Igual que la cabra que sube la montaña rocosa jalada por deseos de gran maldad, donde puede hacer cosas viles impulsada por su condición.

Alondra se preguntó qué cosas viles haría la cabra. Sentía que doña Brígida quiso decir que ella, Alondra, era como la cabra pervertida. Levantó la vista de la superficie pulida de la mesa para mirar a Samuel. La piel de él era blanca lechosa como la de su tía. La única diferencia era que la piel del muchacho era lisa. Alondra se miró las manos y los brazos, tenían el color del chocolate caliente que tomaban todas las mañanas con el desayuno.

Samuel escuchó atentamente porque sabía que si su tía abuela siquiera sospechara que él no estaba prestando atención, lo castigaría. Cuando Brígida estaba ensimismada en su mundo imaginario, el rito de recitar la historia de la familia ocurría todas las tardes, cuando repetía cada episodio con detalles y fechas. El muchacho odiaba el relato largo y aburrido. Nada cambiaba nunca y ya se lo sabía de memoria.

ल ल ल

La voz seguía monótona, casi arrullándolo; ya se estaba quedando dormido. De repente, se puso a pensar en Alondra y cómo quisiera ser como ella. Salvo que —y ese pensamiento lo sacó de la somnolencia— ella, también se veía forzada a escuchar el cuento deprimente de la tía abuela, como si fuera parte de la familia.

Samuel quedó intrigado con este nuevo razonamiento. Miró a su tía abuela y vio que sus ojos estaban firmemente fijados en la niña al hablar. Samuel entendió que doña Brígida estaba usando sus palabras para herir a Alondra.

—¿Por qué estás haciendo muecas, Samuel? Estás oyendo de tu santa y difunta madre y veo que estás haciendo las muecas de un muchacho malo y desagradecido.

—Tía Grande, ya no quiero oír más esa parte.

Samuel miró a Alondra, esperando que ella sintiera alivio por lo que él acababa de decir, pero ella siguió puliendo la superficie de la mesa. No levantó la vista ni mostró que había oído sus palabras. Los hombros de doña Brígida crujieron al echarse para adelante; y ella se estiró para tomar el bastón que tenía contra la pared.

—¿Qué dijiste?

Por primera vez, Samuel no se echó atrás ante esa figura delgada e imponente. Cuando le contestó su voz era suave pero decidida. —Tía, ya no quiero oír más de la cabra.

—Samuel, yo no perdono esa falta de respeto. Serás castigado, te lo aseguro. Y parte del castigo será que ya no podrás jugar más con esa niña.

Doña Brígida señaló a Alondra, que ahora miraba atónita a la anciana mujer. Doña Brígida jamás había estado de tan mal humor; éste era uno de sus peores días.

—Pero . . . qué tiene Alondra que ver con . . .

—¡Cállate! Jamás volverás a cuestionar a tus mayores. Si lo haces una vez más, Samuel, no cabe duda que los espíritus te echarán una maldición. Nuestros antepasados son todo en esta vida y tienes la bendición de ser de buena familia. Nunca más debes negarte a oír las cosas importantes de los que nos precedieron.

—No entiendo. ¿Por qué no puedo estar con Alondra? Lo único que hacemos es . . .

—¡No te cabe pedir razones! ¡Obedecerás y nada más!

La anciana se puso de pie. Apuntó a Samuel con el bastón de mango de plata que tenía en la mano. Su voz no era un grito, pero era decidida, poderosa. Al pararse, parecía que se ponía más alta, más larga, más magra; casi llegó al techo, pensó él. Quedó pasmado en silencio.

—Porque le has faltado tanto respeto a la historia de tus antepasados, lo oirás una vez más, desde el principio. Y cuando termine, me la tendrás que repetir, palabra por palabra.

Doña Brígida golpeó el piso con su bastón. Después de unos segundos volvió al sillón de respaldo alto y se sentó. Puso sus brazos en los apoyabrazos y le hizo señas a Alondra para que siguiera quitándole el polvo a los muebles. Doña Brígida lentamente se pasó la lengua por los labios marchitos y comenzó de nuevo con su versión demente de la historia familiar de los Betancourt.

Esa tarde, Úrsula fue a la cocina a preparar la cena y encontró a Alondra parada al lado de la despensa. Estaba de espaldas a Úrsula y ésta vio que la niña se estaba palmeando harina en la cara y en los brazos. Corrió a su lado, le puso las manos en los hombros y le dio vuelta.

—¿Qué estás haciendo?

—Quiero tener la piel blanca como Samuel.

Úrsula le sacó la bolsa de harina de las manos y la abrazó fuertemente. Batalló con el nudo que se le había formado en la garganta. Sin saber qué decir, Úrsula trató de sacar la harina con un paño húmedo, pero no sirvió de mucho, porque Alondra estaba casi cubierta con el polvo blanco.

—Pareces una galleta. Necesitas un baño.

En el baño, Úrsula desvistió a Alondra y la metió en la bañera que se estaba llenando de agua tibia. Lentamente lavó la piel de la niña con jabón, luego le echó agua encima de la cabeza y los hombros. Lo hizo varias veces antes de hablar.

—Alondra, el color de tu piel es bello. Mira cómo brilla. Es marrón como tantas cosas bellas que amamos. Es el color de la madera y de los granos que nos dan el chocolate. Tiene tonos de las hierbas y plantas que nos sanan.

Esa noche, Úrsula ya había apagado la luz y estaba sentada en la cama tratando de rezar, cuando se distrajo pensando en lo que había pasado esa tarde. Alondra estaba en un catre, cerca del de su abuela; ella también estaba pensando en doña Brígida.

Alondra y Úrsula compartían la veranda de servicio de la casa como recámara. Un lado de la habitación se usaba como lavandería. Grandes cestas de mimbre, llenas de lo que se había planchado durante el día ocupaban un rincón. Al lado de la tabla de planchar estaba la lavadora; se usaba el rollo como gancho para los delantales y paños para quitar el polvo. Detrás de eso había un armario para escobas, baldes y trapeadores. Los catres de Alondra y Úrsula ocupaban el resto de la veranda, que tenía mosquiteros en todos los lados abiertos. Una puerta daba al jardín de atrás. Esa noche la luna estaba llena y su luz se filtraba por los mosquiteros, iluminando el cuarto y dejando sombras plateadas en el cabello de Úrsula.

—Abuela, doña Brígida estaba como loca hoy.

—Niña, bien sabes que así es de vez en cuando.

—Lo sé, pero hoy habló mucho de sangre buena y sangre mala.

—Alondra, eso no es nada nuevo. Ya sabes cómo es doña Brígida.

—Hoy fue diferente. Ella dijo que la madre de Samuel era la hija buena y cuando habló de la hija mala, la cabra, doña Brígida me miró directamente a mí.

—¡Ah! La cabra tira hacia el monte.

—¿Qué dijo, Abuela?

—Es un viejo refrán, Alondra. La cabra añora la montaña.

Alondra se sentó y se apoyó contra la pared. Le gustaban las veces que ella podía hablar con su abuela, especialmente de noche con las luces apagadas. La niña estaba fascinada con la manera en que Úrsula hablaba, con palabras y refranes que la cautivaban.

—Pero Abuela ¿qué quiere decir eso?

Úrsula miró a la niña; ella también gozaba de esos momentos. Le gustaban las preguntas y la curiosidad de Alondra y más que nada, le gustaba su manera de hablar: una mezcla del inglés que aprendía en la escuela y el español que hablaba en la casa.

—Eso quiere decir que no importa nuestra apariencia, ni lo que le digamos a otros que somos, siempre seremos jalados por lo que realmente somos. Quiere decir que lo que tenemos adentro es más poderoso de lo que hay por fuera.

—¿La cabra?

—Sí.

—¿La cabra está dentro de mí?

Úrsula ladeó la cabeza mirando a Alondra en la oscuridad. Se estaba empezando a preocupar por la dirección en que iba la conversación. Le molestó que últimamente doña Brígida se estaba concentrando en el ejemplo de las dos hijas. Pensó de nuevo en Alondra con la harina untada en cara y brazos. Se recostó sobre la almohada, pensando, tratando de entender el significado de las dos hijas en la mente de la anciana. Era obvio que hablaba de Isadora ¿pero por qué las dos partes? ¿Cómo fue que la memoria de Isadora se había partido en dos personas en alguna parte de la mente de doña Brígida? ¿Creería que Isadora había pasado a ser la mala cuando amó a Jerónimo y tuvo a Alondra? Eso no podía ser, porque la viejita amaba a su sobrina. Todos lo sabían. Úrsula sacudió la cabeza, tratando de desenmarañar los hilos enredados que daban vuelta en su cabeza.

—Hija, lo que está dentro de nosotras dos es especial y diferente. Tenemos nuestro propio espíritu.

—Pero la cabra suena mala.

—Solamente si quieres pensar así. Recuerda, es mejor que una persona no trate de ser algo que no es. Es mejor que seas tú misma, hija, porque tarde o temprano saldrá la verdad.

—¿Y la cabra?

—Si eso es lo que tengo adentro ¡eso es lo tengo adentro!

Las palabras de Úrsula pusieron punto final a la conversación y volvió a sus oraciones. Alondra se metió debajo de la cobija, pero con los ojos abiertos. Estaba mirando a Úrsula, que con el brazo derecho en el aire, hacía la señal de la cruz en diferentes direcciones. Cerró los ojos esperando que el sonido del susurro de las oraciones de su abuela la adormeciera.

—¡Abuela!

—Niña ¡ya duérmete! ¿No ves que estoy rezando?

—¿Qué son antepasados?

Úrsula dio un suspiro grande dejando que el aire saliese entre los dientes. Se volteó hacia Alondra, entrecerrando los ojos para verla. —Los antepasados son familia, personas que vivieron antes de nuestra época. Son las abuelas y los abuelos que dieron vida a nuestras madres y padres.

—¿Hay antepasados malos?

Úrsula echó la cabeza para atrás y se sentó recta, sus oídos atentos a lo que Alondra decía. Sintió una punzada de preocupación por si doña Brígida le pudiera haber dicho de su lado Rarámuri. La mente de la mujer anciana se desvanecía más y más con cada día. Últimamente había dejado salir un lado diferente, una maldad que no había tenido antes.

—¿Por qué preguntas?

—Doña Brígida dijo que Samuel tenía la bendición de tener buenos antepasados. Mejores que los que me parieron a mí.

Úrsula apretó la espalda contra la almohada y sacudió la cabeza. Luego se rascó la cabeza y se frotó los ojos tratando de pensar cómo contestarle a la niña.

—El espíritu de doña Brígida ha perdido su camino y las palabras son mensajes que está mandando. El espíritu busca ayuda porque ella ya no se acuerda de la verdad. A ti no te parieron.

Fuiste concebida a la luz de la luna y naciste a la luz del sol naciente. Tienes buenos antepasados. No te olvides lo que te he contado de los Rarámuri. Nuestra historia es larga así como nuestra memoria. Hemos sabido los secretos de los sueños y de la sanación desde el comienzo de los tiempos. Sabemos el arte de tallar la piedra y de bailar. Hablamos el idioma de Tata Hakuli y Tata Peyote. También sabes que tus antepasados son los que corren con el viento. Son corredores de larga distancia.

—Cuéntame más, Abuela.

Úrsula se sonrió porque ya había oído el sueño en la voz de Alondra. Siguió hablando, trasladada a la sierra y las cocinas de Casa Miraflores donde trabajaban juntos los Rarámuri, los Huicholes, Mexicas, Zapotecas y Chichimecas, cada uno hablando de sus leyendas y creencias.

—Tus antepasados, Alondra, caminaron por los suelos de desiertos y selvas, subieron a las alturas de las barrancas, rezaron a los dioses del norte innumerables siglos antes de que los ancestros de Samuel llegaran a estas partes del mundo.

—Cuéntame de mi papá.

—Tu papá fue El Rarámuri, el corredor más rápido que el viento. Su velocidad era tal que ni siquiera el venado más veloz se podía igualar.

—Cuéntame de mi mamá.

—Tu mamá fue Xipe Totec, la que no murió pero que volvió a nacer.

—Cuéntame . . .

La voz de Alondra se fue apagando y Úrsula sabía que se había dormido. Úrsula se levantó, le acomodó la almohada y le cubrió los pies con la cobija.

Capítulo 16

La tarde siguiente, doña Brígida, sentada erguidamente en su sillón, siguió con su relato.

—Nuestras raíces están en España, de donde se trasladaron nuestros antepasados a México. El primer patriarca de la familia fue don Reinaldo Betancourt. Su hijo fue Humberto y el hijo de él, Horacio; quien a su vez era el padre de Fortunato y él el de Gonzalo, quien tuvo diez hijos, de los cuales sólo uno sobrevivió. Se llamaba Calixto. Tu bisabuelo, Samuel.

El muchacho se estremeció. Se empezó a sentir enfermo con sólo pensar en tener que recitar toda esa lista interminable de nombres.

El hijo de don Calixto era don Flavio, tu abuelo y el padre de tu madre. Dios no lo alabó con un hijo sino con dos hijas: una buena y la otra mala. Tú, Samuel, eres hijo de la buena.

La voz monótona de doña Brígida siguió recitando nombres y detalles a los niños. Se preguntaron cómo ella podía repetir las mismas palabras en exactamente el mismo orden una y otra vez. Nunca se saltaba ni un nombre. De repente, la mujer anciana dejó de hablar y miró por la ventana. Samuel creyó que había terminado y se empezó a levantar de su asiento cuando doña Brígida volteó la cabeza para mirarlo.

—No he terminado con mi relato. ¡Vuelve a tu lugar! Tu abuela, Samuel, Velia Carmelita, era una mujer bella . . . Era como una estatua en un templo.

La voz de doña Brígida cayó a un susurro. Los niños se esforzaron para oírla porque esto era algo diferente. —La piel de Velia Carmelita era de la textura de las aceitunas en el sol del otoño. Su sonrisa era como el alba descendiendo a la planicie, llenándola de luz. Sus labios eran dulces y su aliento como perfume. Sus senos eran altos y firmes.

Samuel le echó una mirada a Alondra. Formó un círculo con la boca y se metió las manos debajo de la camisa, levantándolas para formar senos. Alondra dejó de sacarle el polvo a la mesa y se acercó.

—Mi hermano no la merecía.

Justo en ese momento, entró Úrsula a la sala. —Doña Brígida, ya es hora de comer. Don Flavio está en el comedor, esperándola a usted y a Samuel.

Úrsula estaba parada dentro del marco de la puerta con los brazos cruzados. La expresión de la cara demostró su inquietud cuando vio que los niños parecían estar extrañamente cautivados por lo que doña Brígida les estaba diciendo. Alondra, con el paño en la mano, se dirigió a la cocina. Cuando doña Brígida, seguida por Samuel, desapareció por el corredor, Úrsula detuvo a Alondra y meneó la cabeza.

—Virgen del Cobre, yo no sé lo que le está pasando.

—Abuela, estaba hablando de la abuela de Samuel.

Con la curiosidad despierta, Úrsula tomó del brazo a Alondra. La guió a la cocina.

—¿Qué dijo?

—Cosas raras.

—¿Cómo qué?

—Pues, dijo que la cara de la señora era como una estatua y que la piel era como las aceitunas.

—¿Cómo las aceitunas?

—Sí. Y que sus cosas eran duras.

—¿Cosas? ¿Qué cosas?

Alondra se levantó la blusa con los dedos para simular senos. Miró a Úrsula con picardía.

—¡Ay! ¿Pero qué está pasando aquí? ¿Doña Brígida dijo que los senos de Doña Velia Carmelita eran *duros*?

—Sí.

—¿Y Samuel le oyó decir eso?

—Sí.

—¡Santísima Virgen del Cobre!

CR   CR   CR

Samuel y Alondra esperaron con ansiedad la llegada de las cuatro de la tarde del día siguiente. Cuando los niños entraron a la sala, vieron que doña Brígida todavía no llegaba. Se miraron.

—Quizá no viene.

Samuel le susurró lo que estaba pensando. Su tía abuela nunca se había perdido una sesión, pero ésta podría ser la primera vez.

—Quizá esté demasiado triste.

—¿Triste? ¿Cómo sabes?

—Úrsula me dijo que doña Brígida apenas comió hoy. Sólo una tortilla con unos frijoles.

Samuel dio una vuelta a la sala, dando risillas y haciendo de cuenta que era una mujer anciana. Una mano la tenía como si estuviera agarrando un bastón invisible y la otra se la puso en la cintura. Se agachó e hizo de cuenta que le temblaban las piernas, tambaleando del sillón al sofá. Daba gruñidos suaves, burlándose de doña Brígida.

—Mi hermano Flavio tuvo dos hijas, una buena y la otra mala.

Imitaba el español de su tía abuela. Seguía con sus payasadas con la espalda hacia la puerta de la sala; Alondra miraba en esa dirección. El muchacho se estaba riendo tanto que tenía la cara roja, pero cuando miró a Alondra, se dio cuenta de que sus ojos estaban fascinados con algo detrás de él. Se preguntó por qué no habría oído el golpetear del bastón y se dio vuelta lentamente para enfrentar a doña Brígida.

El muchacho agachó la cabeza esperando el golpe de su tía abuela. Pero ella caminó a su sillón, se sentó y le hizo señas para que se sentara en el sofá enfrente de ella. Él sonrió con vergüenza al sentarse en la excesivamente acochalda silla. La vieja miró a Alondra de reojo, indicándole que empezara a quitar el polvo.

—Los gritos de Velia Carmelita hicieron eco en los orificios del patio vacío y oscuro. Los helechos parecían vibrar con sus quejidos mientras que sufría dando a luz. Siluetas entraban y salían a las corridas de la cocina de Casa Miraflores. Las mujeres llevando toallas y agua caliente, corriendo al cuarto donde ella estaba acostada con las piernas levantadas y abiertas, mientras que el niño salía del vientre por la vía de parto.

Doña Brígida miró a Samuel. Su rostro estaba lleno de tristeza. Él pensó que ella tenía lágrimas en los ojos y se movió para poder verla mejor.

—Quizá crees, Samuel, que yo no te debería hablar de estas cosas ya que todavía eres un muchacho joven, pero recuerda que Velia Carmelita era tu abuela y que el bebé que estaba por nacer era tu madre. ¡A-y-y-y-y! ¡A-y-y-y-y! —Doña Brígida frunció sus labios finos y empezó a gemir temblorosamente. Los niños abrieron la boca en un aullar silencioso imitándola.

—Sus gritos llenaron la casa y parecían crecer y hacerse más fuertes. Tomaron forma como demonios golpeando puertas y ventanas, insistiendo que se los liberara. El dolor ahogó a Velia Carmelita. Yo estaba sentada a su lado, teniéndole las manos. Quería tomar su angustia en mi propio cuerpo. Estaba cubierta de sudor aunque varias mujeres la secaban con toallas.

Los labios de doña Brígida se volvieron a separar en un gemido simulado. Esta vez Alondra y Samuel retorcieron la cara, imaginándose el dolor.

—Isadora, tu madre, nació antes del amanecer.

La anciana pausó y miró a Alondra; su expresión seguía triste, pero la niña creyó ver algo diferente en los ojos de doña Brígida. Su expresión era dulce y cariñosa y confundió a Alondra porque parecía que las palabras "Isadora, tu madre" iban dirigidas a ella.

—Con eso, Velia Carmelita murió.

Doña Brígida dejó de hablar. Samuel y Alondra la miraron,

asustados. Ésta era la primera vez que ella había contado el relato de esa manera. Se miraron entre sí con anticipación, pero no salió nada más.

—Pero, Tía Grande ¿cómo pudo haber fallecido mi abuela antes de tener su segunda hija? Usted siempre dijo que el abuelo Flavio tuvo dos hijas, una buena y la otra mala . . .

Doña Brígida, sobresaltada por las palabras de Samuel, se refugió en la ira, disipando la melancolía que le había causado revivir el momento de la muerte de Velia Carmelita.

—¡Quítense! —gritó levantando el brazo con el bastón en la mano. Su cuerpo temblaba tanto que los niños creían que iban a oír el traqueteo de sus huesos. Se asustaron muchísimo. Samuel saltó del sofá y voló a la puerta; Alondra justo detrás de él. No pararon hasta que habían corrido por el pasillo, por la cocina y por la veranda de servicio. Saltaron los escalones de madera. Una vez en el jardín, siguieron corriendo hasta llegar a la sombra del árbol de aguacate. Ahí se tiraron al suelo, jadeando y riéndose.

—Esta vez sí que metió la pata. Se olvidó de la cabra y todas esas locuras.

Sin aliento, Samuel trataba de hablar. Alondra estaba respirando profundamente. Sentía miedo.

—Samuel, yo creo . . .

No terminó. El muchacho se le acercó.

—¿Qué crees?

—Creo que la cabra soy yo.

Samuel se le quedó mirando. Secretamente, él estaba de acuerdo, pero no quería que ella lo supiera.

—¡Estás loca! Eres niña, no cabra. Además, eres demasiado joven para ser la otra hermana de mi madre. ¿Cómo se te ocurre tal estupidez? —Pausó un momento, y se desplomó contra el tronco del árbol—. Tía Grande se confunde. Eso es todo. De cualquier manera, Alondra, ni siquiera eres parte de esta familia de locos.

Después de un rato decidieron volver a la cocina, donde encontraron a Úrsula al lado de la estufa. Cuando los niños entraron, Úrsula miró a Alondra tratando de ver si había algún cambio, algo que le advirtiera lo que doña Brígida pudiera haber dicho para causar que se fueran corriendo.

—Úrsula ¿te acuerdas de mi mamá? —Samuel se le había acercado. Metió la mano en la olla en la que revolvía algo. Consiguió sacar una fibra de la carne que se estaba dorando antes de que ella le sacara el brazo. Úrsula apagó el quemador y llevó a los niños a la mesa donde se sentaron los tres.

—Sí, me acuerdo de ella. La cuidé desde que tenía tres años. Igual como los he cuidado a ti y a Alondra.

Úrsula miró a la niña y vio que estaba formando una pregunta en los ojos. Era la misma duda que había surgido hace poco.

—¿Ella tuvo una hermana, Abuela?

Samuel miró a Úrsula. Aunque se había reído del cuento de la cabra, le había creído a su tía abuela: *Tiene* que haber habido otra hermana. Úrsula no quería hablar de eso, temía que cualquier cosa que dijera provocaría la curiosidad o la imaginación de Alondra. Pero sabía que si evitaba la pregunta, sería peor.

—No, hija, doña Isadora es la única hija de don Flavio. No hay otra hermana.

—¡C-h-i-s-s-s! —Samuel soltó un sonido largo, como un silbido a través de los dientes. Miró a Úrsula con mirada incrédula.

—Samuel, tú sabes que doña Brígida tiene sus malos momentos. El relato de la segunda hija viene de algún rincón oscuro y solitario de su espíritu; no es culpa de ella lo que dice.

—¿Y qué de la cabra?

—No existe ninguna cabra, Niña.

Úrsula se levantó y les dijo que se prepararan para cenar. Samuel se fue de la cocina, subió las escaleras a su habitación y Alondra se fue al fregadero, donde se lavó las manos. Cuando Úrsula la miró, vio que la niña se frotaba las manos y murmuraba: —¡No existe ninguna cabra! ¡No existe ninguna cabra!

Capítulo 17

El día siguiente los niños estaban nerviosos; sabían que doña Brígida se había molestado tanto con la pregunta de Samuel que no había bajado para cenar esa noche. Mientras que esperaban, el tic tac del reloj en la repisa de la chimenea parecía ponerse más fuerte.

Alondra miró a Samuel y le preguntó, —¿No te gustaría saber quién era tu mamá?

Samuel se preguntó qué tenía que ver esa pregunta con la cosa terrible que estaba por pasarles. Parpadeó, frunció el ceño y se mordisqueó el labio nerviosamente.

—Yo sí sé quién fue. Fue Isadora Betancourt.

—¡Ves! Eso me dice que no sabes quién era. Si realmente supieras, dirías el apellido de tu papá. ¿No se debería haber llamado Isadora yo no sé qué? Cuando una mujer se casa, tiene que tomar el nombre de su marido ¿no?

Se le abrieron los ojos a Samuel; estaba perplejo. No sabía cómo contestarle a Alondra. Tragó saliva y abrió la boca, esperando que salieran las palabras apropiadas. —No sé por qué me llamo Betancourt, pero sí recuerdo un poco de ella. Creo que fue en una cueva, en la cima de una montaña. Yo dormía ahí, en el suelo. Y mi mamá me acariciaba la cabeza y me contaba cuentos.

—¿Y eso es lo único que recuerdas?

—Sí.

—Yo sé quienes son mi papá y mamá, pero solamente porque Abuela Úrsula me ha contado de ellos. Ella dice que él corría más rápido que el viento y que ella nunca murió, aun cuando la

175

despellejaron. —Alondra dejó de hablar para pensar en lo que había dicho. En unos segundos habló de nuevo—, ¿Sabes lo que yo creo? Creo que Abuela Úrsula está ocultando algo. Sí. ¡Te apuesto lo que quieras!

—¿Por qué crees eso?

—¿Porque quién puede vivir después de que lo despellejan? ¿Y quién corre más rápido que el viento?

El muchacho echó una risilla, imaginándose a un correcaminos con las patas en un círculo de velocidad, escapándose de su enemigo; igual que en el dibujo animado. Las carcajadas de Samuel se interrumpieron por el sonido del bastón de doña Brígida. Alondra también lo oyó y saltó a tomar el paño del polvo. Samuel quedó helado en su lugar de siempre, frente al sillón de su tía abuela.

Doña Brígida entró a la sala. Se paró rectamente y a los niños les parecía que el bastón golpeteaba el piso con más autoridad. Se miraron con nerviosa anticipación cuando ella se sentó en su silla y dio un suspiro fuerte y profundo y comenzó su crónica sin preámbulo. Doña Brígida habló calladamente. Cuando le pareció a Alondra que nadie la notaría, se quedó mirando fijamente al rostro de la señora grande. Sus ojos estaban rojizos e hinchados, y su voz débil.

—Pronto moriré, pero no importa, porque hoy hemos llegado al fin. El fin de la historia de nuestra familia.

—Tía Grande ¿le puedo hacer una pregunta? —Samuel se había levantado para arrodillarse delante de ella—. ¿Cuál era el nombre de mi papá? ¿Por qué no lo usó? ¿Adónde fue él? ¿Y qué de mi mamá? ¿Dónde está ella? ¿Ella . . . ?

Los ojos de la anciana se abrieron y se le quedó mirando a Samuel. Él creyó que le iba a dar una cachetada, pero ella lo corrió y, sin decir una palabra, se levantó. Vieron que caminaba con más dificultad que nunca; parecía que sus pies eran demasiado pesados para su cuerpo. Cuando desapareció en las sombras del corredor oscuro, los niños se miraron completamente desconcertados.

ભ ભ ભ

Después de que Úrsula terminó de servirles la cena a don Flavio y a Samuel, recogió los platos y los llevó al fregadero de la cocina. Se sentó a la mesa para comer su propia cena. Alondra estaba terminando lo que tenía en el plato, pero sus ojos miraban a Úrsula.

La mujer estaba callada, perdida en sus pensamientos mientras que arrancaba pedacitos de su tortilla, colocándoselos en la boca y masticando distraídamente. Alondra la miraba, pero al poco tiempo empezó a moverse y retorcerse inquietamente en la silla. Empujó el plato, intencionalmente raspando la superficie de la mesa. Hizo ruido con el tenedor y el cuchillo y empezó a tintinear una uña contra el vaso de leche ya vacío. Aún así, nada distrajo a Úrsula de sus pensamientos. Finalmente, Alondra se carraspeó la garganta y dio una tos fuerte y artificial.

—Sí, hija. Sé que estás ahí.

—Abuela ¿pasa algo malo?

—Sí.

—¿Soy yo?

—No, Niña. Es esta familia. ¡Ay! ¡Virgen santísima! Tanto sufrimiento.

Úrsula alejó su plato y miró a la niña. Últimamente había empezado a escuchar lo que doña Brígida les decía a los niños. Empujó su silla hacia atrás y le hizo señas a Alondra para que se acercara. La sentó en su regazo, la tomó en sus brazos y la meció de un lado a otro. Úrsula deseaba tanto poder decirle que no era su abuela sino su tía abuela, igual que doña Brígida. Quería tanto decirle a Alondra que Samuel era su hermano y don Flavio su abuelo, y que ellos eran el lado materno de su familia.

—Ven, hija, —dijo por fin—. Vamos a la cama. Lavaremos los platos mañana.

Juntas se encaminaron a la veranda de servicio. Estaban casi en la puerta cuando oyeron un gemido largo y profundo. Había sido tan fuerte que había penetrado una puerta cerrada y pasado por el corredor, las escaleras y hasta el fondo de la casa.

—¡Ay, Dios!

—¡Santísima! ¡Es doña Brígida!

Úrsula soltó la mano de la niña para correr hacia donde estaba doña Brígida. Corrió rápido, pero la niña era más rápida. Alondra llegó primera a la sala, subieron la escalera y llegaron a la puerta cerrada de la habitación de doña Brígida.

Úrsula golpeó la puerta. Silencio. Cuando los segundos golpes no fueron contestados, abrió la puerta lentamente. Alondra y Úrsula vieron a doña Brígida tendida en la cama, completamente vestida, hasta con los zapatos puestos. Tenía los brazos cruzados plácidamente en su pecho.

—Por favor, entren.

Doña Brígida no se había movido ni había virado la cabeza. Su voz era calmada y suave; Alondra apenas reconoció la voz. Úrsula se movió hacia la cama, tomó a Alondra de la mano. La niña nunca antes había estado en esta habitación, y quedó impresionada con los techos altos, los pesados muebles de madera, el ropero y los armarios tallados. Aun en la oscuridad, podía ver que una pared estaba cubierta con fotografías antiquísimas de tonos violeta. Mientras era conducida por Úrsula, su cabeza giraba de lado a lado y de arriba a abajo.

Cuando llegaron a la cama, doña Brígida levantó un brazo y le hizo señas a Alondra para que fuera al otro lado de la cama. Alondra obedeció y la anciana le estrechó una mano sin decir nada. Luego, doña Brígida, le sonrió. Parecía estar contenta con tenerle la mano a Alondra.

Alondra miraba a Úrsula y a doña Brígida, pero había sólo silencio. Los únicos sonidos que se oían eran los automóviles que pasaban en la calle y el tic tac del reloj en la mesa de noche. Alondra empezó a sentir la mano de doña Brígida, su calor y suavidad, y estaba sorprendida. Se había imaginado que la vieja señora estaba confeccionada de algo duro y frío.

—Úrsula, tómame la mano. —doña Brígida le estiró la otra mano a Úrsula. Alondra miró fijamente a las dos mujeres y por primera vez se preguntó si tendrían la misma edad. Nunca pensó en la edad que podía tener su abuela; sin embargo estaba convencida que doña Brigida había nacido vieja.

—¿Qué pasa, Doña?

—Me muero.

—¡Santo Dios! Llamaré al doctor Canseco.

Doña Brígida no le soltó la mano. Acercó a Alondra y a Úrsula, jalándolas. —No, quédense conmigo.

Le sonrió primero a Alondra, luego a Úrsula. La niña quedó admirada por la belleza del rostro de doña Brígida. ¿Por qué no habrá sonreído así antes?

—Cuida mis fotografías, Úrsula. Todo está ahí.

Úrsula asintió con la cabeza. La anciana volteó la cabeza para mirar a Alondra. Sus caras casi se tocaban.

—Niña, una día regresarás al llano y andarás en un carruaje y verás las sierras que se elevan sobre la barranca. Un día cantarás cantos, escribirás poemas y caminarás por los corredores de Casa Miraflores con la persona que amas. Eso lo harás tú, tal como yo lo hice. —Doña Brígida le sonrió a Alondra, sacó su mano de la de Úrsula y le acarició las mejillas y la frente a la niña. Con el índice le trazó el nacimiento del cabello. Sus ojos deambulaban por el rostro de Alondra, mirando su frente, nariz y boca—. Tu abuela fue mi alma.

Doña Brígida cerró los ojos y su espíritu se alejó. Afuera, el ruido de los automóviles parecía disminuir y adentro el tic tac del reloj parecía aumentar. Alondra miró a Úrsula cuyas lágrimas le corrían por las mejillas. No había sabido hasta ese momento que Úrsula había amado a doña Brígida.

Úrsula le cubrió la cara a doña Brígida e hizo la señal de la cruz una y otra vez. Alondra no pudo entender las oraciones que recitaba su abuela, pero sabía que las estaba diciendo en su propio idioma así como en español. Luego Úrsula le tomó la mano a Alondra y la sacó la habitación.

—¿Y ahora qué vamos a hacer, Abuela?

—Le tendré que decir a don Flavio que su hermana ha

comenzado su viaje al otro lado de la sierra.

—¿Llorará?

—Lo dudo.

—¿Y después?

—Después voy a bañar y a vestir a doña Brígida para que no se sienta incómoda cuando se reúna con los demás.

—¿Qué otros?

—Aquéllos que se han ido antes y que la esperan del otro lado.

—La abuela de Samuel.

—Sí, definitivamente.

ଔ ଔ ଔ

En la cocina, Úrsula y Alondra preparaban chocolate y pan dulce para los dolientes que estaban en la sala. Alondra estaba formando un patrón con diferentes panes dulces, tenía cuidado que los cuernitos no aplastaran a las conchas.

—Abuela ¿qué quiso decir doña Brígida cuando dijo que mi abuela era su alma?

—No sé, Niña. Quizás estaba confundida.

—Usted es mi abuela, pero del lado de mi papá. ¿Le parece que ella estaba hablando de la abuela del lado de mi mamá?

Úrsula dejó de revolver la leche. En una mano tenía un molinillo de madera, en la otra el trozo de chocolate que colocaría en la leche antes de que empezara a hervir.

—Solo Tata Dios sabe. Creo que era alguien a quien doña Brígida amaba y que le trajo felicidad.

—¿Dónde queda Casa Miraflores?

—En Chihuahua.

—Doña Brígida dijo que yo iría ahí a cantar cantos.

Úrsula volvió a revolver la leche y comenzó a agregar el chocolate. Tenía que prestar atención para que el contenido de la olla no se derramara.

—¿Y las fotos, Abuela? Ella dijo que todo estaba ahí. ¿Qué

quiso decir con eso?

—Me acuerdo de algunas de ellas. Eran fotos de ella y de don Flavio tomadas antes de que llegaran a Chihuahua. Otras fueron de gente y de amigos que hicieron en Hacienda Miraflores. Algunas eran de días especiales como el matrimonio de don Flavio y el bautismo de la niña Isadora.

—Ella era la mamá de Samuel. ¿Había una foto de la hija mala?

Úrsula apuntó con el molinillo de madera a Alondra y movió la cabeza con impaciencia. Se olvidó momentáneamente de la olla, y se sobresaltó cuando oyó el ruido de la leche rebosada en el quemador. Bajó la llama y volvió a mirar a Alondra.

—Te he dicho muchas veces que no había una hija mala. Eso fue algo que le salió de la boca a doña Brígida durante sus momentos de enfermedad.

—Abuela ¿le parece que yo . . . ?

—Niña, el chocolate y el pan dulce tienen que estar listos hoy y no mañana. —Con eso, Úrsula cuidadosamente vertió el chocolate hirviendo en una jarra y se encaminó a la sala. Alondra le siguió llevando el plato del pan dulce.

Ê Ê Ê

Dos días más tarde, el cielo estaba gris y una corriente de aire frío rondaba por las lápidas del Cementerio del Calvario. Alondra y Samuel, vestidos de ropa oscura, estaban parados tiritando del frío al borde del grupo de conocidos de los Betancourt. Algunas palabras del cura le llegaron a Alondra, mientras que se recitaban las oraciones para las muertos.

—*Absolve, Domine, animas omnium fidelium defunctorum, ab omni vinculo delictorum* . . .

Alondra se preguntó de qué pecados estaba pidiendo el cura que se perdonara a doña Brígida. Ella temblaba con el viento frío que cortaba por su vestido y abrigo cortos. Levantó la vista al cielo y vio que las nubes grises lo atravesaban con velocidad.

Luego miró a los demás que formaban el grupo de dolientes. En el centro estaba don Flavio vestido de negro. Ella le tenía miedo, lo había visto sólo unas pocas veces en su vida. La única que lloraba era Úrsula.

—*In paradisum deducant te angeli* . . .

—Tía Grande no irá al cielo. Creo que irá al otro lugar. Sabes, el infierno.

Alondra no le contestó a Samuel lo que éste le había susurrado al oído; sólo meció la cabeza en desacuerdo. Miró al cura y vio que estaba rociando agua bendita en el ataúd y en la tumba. A la señal del cura, cuatro hombres metieron el ataúd en el hoyo. Alondra estiró el cuello para ver cómo llenaban de tierra el agujero. Podía oír el golpe de cada palada de tierra que caía sobre la cabeza de doña Brígida. Cuando Alondra se cansó de mirar, miró a Samuel.

—No. Ella irá al otro lado de la sierra donde se reunirá con los demás.

Alondra Santiago

Capítulo 18

Alondra estaba sentada en la mesa, inmóvil. Ni siquiera los ruidos de la cocina interrumpían sus pensamientos. Ambas mujeres estaban cansadas de una noche desvelada cuidando a don Flavio, pero Úrsula aún no terminaba de preparar la cena.

—Abuela, ha pasado mucho tiempo desde que murió doña Brígida ¿no es cierto? —A los veintisiete años de edad, Alondra sentía que su niñez había ocurrido hacía una vida entera.

—Sí, —dijo Úrsula, sin levantar la vista, mientras machucaba un diente de ajo. Cuando puso la pulpa en la sartén, empezó a chisporrotear y llenó la cocina con su aroma.

—Y ahora parece que el viejo también se va ir. Estaba bien mal anoche.

—El doctor Canseco está con él ahora. Niña, deberías ayudarle. Tú sabes lo que estás haciendo.

—¿Porque fui a una escuela de enfermería?

—Sí.

—¡Ay Abuela! Fui la peor de la clase.

—Pero terminaste, eso es lo importante.

—Pues, quizá. De cualquier manera el viejo no me deja ni acercarme a él. *¡Jeez!*

—Pensé que en la escuela te habían enseñado a no mezclar los idiomas.

—Yo trato de no mezclarlos, Abuela, pero a veces se me mezclan igual.

Mientras miraba a su abuela moverse entre la estufa, el fregadero y la mesa, Alondra reflexionó sobre todas las preguntas que la habían atormentado por años. Cuando era niña, Alondra había quedado perpleja ante las últimas palabras de doña Brígida, de que ella volvería algún día a México. Con el pasar de los años de la escuela primaria y luego la secundaria, el querer saber más de sí misma y de sus comienzos había pasado a ser una obsesión.

Intentó aplastar el descontento que la había perseguido durante la escuela de enfermería. Aunque había terminado el programa, nada había satisfecho lo que sentía por dentro. Decidió entonces, obtener sus credenciales en pedagogía. Eso acabó con una licencia para ausentarse a mitad del programa. Después de eso, Alondra decidió quedarse en casa con Úrsula por un tiempo.

Durante esos años, Samuel había sido reclutado por las fuerzas armadas, había peleado en Corea y regresado. Al poco tiempo se casó con una muchacha de San Francisco y se fue de Los Ángeles. Alondra se sintió más sola que nunca sin él. Hasta los jóvenes con quienes salía no podían apagar el anhelo que sentía por dentro.

—Abuela, cuéntame del llano.

Úrsula dejó lo que estaba haciendo, se le acercó a Alondra y la miró. Ya sabía lo que se venía.

—Hija, por favor, trata de sacártelo de la cabeza. Concéntrate en tu vida. Piensa . . .

—Me estoy concentrando en mi vida. No puedo vivir mi vida sin saber . . .

—¿Saber qué?

Esta conversación no seguía la pauta normal. La voz de Alondra y sus palabras estaban llenas de angustia. Úrsula se secó las manos en el delantal, sacó una silla y se sentó al lado de Alondra.

—Hija . . .

—No, Abuela, ya no me dé más excusas. Usted sabe lo que quiso decir doña Brígida. Pero lo único que usted me da son detalles *cute*.

—¡*Quiut!* ¿Qué es eso?

Alondra puso su mano en el hombro de Úrsula y le dio un apretón. Su expresión oscureció y sus ojos brillaron.

—Dígame ¡por favor!

—Dentro de poco. —Por primera vez, Úrsula hizo la concesión—. Cuando se muera don Flavio.

—Pero ¡ya está casi muerto ahora! Usted lo sabe. ¿Qué diferencia puede hacer él?

Úrsula se levantó, tenía la boca tan cerrada que parecía una línea recta. Volvió a la estufa, agitando la cabeza.

—Perdóneme, Abuela. Ya no puedo más. Por favor, míreme. Tengo veintisiete años y no me puedo encontrar. No importa lo que hago, nada ayuda. ¿Cuántos empleos he tenido? Dígame. Vuelvo locos a los muchachos con quien salgo. Me vuelvo loca a mí misma. Estoy vacía y necesito que alguien me ayude.

—Dentro de poco, Niña. Dentro de muy poco.

ભ ભ ભ

No hubo cena formal esa noche. Poco después de la conversación entre Úrsula y Alondra, el doctor Canseco salió de la habitación para avisarles que la muerte de don Flavio era inminente. Ahora el anciano las mandaba a llamar, agregó.

—¿Pero qué de Samuel, doctor? Lo tenemos que llamar.

—Ya no hay tiempo. Lo tendrá que llamar después de que don Flavio fallezca.

Aunque Alondra se había criado en su casa, había visto a don Flavio y había estado en su compañía sólo esporádicamente. Este era el hombre que había impuesto las reglas, que las había guardado a ella y a Úrsula, prácticamente siempre en la cocina. Esta era la persona que les había prohibido sentarse en la mesa con él, recordándoles tácitamente que sólo eran sirvientas. Sin embargo, ahora, al punto de morir, las había mandado a llamar.

Estaba acostado en la cama, encima del cubrecamas porque no toleraba el peso de la sábana. Su cara, tensa de dolor, estaba virada hacia la ventana que miraba a la calle.

—Don Flavio, aquí están Úrsula y Alondra. Usted las mandó a llamar.

El viejo apenas movió los párpados en respuesta. Tenía las manos encima del pecho, agarrando su camisa de dormir. Su piel se había puesto amarilla desde la noche anterior, y parecía colgar de los huesos. Úrsula se conmovió por el deterioro que vio. El espíritu de don Flavio ya estaba en camino al reino de los muertos. Hizo la señal de la cruz sobre él, luego se dirigió a los cuatro lados de la habitación haciendo la cruz en el aire. El doctor la miró sin inmutarse.

Se movieron los labios de don Flavio, pero sus ojos quedaron enfocados en la ventana: El Rarámuri había vuelto. Por fin volteó la cara del vidrio para mirar a Alondra. Trató de hablarle —ella creyó oír algunas palabras salir de sus labios— pero él no podía hablar.

Alondra se arrodilló a su lado, atraída por una energía extraña. Los ojos de don Flavio se enfocaron en un rincón de la habitación. Alondra no vio más que una silla de madera, un escritorio y una fotografía. Se levantó: Era la de un hombre vestido de negro, con un sombrero bombín. *Edmundo Betancourt, 1896. Arandas, Jalisco.* La letra era florida, escrita en tinta blanca sobre el fondo oscuro del daguerrotipo.

Se la trajo a don Flavio y la puso a su lado. El anciano parecía no darse cuenta. Su respiración se hizo más rasgada y nuevamente miró con enojo a la ventana. Cuando el pecho congestionado de don Flavio empezó a respirar con dificultad, el doctor Canseco las miró a las dos. Era hora. En unos pocos minutos, la respiración cesó.

Alondra se quedó mirando la cara del viejo: se había convertido en una máscara amarilla. Cuando el médico cubrió el cuerpo, las dos mujeres salieron del cuarto.

ଓଃ ଓଃ ଓଃ

Alondra esperó, escuchando el sonido del teléfono en el otro lado de la línea. Después de sonar cuatro veces, una vocecita dijo —Hola.

—¿Está Samuel?

Nadie contestó, hubo sólo una pausa. Escuchó que alguien

apoyó el teléfono y se oyeron movimientos.

—Hola, Alondra ¿cómo . . . ?

—Don Flavio falleció esta mañana.

Samuel quedó callado, y Alondra esperó.

—Supongo que fue rápido.

—Estaba muy enfermo, pero murió aquí porque no quería ir al hospital.

—Me imagino. —Samuel dejó de hablar un momento—. Ya no están más los viejos, Alondra. Parece mentira ¿no es cierto?

—Sí. —Cuando él no dijo nada, Alondra siguió—, Sus restos están en camino a la funeraria, pero tú eres él que tiene la última palabra sobre dónde ha de enterrarse y cuánto dinero se va a gastar.

—No va a ser así. El viejo dejó un testamento. Yo lo tengo. Él quería ser cremado y así será.

—¿Sólo así, Samuel? ¿Sin oraciones, ni ceremonia, ni nada?

—Eso es lo que él quería. Yo haré los arreglos desde aquí. —Nuevamente, pausó.

—Trataré de ir lo antes posible. Te avisaré cuando pueda. —Después dijo—, Alondra, tú y Úrsula se pueden quedar en la casa, si quieren.

—No te puedo pagar alquiler en estos momentos, pero conseguiré un empleo dentro de poco.

—No te apures. No importa. ¿Quieres vivir ahí?

—Sí.

—¿Con todas esas memorias?

—Sí, y con mi abuela. ¿Samuel?

—¿Sí?

—¿Qué vas a hacer con las cenizas?

—Me hizo prometer que las echaría al océano.

—¿Qué?

—Al océano, Alondra. Él dijo que no quería todo el drama . . . probablemente sabía que nadie vendría a su funeral.

—¡No digas eso!

—Es verdad.

—Okay. Espero que puedas venir pronto.

—Haré lo posible.

Alondra caminó a la cocina: era recién pasado el mediodía; y el sol brillaba por las ventanas grandes, inundando el cuarto con la luz pálida del mes de noviembre. Encontró a Úrsula sentada en su lugar de siempre, pero cuando levantó la vista, vio que tenía los ojos rojos y la cara hinchada y manchada. Úrsula se levantó rápidamente cuando vio que Alondra estaba a su lado.

—Niña, déjame prepararte algo para comer.

—Gracias, pero no tengo hambre. Quizá un cafecito.

Mientras que Úrsula puso a calentar el agua en la estufa, Alondra se sentó en una silla de la mesa. Sentía pena por Samuel porque no había podido estar con su abuelo durante esas últimas horas.

Se le ocurrió cuán similares eran ella y Samuel. Como ella, Samuel era huérfano. Sin embargo, Alondra recordó que por lo menos ella sabía algo de sus padres. Samuel nunca supo quién era su padre —ni siquiera su nombre. La mayoría de las preguntas de Samuel también quedaron sin contestar. Sin embargo, él no dejaba que su corazón se agobiara por esos pensamientos. Alondra quiso ser como él y aceptar que si había cosas que nadie le quería decir, que probablemente era lo mejor.

Las dos mujeres estaban calladas. Solamente el sonido suave de las cucharitas revolviendo el café quebró el silencio. Alondra siguió mirando a Úrsula, recordando que había sido ella la que la había criado y cuidado. ¿Por qué, entonces, a pesar del amor de Úrsula, siempre había sido acosada por el deseo de saber más acerca de sus padres?

—Conseguiré un trabajo y las dos podremos vivir de lo que yo gane. Esta vez no dejaré el empleo. Samuel dice que nos podemos quedar aquí, pero quizás podríamos encontrar otra casa. ¿Qué le parece?

Alondra estaba agradecida por el enorme cariño que sentía por su abuela. La miró detenidamente y vio que había envejecido bastante. La cara y las manos de Úrsula estaban arrugadas y sus hombros eran frágiles.

—Me parece que me gustaría mucho, Niña. —De repente miró

a Alondra—. ¿Y qué de don Flavio? ¿Cuándo lo vamos a enterrar?

—No lo vamos a enterrar. Samuel dice que el viejo dejó órdenes que se hiciera una cremación. No va a haber misa tampoco, ni siquiera un rosario.

—¡Sin rezos! ¿Qué lo guiará al otro lado? ¿Cómo sabrá adónde ir?

—No te preocupes, Abuela. Ya no está más y no lo podemos ayudar.

—¡Claro que podemos! Rezaremos unos rosarios por él. Nadie puede detenernos si queremos rezar ¿no es cierto? Quizá encuentre el camino al reino por sí solo, o quizá lo estará esperando un espíritu amigable.

—Quizá, Abuela.

Úrsula cayó en silencio, pensando sobre el hombre viejo que había vivido con tanta soledad y que ahora había escogido la misma existencia en el reino de los muertos. Pero cuando miró a Alondra, sintió en la chica una sensación de paz que nunca había visto. Quizá, se dijo, ya no habrá necesidad de tener la conversación que por tanto tiempo he temido. Si Alondra no la presionaba ¿por qué contarle lo que sólo le causaría tristeza? Dejó a un lado lo que estaba pensando y sacó un manojo de llaves del bolsillo del delantal.

—He limpiado su habitación y había sólo unas pocas cosas. Más que nada, ropa y calzados viejos. Aparte de la fotografía de su padre, no había nada, sólo estas llaves.

Alondra movió la taza vacía a un lado con el antebrazo mientras tomaba las llaves de la puerta de entrada: la puerta de atrás, el garaje, el cobertizo para herramientas, el viejo Ford. No reconoció la que tenía cinta adhesiva protectora en la parte de arriba.

—¿Sabe para qué es esta llave?

Úrsula tomó la llave y estiró el brazo para ver mejor. Entrecerró los ojos mientras que le daba vueltas en sus dedos.

—Creo que es la llave de la habitación de doña Brígida, pero que ni se te ocurra entrar ahí. Nadie, ni siquiera don Flavio, ha entrado ahí desde que ella murió. Debe estar llena de su espíritu y si abres la puerta, se podrá escapar para rondar sólo por el mundo.

—Yo no creo en esas cosas.

—Pues, deberías creer. Un espíritu puede estar prisionero en una habitación o una casa por años. Una vez que cobre la libertad, nadie sabe lo que hará en venganza por haberlo mantenido cautivo.

Alondra se puso la llave en el bolsillo pequeño de los jeans y se sonrió de las supersticiones de su abuela. A veces Úrsula hablaba de los espíritus que iban a habitar su propio reino. Ahora uno estaba atrapado en una habitación. Decidió no decir nada. Había momentos en que Alondra deseaba secretamente que el espíritu de doña Brígida realmente pudiera aparecer en algún lugar o en algún momento. A Alondra le hubiera gustado conversar con ella ahora que era mujer. Le quería preguntar si verdaderamente estaba escrito que volvería a Casa Miraflores con lpersona que amaba.

ↄ҂ ↄ҂ ↄ҂

Al día siguiente, Úrsula despertó por primera vez en su vida con el olor de café ya preparado. El sol alumbraba la cocina donde Alondra estaba sentada a la mesa en silencio.

—Buenos días, Hija.

—Buenos días, Abuela.

—Creo que estabas muy intranquila anoche.

—Sí. No pude dormir. Me quedé pensando en el viejo y en otras cosas, hasta que me acordé de la llave.

—¿Qué llave?

—La que encontró en la habitación de don Flavio.

—Ah.

—Fui a la habitación de doña Brígida para ver si funcionaba.

—¡Santísima Virgen del Cobre! ¿Cómo pudiste hacer una cosa así? —Úrsula parecía estar paralizada, su cara reflejando el terror que la había envuelto.

—Abuela, cuidado, siéntese, parece que está por tener un ataque al corazón. Siéntese aquí. Tomemos un cafecito. No pude entrar a la habitación. La llave no funcionó. Es de otro lugar.

—¡Gracias a Tata Dios!

Úrsula empezó a beber el café con mucho ruido. Había empezado a llover de nuevo, la lluvia salpicaba contra los vidrios de la ventana. Ambas mujeres habían tomado las tazas en las dos manos tratando de absorber el calor del café.

—Voy a encontrar la puerta que va con esta llave. Empezaré arriba, en el ático.

Úrsula hizo mueca de impaciencia con la boca. Había otras cosas que se tenían que hacer en vez de tratar de descubrir lo que no se debería saber.

—Tengo que saber, Abuela. No podemos vivir en esta casa sin saber lo que contiene. Don Flavio tenía su manera de hacer las cosas. Pero ahora este lugar es nuestro, y yo quiero saber lo que contiene.

Úrsula se recostó en el respaldo de la silla, pensando. Si la atención de Alondra estaba ocupada con la casa, quizás olvidaría sus preguntas. Durante años, Úrsula había temido algo que probablemente no ocurriría nunca. Esto era un proyecto nuevo y la ocuparía gran parte del tiempo. Después de eso, ella le propondría que pintaran y limpiaran la casa entera.

—¡Sí, creo que eso sería buena idea!

Alondra quedó asombrada por este cambio de actitud. Al terminar el café, ladeó la cabeza, entrecerró los ojos y se quedó estudiando a su abuela.

ଔ ଔ ଔ

El ático había fascinado a Alondra cuando era niña, pero ni ella ni Samuel se habían atrevido a subir a él: don Flavio lo había prohibido terminantemente. Y después de morir doña Brígida, él lo prohibió con aún más. Ahora que estaba por entrar, hubiera querido que Samuel la acompañara.

Se había colocado un pañuelo rojo en la cabeza y se puso guantes y botas de jardinería; supuso que habría mucho polvo. Cuando llegó a la puerta al final de las escaleras angostas, metió la llave en la mohosa cerradura. Con un sonido raspante, la cerradura resistió, pero con un poco más de presión, oyó el clic. La manija funcionó fácilmente, pero la puerta chirrió fuertemente al abrirse; las bisagras se habían oxidado y cosas tiradas en el piso bloqueaban la entrada. El ático estaba oscuro salvo por un rayo de luz que entraba por los vidrios sucios de una ventanilla que daba al frente de la casa. Los dedos de Alondra buscaban en la pared el interruptor de luz, pero no encontró nada. Luego caminó cuidadosamente al centro de la habitación con un brazo estirado delante de ella y el otro extendido rígidamente hacia arriba —con la esperanza de encontrar un cordel colgando de una luz en el techo. Mientras caminaba, Alondra sentía que sus botas resbalaban y crujían contra el piso.

De repente se dio cuenta que estaba rodeada por el runrunear de alas que batían el aire. Una nube de palomas descendió sobre ella, aleteando alrededor de su cabeza y cuerpo, raspándole la cara y las manos, picoteándole los ojos. Trató de no gritar, pero el terror la tenía de la garganta. Se cayó de rodillas y se cubrió la cabeza con los brazos, tratando de protegerse contra las garras y los picos. En rodillas y codos, empezó a arrastrarse en círculos buscando algo con qué defenderse. Con un brazo se protegía la cabeza, con el otro iba moviendo la mano hasta que dio con algo que parecía ser una escoba.

La agarró con ambas manos y empezó a moverla en círculos encima de su cabeza. Al aumentar la velocidad, se puso de pie para pegarle a los pájaros hasta que se alejaron. El cuarto se llenó con el sonido de la escoba que golpeaba indiscriminadamente cosas y paredes, seguido de gorgojeos débiles. Mantuvo el ataque hasta que estuvo segura de que los pájaros se habían retirado. Para entonces sus ojos ya se habían acostumbrado a la oscuridad y vio que el último de ellos salía por un hueco en la pared, por el cual, sin duda, todas habían entrado.

Sudada, sin aliento y exhausta, se tuvo que sostener de una viga del techo. Si no se agarraba, se caería. Finalmente vio la cuerda que colgaba de la bombilla. La repentina inundación del resplandor la hizo parpadear y entrecerrar los ojos. Cuando sus ojos se acostumbraron, vio que el piso estaba cubierto con una pila de excremento de palomas. Todo el cuarto estaba cubierto con una costra blanca de excremento.

Se le revolvió el estómago. Respiró entrecortadamente el aire inmundo a través de la boca causándole dolor en el pecho. Caminó hasta la ventana y forzó las bisagras corroídas hasta que logró abrirlas. Colgó la cabeza por la ventana y vomitó hasta que el estómago se le vació completamente. Se quedó sobre la repisa de la ventana unos momentos hasta que el húmedo aire de noviembre la revivió. Engullendo aire miró por la neblina que yacía sobre los techos.

Cuando por fin se alejó de la ventana, se sacó el pañuelo y se lo puso de modo que le cubriera la boca y la nariz, y se forzó a volver al cuarto. El ático era enorme y sabía que tardaría horas, si no días, para raspar esa frazada de excremento que cubría todo. Pero a pesar de la mugre, Alondra podía discernir algunas cosas. Había una pila alta de sillas rotas en un rincón, a una le faltaba una pata, las demás tenían los respaldos astillados. En otro recoveco vio lo que quedaba de los antiguos juguetes de Samuel.

Alondra se paró debajo del círculo de luz que echaba la bombilla y se dio vuelta lentamente, tratando de descifrar las formas y los recipientes. Se encaminó hacia una pared. Cuando estaba más cerca, vio un viejo armario grande, cuyas patas apenas se veían a través del duro excremento. Jaló la manija, pero estaba cerrado con llave. Las puertas eran de madera sólida y no las pudo abrir.

Retrocedió y después de unos momentos encontró una barra de metal que colocó en una de las manijas. Con un tirón, las puertas se abrieron crujiendo y una figura negra se le echó encima. Alondra dio un grito amortiguado mientras se caía al suelo.

ଜ ଜ ଜ

Cuando se recuperó del susto, Alondra maldijo con unas cuantas palabrotas: Su trasero estaba cubierto de mierda de paloma.

Cayó al piso con las piernas extendidas. Quedó boquiabierta. Una fila de vestidos negros, largos, estaban colgados en el armario y el primero de éstos se le había caído encima cuando abrió violentamente las puertas. Cuando se le pasó el terror, se dio cuenta que no era lo que imaginó. No había descubierto el cuerpo de doña Brígida. Eran solamente los vestidos que ella había usado. Alondra encogió las rodillas y puso los codos en las rodillas mientras que daba risillas nerviosas. Por fin puso la cara en sus manos y se dejó reír hasta que toda la tensión había desaparecido. Cuando miró de nuevo a las vestimentas, se dio cuenta que de niña siempre había creído que doña Brígida sólo tenía un vestido. La anciana mujer tenía muchos vestidos. Todos idénticos, todos confeccionados de la misma tela, todos en la misma moda de fin de siglo.

Alondra se recostó sobre los codos, ya indiferente a la mugre que la rodeaba. No sabía qué es lo que había esperado, pero definitivamente no era una cantidad de vestidos viejos.

—¡*Shit!*

Se levantó y se limpió las manos y brazos en los overoles. Cuando se acercó al armario notó que había dos cajones en el fondo. Se agachó a abrirlos y quedó sorprendida de lo fácil que se abrieron. Había varios collares de perlas, un juego de aretes, y un reloj en forma de prendedor con una cadena. Eran las joyas de doña Brígida.

Alondra tomó el reloj en la mano y lo colocó en la palma abierta. Se acordó que la anciana jugueteaba con el prendedor. Sacudió la cabeza y lo volvió a colocar en su lugar. El otro cajón estaba cerrado con llave. Le colocó la misma barra de metal y rompió la cerradura de un jalón. Contenía una paquete de cartas envueltas con una cinta. Tomó el paquete y le dio vuelta, escudriñando los sobres arrugados y amarillentos. Fue hacia la ventana; necesitaba más luz para poder leer la letra. En cada sobre decía *Brígida*.

Alondra metió el paquete en el frente del overol que tenía puesto. Las miraría más tarde. Volvió al armario y estaba por cerrarlo cuando vio una caja de cartón detrás de los vestidos. Separó las vestimentas para ver mejor.

Acercó la caja; era pesada pero la podía mover. La caja cayó al suelo: estaba amarrada con una soga. Estaba llena de fotografías. Eran antiquísimas, muchas eran daguerrotipos. Sacó una, era una joven Brígida, quizá de quince o dieciséis años. Su postura, la manera en que mantenía erguida la cabeza, las cejas, junto con el reloj en forma de prendedor —no podía ser nadie más que ella. Miró el dorso y vio una fecha: 1901.

Alondra levantó la caja entera y la sacó del ático. Cuando llegó a la veranda de servicio puso la caja y las cartas en el armario de las escobas, luego fue al baño y se quitó la ropa.

Se quedó parada, desnuda, por mucho tiempo, echando la cabeza para atrás, respirando profundamente, tratando de tranquilizar el latido vigoroso de su corazón. Don Flavio las había escondido después de la muerte de su hermana, estaba convencida. Deben ser importantes. Alondra se preguntó si él había revisado las cosas en el armario, así como ella estaba por hacerlo.

—Probablemente no. El viejo loco seguro sólo ordenó que llevaran las cosas al ático y que cerraran la puerta con llave. Luego puso la llave en el llavero y se olvidó.

Alondra mascullaba mientras que se lavaba el cabello y el cuerpo, tratando de sacarse el hedor de la piel. Después de cenar se quedó sola en la cocina.

ଔ ଔ ଔ

Alondra puso a hacer otro café, luego colocó la caja debajo de la luz y empezó a desempacarla. Cuando metió la mano, sus dedos encontraron el paquete de cartas. Al jalar la cinta, ésta se desintegró. Abrió el primer sobre cuidadosamente y sacó la carta. Vio la fecha y luego el saludo.

3 de enero de 1913.

Querida Brígida,

Alondra tardó un rato antes de poder leer las palabras que seguían. Farfulló, irritada por no hacerle caso a su abuela, quien con frecuencia le había aconsejado practicar el hablar y escribir en español. Miró la firma al pie de la carta.

Te ama, Velia Carmelita.

Alondra se recostó contra el respaldo de la silla para aliviar la presión en la espalda mientras leía la carta palabra por palabra. Era corta, pero el mensaje era claro: era una carta de amor escrita por Velia Carmelita a doña Brígida. Alondra cerró los ojos, mentalmente poniendo en orden los nombres y los parentescos: Velia Carmelita era la abuela de Samuel, la esposa de don Flavio.

—¡Caray!

Alondra sintió remordimiento por haberse entrometido en algo que era muy privado mientras miraba el papel amarillento. Pero no podía no evitarlo. Miró por la ventana, afuera estaba oscuro y mojado, pero no pensaba en el clima; estaba calculando fechas.

Doña Brígida debe haber tenido la edad de Alondra cuando ésta última leyó la carta. Alondra jamás había oído palabras como éstas —palabras que expresaban un amor que había transformado las planicies, las sierras y las barrancas en un paraíso. A la edad que tenía, nadie nunca le había dicho: *Gracias a ti, el mundo tiene significado.*

Alondra siguió mirando la oscuridad, sentada en la silla y escuchando los ruidos de la calle, pero el barrio estaba dormido; nada se movía. Tenía la frágil carta en ambas manos y pensó sobre el misterio de un amor entre dos mujeres. Estaba perpleja; esa idea nunca se le había ocurrido cuando pensaba en doña Brígida, pero ahora que se le había presentado, Alondra estaba contenta y extrañamente, sentía envidia.

Volvió a colocar la carta en el paquete y lo puso a un lado. Ahora que sabía lo que contenían las cartas, decidió no leerlas. Una lo había dicho todo y las demás deberían mantenerse secretas, incluso para ella. Pero decidió guardarse las cartas; para valorar y respetarlas como si fueran suyas.

Capítulo 19

Alondra se despertó el día siguiente de mal humor y sintiéndose decepcionada. Había esperado encontrar algo que le ayudaría a descubrirse a sí misma, pero en vez de eso lo que había encontrado tenía que ver con doña Brígida. Trató de calmar la irritación que sentía, diciéndose que las fotos quizá le ayudarían a descubrir algo.

Se volvió a quedar despierta después de la cena esa noche para examinar las fotos de doña Brígida. Prendió el fuego debajo de la cafetera, sacó la caja del armario y empezó a revisar el montón, separando las fotos de acuerdo con sus tamaños. Las más grandes estaban montadas en marcos de cartón gris; las más pequeñas estaban sueltas; casi todas tenían los bordes rasgados y desgastados.

La primera foto grande era la de la boda de don Flavio. Estaba sentado en un sillón elegante con patas y apoyabrazos dorados. A su lado había una columna coronada con un enorme ramo de flores y Alondra pudo ver un telón de fondo que mostraba un volcán cuya cima estaba cubierta de nieve. Era joven —quizá veinte y tantos años, quizá, treinta. Estaba vestido de negro, con botas altas y tenía un sombrero elegante en sus manos. Tenía levantado el mentón porque llevaba un cuello almidonado y ancho; su corbata también era ancha y tenía un nudo delicado; llevaba un gemelo en la pechera de la camisa.

—Hmm. Don Flavio era guapo. ¿Cómo se convirtió en un viejo loco?

La foto desteñida no disminuyó su aspecto guapo. Su cabello era grueso, rubio y ondulado, hasta su mostacho, en forma de un manubrio de bicicleta, era de color claro. Alondra también podía ver que sus ojos eran azules, casi transparentes. Cuando se concentró en la cara, vio la cara de Samuel reflejada ahí.

Parada al lado de don Flavio, una mano delicadamente colocada en el hombro de su esposo, estaba Velia Carmelita. Era de estatura mediana; casi de la estatura de su marido sentado. Estaba vestida a la moda del fin de siglo; Alondra calculó que no habría tenido más de diecisiete o dieciocho años. A Alondra le pareció que era bella. Sus ojos, boca y nariz le hicieron recordar las facciones de las estatuas que había visto en libros. Hasta los cabellos que se habían escapado del velo le daban la apariencia de una figura en un libro de arte. Estaba sonriendo, pero tenía una mirada casi de dolor.

—Quizá tenía los zapatos apretados y le estaban doliendo los pies.

Alondra se estaba cansando, así que empezó a mirar las fotos con menos concentración. Miró brevemente a una que mostraba ganaderos elegantemente vestidos en trajes de charro. Había otra foto de don Flavio con Velia Carmelita y doña Brígida haciendo picnic. Sonreían de manera afectada al fotógrafo, mientras que sirvientes indígenas les servían.

Alondra estaba perdiendo la paciencia. Ésa era la única foto en la que estaba doña Brígida. Agarró la caja y vertió todo el contenido en la mesa y empezó a seleccionar fotos al azar. Miró rápidamente cada una, luego las echó a un lado. Al mirar rápidamente cada foto se veían patios con pisos de baldosas brillantes y plantas en macetas. Las fotos de los bailes formales, matrimonios, bautismos y otros acontecimientos, la cansaron aún más.

En una aparecía Don Flavio, tieso y arrogante, montado en un gran caballo negro; tenía una fusta en la mano. La atención de Alondra quedó enfocada en el indígena parado al lado del caballo, sosteniendo la brida. Tenía puesto un enorme sombrero que casi le tapaba toda la frente hasta las cejas, pero sus facciones eran claramente visibles. Se quedó mirando detenidamente la cara del indígena; algo se removió en su memoria. Siguió mirando a la foto por varios minutos, la movió en diferentes direcciones para cambiar la luz. Sin poder recordar nada, se encogió de hombros y siguió a la próxima fotografía.

Alondra se tiró contra el respaldo de la silla en frustración, aceptando que no había nada en esa caja para ella. La próxima foto que le llamó la atención fue la de un bebé vestido en las vestimentas de un bautismo. Miró al reverso y vio: *El bautizo de Isadora Betancourt. Hacienda Miraflores, 1913.* Miró el frente nuevamente, queriendo ver cómo era y si Samuel se le parecía, pero Alondra no vio mas que la carita pequeña y algo hinchada de un recién nacido. Luego se acordó de la hermana de Isadora, la cabra, y empezó a mezclar las fotos en busca de otra, pero no había nada. Frustrada y enojada tiró la foto en la pila que se estaba amontonando delante de ella.

—Al fin y al cabo no había ninguna cabra. Aquí no hay más que un montón de mierda de los Betancourt.

Estiró las piernas, porque una se le había acalambrado dolorosamente. Luego se paró y se preparó otra taza de café. Alondra no había notado que ya estaba amaneciendo. Los primeros rayos del sol estaban entrando a la cocina, difuminando la luz que venía del cielo raso.

—Algo falta. Alguien ha metido manos en estas fotos, —se dijo a sí misma.

—¿Qué fotos?

Úrsula entró a la cocina con el cabello todavía mojado del baño.

—Buenos días, Abuela. No me di cuenta que estaba hablando en voz alta.

—¿Has estado aquí toda la noche, Niña?

—Sí.

—¿Dónde encontraste esas fotos?

—En al ático. Estaban en el armario de doña Brígida, junto con otras cosas.

—Um. —Úrsula movió un dedo rechoncho distraídamente, empujando una foto hacia la izquierda, otra hacia la derecha. Ladeó la cabeza, una expresión curiosa en la cara—. Éstas no las había visto antes.

—¿No? Creí que me había dicho que miraba las fotos de doña Brígida todo el tiempo.

—Sí, pero éstas no eran de ella. Estoy segura.

La cara de Alondra mostró satisfacción. Alguien había sustituido estas fotos por las de doña Brígida. Se puso de pie y sintió una ráfaga de energía nueva, a pesar de una noche sin dormir.

—Hoy voy a entrar a la habitación de doña Brígida.

—¡No, Niña!

—Sí, Abuela. Hay más para ver. Quizá lo encuentre ahí.

—¿Qué? ¿Qué estás buscando?

—Se lo mostraré cuando lo encuentre. Entretanto, tomemos el desayuno, estoy muerta de hambre.

ଔ ଔ ଔ

Alondra fue a la puerta de la habitación de doña Brígida armada con un fierro. Le temblaban un poco las manos al insertar el extremo del fierro entre la puerta y el marco. Dio un jalón y se oyó el resquebrar de la madera. La puerta se abrió. Alondra no se movió.

Tuvo que admitir que tenía miedo. Especialmente cuando una corriente de aire que pasó por encima de su overol le dio escalofríos. Un olor húmedo y agrio le subió por la nariz.

Se acordó de cómo era la habitación el día en que doña Brígida murió. Alondra observó el techo alto, las cortinas de terciopelo medio caídas, la antigua araña de luces, la cama de cuatro columnas. Esas imágenes flotaban en la oscuridad, y Alondra no estaba segura si estaba viendo la realidad o sus memorias.

Se le ocurrió de repente que tendría que haber electricidad en el cuarto. Sus dedos buscaron al lado de la puerta hasta que encontró el interruptor antiguo a botón. Aun cuando se prendió la luz, se sintió como la niña que había entrado tímidamente al cuarto, agarrada de la mano de su abuela. Alondra sacudió la cabeza para volver al presente.

Dio unos pasos para entrar a la habitación y vio que todo estaba tal como había estado durante la vida de doña Brígida. Estaba empezando a perder interés cuando notó el armario grande que estaba contra una de las paredes.

Estaba vacío. Alguien había sacado todo de los cajones de abajo. Don Flavio se había asegurado que no quedara nada. Alondra se dio vuelta con la intención de salir y decirle a su abuela que parecía que la habitación no tenía ningún espíritu malévolo que se tenía que liberar. Pero notó que el armario estaba delante de lo que parecía ser una puerta. Volvió y trató de empujar el armario hacia un lado con el hombro, pero aunque estaba vacío, el mueble era demasiado pesado para moverlo. Trató de desplazarlo con la espalda y las nalgas, haciendo fuerza con los pies contra el piso. Por fin, con mucho esfuerzo y respirando profundamente, Alondra pudo alejar el armario de la pared. El armario había ocultado la puerta de un closet.

०३ ०३ ०३

Encontró pilas de cajas. No había suficiente luz para leer las inscripciones y fue corriendo a la veranda de servicio para buscar una linterna. Alondra estaba tan absorta en lo que hacía que no notó a Úrsula parada al lado de la estufa, cuando pasó corriendo por la cocina.

Cuando volvió a la habitación, Alondra sacó una caja y la llevó a la ventana. Se sentó en el piso para ver lo que contenía. Dio un grito: Era la colección de fotos de doña Brígida. Aquí estaba Brígida con Velia Carmelita a su lado. Vestidas las dos en vestidos blancos que parecían ser de gasa, las dos estaban sentadas afuera en un banco de mimbre, las cabezas viradas una hacia la otra, casi tocándose. Alondra miró cuidadosamente y vio que Velia Carmelita mostraba indicios de un embarazo. Las dos estaban sonriendo y tomadas de la mano.

Había docenas de fotos, pero Alondra miró cada una, estudiando, comparando y absorbiendo a Brígida y a Velia Carmelita cuando eran jóvenes. Sus ojos observaron su belleza y la alegría de sus facciones. En una tenían guitarras en la mano; en la otra, caminaban del brazo en la sombra bajo los arcos y las columnas. Otra las mostraba en un carruaje; sentadas debajo de un árbol o al lado de un arroyo, cada foto mostraba a Velia Carmelita más y más embarazada y se veía cómo Brígida sentía más y más cariño por ella.

Alondra se estaba empezando a marear del cansancio. Cerró

los ojos hasta que se le pasó el mareo. Cuando miró de nuevo vio una foto que la cautivó: dos niños —un varón y una niña. Alondra reconoció a don Flavio y a doña Brígida. Detrás de ellos estaba parada una joven indígena; su imagen causó que le pasara un estremecimiento vago. Se fijó con más cuidado en la foto y confirmó lo que había pensado en el primer vistazo. Ella, Alondra, se parecía a la mujer de tez oscura. Se guardó la foto en el overol. Le preguntaría a Úrsula acerca de esa mujer.

Cuando volvió al closet levantó la linterna para ver una cantidad de cajas pequeñas en una repisa. La inscripción en una caja decía: *Sanatorio de San Juan de Dios —Zapopán*. Adentro había una pila ordenada de recibos, cada uno marcado PAGADO, junto con un cheque cancelado. Cada cheque tenía la firma de don Flavio. La fecha de la primera cuenta era de octubre de 1939. Volvió al armario, se salteó las otras cajas y arrancó la última. Fue a la ventana y se forzó a traducir: *Servicios y asistencia prestados a Isadora Betancourt*. La fecha era del mes antes de la muerte de don Flavio.

—¡Isadora Betancourt! ¡Chispas! La mamá de Samuel. —Alondra se apoyó contra la pared y miró al armario. Don Flavio había ocupado la habitación de su hermana, después de su muerte, para guardar las cosas que consideraba secretas—. ¿Pero cómo hizo para mover el armario cuando estaba tan débil?

Frunció el ceño, tratando de imaginarse a ese hombre frágil, moviendo ese mueble tan pesado que a ella le había tomado tanta energía. Meneó la cabeza, asombrada de la obsesión que tenía el viejo con sus secretos.

—Viejo loco. Si su hija está enferma, está enferma. ¿Por qué tanto secreto? ¿Por qué tratar de esconderlo? —Alondra se metió la factura en el overol con la intención de también mostrárselo a Úrsula. Sin molestarse en poner las cosas de vuelta en su lugar, salió del cuarto en busca de Úrsula.

Úrsula estaba planchando una sábana cuando Alondra le pidió que se sentara con ella. Desconectó la plancha y siguió a Alondra a la cocina donde se sentaron las dos a la mesa.

—¿Qué pasa?

—Mira esta foto, Abuela. ¿La has visto antes?

Úrsula entrecerró los ojos tratando de enfocar la fotografía, pero no fue hasta que la alzó y la tenía a la distancia del brazo que la reconoció. Se sonrió, recordando la primera vez que la había visto.

—Sí. Estos son doña Brígida y don Flavio cuando eran niños.

—¿Y la india? ¿Quién es?

Úrsula puso la foto en la mesa y se puso las manos en el regazo. Frunció los labios antes de contestar.

—Doña Brígida me dijo que era su mamá.

—¿Qué? ¿Su mamá? Pero ésta es una india, Abuela. Yo creí que ellos eran gente blanca.

—Sí. Yo también así creí, pero creo que doña Brígida estaba diciendo la verdad. Me lo dijo muchas veces; cada vez que yo le sacaba el polvo a la foto. Me dijo que su mamá era una india de las tribus de Jalisco.

Alondra sacudió la cabeza y dejó rodar los ojos. Tomó la foto y la miró nuevamente por un rato, virándose hacia la ventana para tener mejor luz.

—Yo me parezco a ella.

Úrsula quedó tensa, sus dedos apretados le dejaron manchas amarillentas en el dorso de las manos. El momento que tanto había temido había llegado; ahora estaba enfrentando la realidad, ahora sí tenía que decirle la verdad a Alondra. Se le secó la boca y trató de sacar saliva del paladar para poder hablar. Miró a la mesa, preguntándose por dónde empezar.

Las dos mujeres quedaron calladas por mucho tiempo; un chorrito de agua de una llave rota goteaba sin cesar. Se veía la concentración en la cara de Úrsula, parecía que estaba escuchando algo que venía de lejos. Alondra la miró, notando cómo la lámpara del techo le cubría de sombras oscuras la cara, como si estuviera esculpida de una madera oscura o formada de un barro endurecido. Su cabello, todavía grueso, era casi blanco y las trenzas parecían apretadas sogas grises.

—También encontré este papel ahí arriba en el closet.

Úrsula dio un suspiro de alivio cuando Alondra interrumpió.

Cualquier cosa iba a ser fácil en comparación con la foto, porque hacía tiempo que Úrsula había visto el parecido entre Alondra y su bisabuela indígena.

Alondra puso la factura en la mesa, alisando las arrugas con la palma de la mano. Esperó para que Úrsula la leyera, pero después recordó que su abuela no sabía ni leer ni escribir.

—Dice que Isadora Betancourt está en un tipo de hospital.

—¿Qué? —Úrsula se arrimó al borde de la silla con violencia. Puso las dos manos en el papel, como si quisiera *sentir* lo que estaba ahí escrito.

—Sí, Abuela. Aquí mismo dice su nombre, el lugar del hospital y la fecha.

—¿Desde hace años?

—No, desde hace unas pocas semanas. Mira. Don Flavio todavía vivía.

—¿Cómo se llama el hospital?

—Sanatorio San Juan.

Úrsula cerró los ojos y se dejó caer sobre el respaldo de la silla, tratando de encontrar algún apoyo para su cuerpo. Nunca había dudado que Isadora vivía, pero saber que había estado en un asilo por tantos años le marchitó el corazón. Úrsula tardó unos segundos en recordar y juntar todo lo que había pasado durante esos días tristes que acabaron con la desaparición de Isadora. Ahora ella sabía que cuando don Flavio se había marchado con el chofer era para condenar a Isadora a una tumba.

—Abuela ¿se siente bien? Parece enferma.

—Estoy bien.

—¿Por qué le parece que el viejo loco mantuvo este secreto? Era su hija y él hizo de cuenta que ella estaba muerta. ¿Y qué de Samuel? Él cree que ella está muerta, pero no es así. Mira, aquí mismo dice. ¿Qué enfermedad tan terrible podría tener alguien para que su propio padre la ocultara?

Úrsula batalló para controlar el zumbido en los oídos. Contuvo la respiración hasta que pudo recobrar la valentía que necesitaba. Rezó silenciosamente. Alondra y Samuel habían sido privados de su madre, e Isadora había sido despojada de sus hijos y de una vida en libertad. Su corazón se rompió pensando en los años de prisión de Isadora, sintió vergüenza por haber participado en la red de intriga y engaño que don Flavio había tejido.

—Hija, escúchame. Ese sanatorio no es un hospital. Es un lugar para los que están mal de aquí. —Úrsula puso su dedo en la sien, haciendo la señal de locura. Esperó a que Alondra dijera algo.

—¿La mamá de Samuel está loca?

—¡No! Ahora sé que don Flavio la puso ahí para castigarla.

—¿Por qué?

—Por amar a El Rarámuri.

Alondra se le quedó mirando, atónita, uniendo memorias y cuentos. No le quitó los ojos a Úrsula. Cuando logró hablar, su voz era apenas un susurro.

—¡El Rarámuri! Usted me dijo que él fue mi padre.

—Sí.

—¿Isadora lo amaba?

—Sí.

—¿Qué le pasó?

—Don Flavio mandó que lo asesinaran.

—Y encerró a Isadora en un sanatorio.

—Sí.

Alondra se paró, caminó al fregadero y se quedó mirando por la ventana. Estaba empezando a anochecer; y nuevamente, llovía. Se volteó para enfrentar a Úrsula, batalló con el gran ruido que poco a poco invadía su cabeza. Miró fijamente a su abuela por instantes que parecieron un sinfín de tiempo mientras que revivía su niñez de soledad y dudas.

—¿Ella era mi mamá?

—Sí.

—¿Y Samuel es mi hermano?

—Sí.

—¿Y don Flavio era mi abuelo?

—Sí.

—¿Y doña Brígida era mi tía abuela?

—Sí.

—¿Y usted, quién es usted?

—Niña, aquí en mi corazón, soy tu abuela, pero la verdad es que soy igual que doña Brígida, soy tu tía abuela.

Por años, Úrsula se había imaginado la furia que Alondra sentiría al enterarse de la verdad. Por dentro se había lamentado la llegada de este día, porque el amor de Alondra era todo para ella. No entendió cuando Alondra se le acercó, se le arrodilló al lado y puso la cabeza en su regazo. Úrsula respondió con un fuerte abrazo; sintió que el cuerpo de la joven estaba en paz.

—Niña ¿me perdonas por no haberte dicho la verdad?

—Usted sí me dijo la verdad. El Rarámuri era mi papá y como usted dijo, mi mamá era la que no moriría, aunque había sido despellejada. Lo que no me dijo fue lo que el viejo loco le había hecho a su propia hija y eso fue porque usted no sabía la verdad.

Úrsula estaba sorprendidísima. Eso no lo había esperado, pero estaba tan feliz que le faltaban palabras. Tomó a la joven por los hombros y la miró a los ojos.

—¿Qué vas a hacer, Hija?

—Primero, voy a decirle a Samuel que somos hermanos. Después iremos a México para buscar a nuestra mamá.

ଓଃ ଓଃ ଓଃ

Mientras que Alondra esperaba la llegada de Samuel pensó en los motivos de don Flavio. No importa cuánto ni cómo trató de entenderlo, encontró que su rencor era incomprensible. Alondra se preguntaba por qué su abuelo había ordenado el asesinato de su padre. ¿Habrá sido porque era indio? La propia madre de don Flavio había sido indígena de las tribus de Jalisco. ¿Tanto detestaba la parte de sí mismo que estaba habitada por el espíritu de su madre? E Isadora ¿qué de ella?

La soledad que Alondra había sentido como niña regresó con mayor intensidad y profundidad. La inquietud la poseía. Se pasó noches empacando y desempacando la maleta que decidió llevar cuando fuera en busca de su madre. Se miraba en los espejos tratando de ver las facciones de Isadora, rasgos de Brígida y Velia Carmelita. Pero lo que veía era la cara color café de la madre de don Flavio.

Pasaron días antes de que Samuel por fin llegara a Los Ángeles. Alondra y Úrsula le abrieron la puerta, lo abrazaron y lo besaron; todos fueron enseguida a la cocina, donde Alondra sirvió café. Alondra apenas podía quitar los ojos de Samuel mientras que Úrsula le contaba la historia de su madre: su casamiento y el nacimiento de Samuel; el abandono por parte de su padre, Eloy; su amor por Jerónimo, El Rarámuri; el nacimiento de Alondra y el asesinato de su padre; la desaparición de la madre de ellos y el exilio impuesto de todos a Los Ángeles.

Samuel escuchó todo en total silencio, sosteniéndose la cara en las manos y los codos balanceados en la mesa. Sus ojos estaban casi cerrados; de vez en cuando se movían un poco los párpados. Sus labios estaban comprimidos en una línea recta, como si su cara fuese una máscara. Alondra vio que apretaba y soltaba la mandíbula al tragar; los músculos del cuello estaban tiesos. De vez en cuando, durante el relato de Úrsula, Samuel pasó la mano por encima del certificado que verificaba el paradero de Isadora.

Cuando Úrsula acabó, él la miró por mucho tiempo, sin expresión alguna en la cara. Su memoria volvió a las vagas imágenes de una cueva, de un hombre color café con cabello largo que le mostraba plantas, aves e insectos. Samuel dejó entrar a su memoria imágenes de corredores con arcos y columnas, de un establo, de una mujer de cabellos dorados que acariciaba su frente. Ruidos fuertes y gritos de sirvientes que corrían de aquí para allá, desorientados, gritando que se llamara a un médico, pidiendo agua caliente y vendajes que empezaron sólo como ecos lejanos y luego con mayor enfoque en sus recuerdos.

Meneó la cabeza de lado a lado escuchando la voz que solamente él podía oír.

—¿No me cree, Samuel?

Se apretó las manos fuertemente y encorvó la espalda, casi escondiendo la cara. Sacudió la cabeza, se tironeó el lóbulo de la oreja, se pasó la lengua por los labios, pero aún después de varios minutos era incapaz de hablar.

—¿No me cree?

—Úrsula ¿por qué no le dijiste todo eso por lo menos a

Alondra? Ella hace tiempo que es adulta. ¿Por qué ahora?

—Porque tenía miedo.

—¿Pero miedo de qué?

—De don Flavio.

—Pero el abuelo estaba tan débil por tanto tiempo. ¿Qué te podría haber hecho?

Úrsula no pudo negar la verdad de lo que Samuel decía. Pero igual, un temor inexplicable la tenía en sus garras, la tenía convencida que don Flavio, de alguna manera, por más que se desvanecía, todavía tenía el poder de destruir a Alondra. Úrsula no contestó.

Samuel meneó la cabeza nuevamente y dio un suspiro de desesperación. Lo atormentaban impresiones casi olvidadas de su madre, la sensación de sus manos en su cara, por ejemplo. Quería creer que su madre seguía viva, pero no podía.

—Ella ya no vive.

—¿Por qué no?

—Han pasado demasiados años, Alondra. ¿Quién podría haber aguantado tanta miseria?

—Los prisioneros duran más en las penitenciarías.

—Quizá. Pero no puedo creer que ella esté viva.

Úrsula por fin habló. —¿Y qué de este papel? ¿Eso no comprueba que está viva?

—No. Yo creo que es un certificado falso. Alguien en México estaba estafando al viejo; alguien que le sacó miles de pesos a través de los años. Aunque estuviera viva ¿han pensado que quizá sería mejor dejar todo tal como está? Deja las cosas como están, Alondra. Cásate, ten hijos, haz tu propia familia.

Alondra miró a Samuel como si no lo conociera y se le nublaron los ojos. Su cuerpo se puso tenso y apretó los puños contra la mesa.

—Yo no podré hacer nada hasta que esté segura de lo que le pasó. La voy a buscar.

—Y si la encuentras ¿qué vas a hacer?

—Yo . . . yo me la traeré ¡para que viva con nosotros!

—Yo me iré con Alondra —interrumpió Úrsula. La determinación en su cara y en su cuerpo le daba un aspecto menos anciano, menos frágil; puso las manos en la mesa para enfatizar lo que había dicho.

—¡Ay, vieja! Eres demasiado vieja para éstas . . .

—¿Quién es demasiado vieja, Samuel? ¿por qué? ¿Por qué crees que ella ya no está viva?

—Yo ya no sé qué pensar. ¿Cómo creen que me siento, después de oír todo lo que me acaban de decir? Mi padre un sinvergüenza; mi abuelo un asesino; mi madre en un manicomio, ¿y todavía me preguntan lo que pienso?

—¿Y por qué no agregas la parte que tiene que ver conmigo?

Samuel miró a Alondra con la cara enrojecida. Abrió la boca varias veces, pero no le salían palabras. Por fin pudo decir,

—Alondra, yo siempre te consideré mi hermana. Siempre te he querido como hermana. Lo que Úrsula acaba de decir no agrega ni quita nada de lo que siento por ti. Nadie me tiene que decir que eres mi hermana. Siempre lo he sabido aquí. —Dejó de hablar y se tocó el pecho, estaba emocionado.

—De cualquier manera, si yo fuera tú, no iría, —continuó obstinadamente—. Es demasiado arriesgado. México no es un lugar fácil para los desconocidos.

—Úrsula y yo no tendremos problemas. ¿No es así, Abuela?

—Sí.

Samuel se levantó y empezó a caminar alrededor de la cocina mientras que Alondra seguía hablando.

—Necesito dinero. Por favor, préstamelo. Te lo devolveré en cuanto volvamos.

—No es cuestión de dinero.

—¿Entonces qué? ¿Cuál es la razón?

—Ya te dije, es demasiado peligroso, Alondra.

—Acompáñanos.

—No puedo dejar a mi familia.

—Entonces préstame el dinero y yo iré a encontrar a nuestra mamá.

Samuel se detuvo a mitad de paso y miró a Alondra como si recién la hubiera visto. Mordió su labio nerviosamente.

—Nuestra mamá. —Volvió a su silla y se sentó en el borde,

levantando y bajando las rodillas con los dedos del pie.

—Está bien. Déjame ver cuánto cuesta un pasaje de avión al aeropuerto más cercano a Zapopán. Creo que queda cerca de Guadalajara.

—¿Un avión? —Los ojos de Úrsula se abrieron y puso cara de miedo—. ¡Jamás! Les tengo terror a esas máquinas del demonio.

Alondra encogió los hombros y le extendió la mano a Úrsula, dándole palmaditas en la mano. —Podemos tomar el tren. Ya hice las averiguaciones. Sale de Mexicali. De ahí, nos llevará a Guadalajara. Cuando lleguemos a esa ciudad tomaremos el autobús a Zapopán.

—¿Cómo sabes todo eso? —interrumpió Samuel.

—Hice unas llamadas telefónicas. Eso es lo que he estado haciendo mientras que te esperábamos.

—Bueno ¡okay! Las llevaré a la estación. Podremos comprar los boletos al llegar.

—Salgamos mañana.

—¿Tan pronto?

—Nuestra mamá ha esperado demasiados años. Yo no quiero que espere más.

03 03 03

El viaje de Los Ángeles a Mexicali comenzó temprano el día siguiente. Era una mañana gris y fría de noviembre y el camino largo por el desierto fue monótono. Cuando cruzaron la frontera en Calexico, Samuel se encaminó hacia la estación del tren donde compró los boletos para un vagón Pullman. A la hora de abordar, Samuel caminó con Alondra y Úrsula a la plataforma, donde las ayudó a subir al vagón y les colocó las maletas en el portaequipajes encima de los asientos. Las dos mujeres estaban emocionadas; ninguna había viajado por tren. Cuando se dio la señal que los visitantes se bajaran del tren, Samuel las abrazó y besó. Nuevamente en la plataforma, se paró debajo de la ventanilla de ellas, sonriéndoles cuando el tren arrancó. Úrsula y Alondra también le sonrieron y le agitaron las manos en despedida hasta que desapareció de la vista.

Capítulo 20

El viaje por los estados norteños de México llevó a las dos mujeres a través de grandes extensiones de desierto. Alondra se pasó horas mirando el paisaje, cautivada por la luz del sol que cambiaba tonos entre la arena y los cactos. Pensó en su mamá, y en las cartas de amor de Brígida, las cartas que ella había empacado junto con sus otras cosas. Pero más que nada, ella y Úrsula se pasaron el tiempo hablando. La mujer anciana le contó de sus recuerdos de Isadora, de Brígida, de Celestino y Narcisa y de Jerónimo. Alondra ansiaba saber más de los Rarámuri, de su vida en las cuevas, de su idioma. Úrsula le contó a Alondra de sus días de bebé y de su niñez.

Las ciudades y los pueblos pasaban uno tras otro mientras que el tren ambulaba por los rieles de hierro. Benjamín Hill. Guaymas. Hermosillo. A Alondra también le gustaron las noches cuando caía en un trance provocado por el clic-clac de las ruedas en los rieles y el movimiento del vagón. En esos momentos, revivió su niñez cuando jugaba con Samuel y escuchaba las historias que doña Brígida contaba de la familia.

Llegaron a Guadalajara a medianoche. Estaban fatigadas, pero aun así Úrsula estaba alerta y obviamente energizada al estar nuevamente en México. De ahí en adelante, Úrsula pasó a ser su voz ante todos los desconocidos que las rodeaban.

Tan pronto como amaneció, las dos mujeres encontraron el camino a la estación de autobuses donde Úrsula compró boletos a Zapopán. La estación ya estaba muy concurrida, pero encontraron un lugar en un rincón, lejos de los demás pasajeros, los niños gritones, los carritos chillones y de la gente que se gritaba

213

al despedirse. Algunos pasajeros llevaban no sólo bultos y maletas, sino pequeñas jaulas llenas de pollos y patos. Úrsula se ponía más contenta con cada momento que pasaba.

En medio de sus exhaustas reflexiones, Alondra saltó con el grito del altoparlante:

—Autobús número 31 con destino a Zapopán. ¡Vámonos!

ᘒ ᘒ ᘒ

—¿Señorita, señorita? ¿Está vació este asiento?

Alondra miró a la mujer que le estaba hablando y que apuntaba al asiento detrás de ella. Accedió con la cabeza y la mujer tomó su lugar después de meter una caja de cartón debajo del asiento. Alondra se dio vuelta para ver a la mujer, quien le sonrió y empezó a platicar con ella y Úrsula. ¿De dónde venían? ¿Qué estaban haciendo tan lejos de su hogar? Sí, ella era oriunda de Zapopán y podía darles la información que necesitaban.

Alondra se estiró y miró para atrás cuando el autobús salió a la carretera. Se quedó mirando las dos torres que dominaban el horizonte, rápidamente retrocedían. Se armó de valor para preguntarle a la mujer en el asiento detrás lo que eran.

—Señora, esas torres ¿de qué son?

—Es la catedral de Guadalajara, señorita.

Alondra sabía que ella o Úrsula le iban a tener que pedir a la mujer cómo encontrar lo que buscaban al llegar a la ciudad, pero primero quería relajarse un poco y mirar al paisaje. Sabía que el viaje duraría aproximadamente una hora. Tendrían tiempo para preguntarle.

—Ella es mi abuela, Úrsula; y estamos buscando un hospital, —dijo por fin—. Buscamos el Sanatorio de San Juan. ¿Usted me podría decir cómo encontrarlo?

—Zapopán no es tan grande, señorita. Lo mejor que puede hacer es ir directamente a la basílica; todas nuestras calles empiezan y terminan ahí. Ese hospital es muy grande y usted lo verá inmediatamente cuando esté delante de la iglesia. Se encuentra en una carretera que va a Tesistán. No se preocupe. Pregúntele a cualquiera y le indicarán el camino. ¿Usted y su abuela tienen dónde quedarse?

Alondra no se había tomado el tiempo para averiguar sobre hoteles o pensiones. Estaba segura que iban a encontrar algo. Al fin y al cabo, era 1965 (como le había dicho a Úrsula, quien esperaba lo peor); hasta en Zapopán tenía que haber un hotel. La pasajera puso cara de preocupada, esperando la respuesta de Alondra.

—No, señora, no tenemos dónde quedarnos.

La mujer se puso a pensar. —Yo las invitaría a mi casa, pero no tengo ni un sofá, mucho menos una cama para ustedes dos. Pero tengo una idea. Las monjas del convento El Refugio, alquilan cuartos a mujeres jóvenes como usted.

Úrsula se volteó un poco molesta. La mujer la miró y le dijo, —Señora, mil disculpas. Cuando dije *mujeres jóvenes,* usted, por supuesto, estaba incluida. Todas fuimos jóvenes en algún momento u otro ¿no es cierto?

Úrsula no respondió, pero miró a Alondra con enojo. Alondra adivinó lo que estaba detrás de la ira de Úrsula.

—Abuela, tarde o temprano tendré que hablar por mi cuenta —le susurró—. Deberías estar contenta de que hablo bastante bien el español.

—No lo hablas bien, suenas como una pocha.

℞ ℞ ℞

El autobús entró a la terminal, los pasajeros se pusieron de pie, tomaron sus posesiones y se apresuraron para salir del vehículo. Una vez en la acera, la mujer apuntó en la dirección de la basílica.

—Sigan esta calle hasta llegar a esas torres. ¿Las ven? —Un dedo apuntaba a los capiteles de la catedral. Empezaron a caminar y la mujer de repente se paró y le dijo a Alondra—. Señorita, creo que el hospital que buscan es para locos. ¿Está segura que tiene el nombre correcto? Tenemos otro hospital para los enfermos de otras dolencias.

—Sí, señora, estoy segura. Muchas gracias.

Al caminar por la calle de adoquines, Alondra sintió que estaba dejando su tiempo entrando en un mundo de antaño.

ণ্ড ণ্ড ণ্ড

Alondra le dio un tirón vigoroso a una soga que colgaba a la entrada del convento, lo cual causó el sonido de una campana profunda, esto sorprendió a Úrsula quien estaba perdida en su ensueño. Las dos esperaron unos minutos mirando por las rejas un patio lleno de geranios y claveles en macetas. Había silencio. Sólo se oía el chirriar de unos pájaros enjaulados y el borbotear de una fuente. Alondra jaló la soga nuevamente y esta vez una monja vino corriendo al portón. Era joven y parecía que había estado lavando platos porque sus brazos y manos estaban cubiertos con espuma de jabón.

—Buenas tardes.

—Buenas tardes, señorita. —La monja parecía estar sorprendida por la presencia de las dos mujeres.

—Entiendo que su convento a veces alquila cuartos a . . .

—Por favor, pasen.

La monja se dio vuelta varias veces para mirar a Alondra y a Úrsula, a medida que caminaban por el patio, cruzando un claustro con arcos para entrar a una oficina pequeña y oscura. Cuando abrió la puerta, se sonrió por primera vez, indicándoles que se sentaran. Alondra obedeció y tomó un enorme sillón de madera cuyo asiento y respaldo estaban tapizados de un cuero duro y desgastado. Úrsula se sentó en un sillón parecido. Estaban solas. Ahora ni siquiera se podían oír los pájaros o la fuente a través de las gruesas paredes de adobe. Lo único que podían ver del jardín eran las hojas de una palma apoyada contra la ventana de celosía. Casi todas las paredes del cuarto estaban cubiertas con repisas sobrecargadas de libros. Parecían ser viejos manuscritos; la mayoría encuadernados en piel descolorida, y desde donde estaba sentada, Alondra podía ver que algunos de los títulos ya habían desaparecido.

—Buenas tardes, señorita.

Ni Alondra ni Úrsula habían oído entrar a la hermana, y quedaron sorprendidas de su presencia repentina. Como alumnas en la escuela, se pararon y respondieron en una voz: —Buenas tardes, Madre.

Alondra sintió una sensación de aprehensión por primera vez desde que habían salido de Los Ángeles. En ese instante, se preguntó si Samuel había tenido razón —que esto podría haber sido un error.

La monja estaba vestida con un hábito marrón de tela tosca que colgaba hasta el suelo, y con un griñón y un velo negro en la cabeza que dejaba relucir la tez transparente de su cara. Aparentaba unos cuarenta y pico de años. Sus ojos brillaban pero estaban muy hundidos, su nariz era un pico y sus labios finos curvaban hacia abajo. Alondra pensó que parecía un pájaro.

—¿Entiendo que ustedes necesitan un cuarto?

—Sí, Madre.

—¿De dónde son? No son de estos lares.

—No, no somos de aquí. Pero mi abuela, Úrsula, es de Chihuahua. Yo soy de Los Ángeles, California, y estoy visitando a Zapopán, en esperas de poder encontrar a alguien.

Las cejas de la monja se levantaron. Mantuvo esa expresión mientras que miraba fijamente a Alondra.

—Estoy aquí en busca de una persona internada en el Sanatorio de San Juan de Dios.

—¿Un pariente?

—Sí. Mi mamá.

La monja les hizo señas para que se volvieran a sentar y ella tomó otra silla. Su cara se suavizó mientras reflexionaba. Miró por la ventana unos minutos, aumentando la ansiedad que sentían. Por fin se dio vuelta a mirar a Alondra.

—Discúlpeme, señorita, por mi falta de respeto. Me llamo

Sor Consuelo y por el momento soy la superiora de esta comunidad. ¿Su abuela se llama doña Úrsula? ¿Me puede decir su nombre?

—Alondra Santiago.

—Pues, Alondra, hablemos un poquito. Usted y su abuela están bienvenidas aquí y pueden contar con un cuarto en el que se pueden quedar mientras siguen con su búsqueda. Aunque nuestros huéspedes no viven dentro del convento, tenemos unos cuartos del otro lado del patio. La mayoría de nuestros visitantes los encuentran bastante cómodos. Tenemos un comedor para ustedes, es pequeño pero adecuado, donde pueden comer. Tendrán que compartir un baño y les proporcionaremos toallas limpias y jabón todos los días.

Alondra se sonrió, y miró a Úrsula cuya expresión denotaba que ella también estaba satisfecha. Ella dijo silenciosamente: Doña Úrsula.

—Tenemos pocas reglas a las que se tendrán que atener. La primera es que participen todas las mañanas en la misa para la comunidad. La celebración empieza a las siete y media; después de eso se sirve el desayuno. Las hermanas cantan Maitines a las siete. Ustedes son bienvenidas si quieren participar con nosotras, pero no tienen obligación de hacerlo.

—La regla más importante de nuestro convento es ésta: Nuestro portón se abre a las ocho de la mañana y se cierra a las ocho de la noche. Durante esas horas, nuestros huéspedes pueden ir y venir como quieran. Sin embargo, cualquiera que no esté en el recinto cuando se cierre el portón tendrá que dormir en otro lado.

Sor Consuelo miró a Alondra; ella estaba sonriendo ahora.

—Sí, Madre. ¿Cuánto debemos darle como depósito? No estoy segura de cuántos días estaremos aquí.

La monja se paró y le dijo a Alondra, —Yo no me encargo de esa parte de nuestro hogar. Sor Sarita, la que las dejó entrar, se encarga de nuestros huéspedes. Ella les dirá el costo del cuarto y cuándo le deberán pagar—. Sor Consuelo se volteó hacia Úrsula y le dio la misma sonrisa radiante.

—¿Cuánto tiempo hace que su mamá es paciente en el sanatorio?

Alondra abrió los ojos y se volteó a Úrsula para que la ayudara. No sabía la respuesta.

—Desde 1939 —contestó Úrsula.

La monja levantó las cejas y frunció la boca. —No se desilusionen si no consiguen información con respecto a su mamá. El lugar es conocido por mantener sus secretos.

—¿Secretos?

Sor Consuelo suspiró. —Es un asilo para los ricos y la mayoría de los pacientes están internados en silencio, incluso ocultos. Algunas familias tienen vergüenza de que algo como la demencia les haya tocado. Debo confesar que nunca lo he podido entender. Sin embargo, la gente es rara y cree que la locura es algún tipo de desgracia o escándalo.

Alondra se alejó de Sor Consuelo y fue a la ventana. De ahí podía ver la fuente y los pájaros enjaulados. Las dudas que había sentido unos minutos antes se desvanecieron. Se dio vuelta para mirar a la hermana.

—¿Por dónde podemos empezar?

—¿Conocen a alguien con influencia en Zapopán?

—La conocemos solamente a usted.

La monja sonrió irónicamente y le brillaron los ojos. Metió las manos debajo del escapulario que caía frente a su hábito y frunció el ceño.

—El doctor Silvestre Lozano, el director, es un patrocinador de este convento y nos ha ayudado con frecuencia cuando le hemos pedido ayuda. Es un hombre bueno. Pasó a ser el director del asilo hace poco, hace menos de dos años. Denme tiempo para hablar con él sobre su madre. Creo que eso les ahorrará tiempo y, espero, cualquier desilusión.

—Gracias, Madre. Mientras esperamos, creo que sería buena idea ir al lugar. ¿Dónde está el hospital?

—Bien cerca. Todo en Zapopán está cerca. Si dan vuelta en

una esquina por equivocación, no tienen que hacer más que volver a la basílica y empezar de nuevo. —Sor Consuelo se sonrió, pero Alondra creyó que había detectado indicios de compasión o lástima en sus ojos.

—A veces es mejor dejar en paz a los que sufren de demencia, Alondra. Quizá sea más prudente dejar las cosas como están.

—¿Qué si se interna a alguien por otra razón, no por demencia?

—Más razón todavía para no entrometerse. Si la persona ha sido colocada en un asilo injustamente, quiere decir que hay gente con mucho poder por detrás. Cualquiera, especialmente un extranjero, que no conoce los métodos de ese lugar, haría bien en mantener su distancia.

—Madre, mi mamá fue internada en ese lugar por su padre como castigo; ella no estaba loca. Él ahora ha muerto, de modo que desafortunadamente, él se ha escapado de lo que merecía. Pero si ella está viva, nada y nadie me detendrá. Pienso llevármela.

—Es tarde —dijo Sor Consuelo dulcemente—, y estoy segura que ustedes deben estar cansadas después del viaje largo. Sor Sarita les mostrará su cuarto. Yo las veré mañana por la mañana a la hora de la misa. Y antes de que me olvide ¿cómo se llama su mamá?

—Isadora Betancourt.

Capítulo 21

La habitación de Alondra y Úrsula era pequeña pero cómoda; tenía una ventana grande por la que entraba la luz del sol matutino. Alondra se levantó temprano después de dormir mal durante la noche. Después de vestirse, las dos salieron al patio y entraron a un jardín viejo, lleno de flores y helechos en macetas. En el centro había una fuente de piedra azotada por los elementos, tenía una escultura de un pez por cuya boca abierta salía agua. Úrsula caminó lentamente hacia un lado del jardín mientras que Alondra se quedó parada mirando a su alrededor, y vio que alguien había destapado las jaulas de los pájaros. Se recostó contra una columna y escuchó los cantos de los canarios y los cenzontles.

Miró su reloj y vio que todavía era demasiado temprano para la misa. Por un momento consideró volver al cuarto, pero la mañana era tan bella que decidió caminar por los pórticos y patios del recinto del convento. Sor Sarita les había indicado la capilla la noche anterior, les dijo que podrían pasar a sentarse ahí en cualquier momento. Alondra se fue del jardín y caminó a tomar su asiento antes de que las monjas empezaran sus oraciones. Cuando entró a la pequeña iglesia encontró a varias monjas rezando. Temía que sus pasos las molestarían y estaba por salir nuevamente cuando se topó con Sor Consuelo quien la llevó nuevamente a los bancos y le sonrió en silencio. Le entregó un libro negro y delgado y luego ella se dirigió a su lugar al fondo de la capilla.

Las pinturas en las paredes eran representaciones grandes y oscuras de santos y madonas, la mayoría montadas en ornamentados marcos dorados. Una estatua de la Virgen María, vestida de celeste, estaba cerca del altar. Alondra notó con sorpresa que el altar estaba casi vacío, en contraste con las pinturas detalladas que lo rodeaban. Lo único que pudo distinguir fue el tabernáculo y dos candelabros de bronce.

Alondra se recostó en el respaldo del banco, absorbiendo la paz de la capilla. Escuchó los pasos callados de las monjas que estaban llegando y sentándose cada una en su lugar; un reloj marcó las siete, las campanadas llenaron las bóvedas altas con su sonido metálico; el eco retumbaba fuera de las estatuas y ventanales de color. Alondra se dio vuelta en el banco y vio que Úrsula había tomado un lugar unos bancos más atrás. De repente el silencio de la capilla fue interrumpido por una nota de tono agudo.

—¡Ave María!

Las palabras fueron cantadas por una sola voz que quedó sin contestar por un momento, Alondra vio que todas las monjas se habían puesto de pie y empezaban a cantar las oraciones.

Deus, in adjutorium meum intende.

Alondra no entendía las palabras, pero después de un rato se acordó del libro que Sor Consuelo le había dado y lo abrió. Encontró que el texto en español estaba al lado del texto en latín. Al internarse más en el significado de la oración cantada, sintió que su espíritu se conmovía con los versos en cadencia y las respuestas rítmicas. El ritual de las monjas de pararse, hacer una reverencia y sentarse, capturó su imaginación y lentamente quedó casi hipnotizada con cada verso siguiendo los movimientos, cautivada por las voces que subían y bajaban:

Me sentí exaltada como un cedro del Líbano, y como un ciprés en el Monte Sión. Como una palma en Cades y una rosa plantada en Jericó, me sentí exaltada. Di mi dulce fragancia como la canela y el bálsamo aromático. Di mi aroma más dulce como la mirra más selecta. Soy oscura, pero hermosa, oh, hijas de Jerusalén.

A Alondra se le cortó la respiración, nunca había oído palabras como éstas. Su mente corría. Ella era copal. Era caoba. Era cacao. Era peyote.

Nigra sum, sed formosa, filiae Jerusalem:
Soy oscura, pero hermosa, oh, hijas de Jerusalén.

El verso fue entonado una vez más por la primera cantante. Las palabras envolvieron a Alondra y cerró los ojos. Eran sólo oraciones, se dijo, nada que la debiera conmover tan profundamente.

Surge, amica mea, et veni. Iam hiems transit, imber abiit et recessit. Flores apparuerunt in terra nostra. Tempus putationes advenit.

Levántate, mi bien amada y ven; el invierno ha pasado, la lluvia ha pasado y se ha ido; las flores aparecen en nuestras tierras; el tiempo de la renovación ha llegado.

Alondra escuchó el cántico, se aferró a él. Estaba escuchando las palabras de su madre, que la invitaba a ir con ella. El invierno de la desesperación y la soledad había pasado. Perdida en sus pensamientos y las sensaciones que recién había sentido, Alondra se quedó en su asiento por un rato largo después del final de la misa.

Después, desayunó con Úrsula. Tomó el chocolate caliente y comió los panes dulces que le trajo una monja que le sonrió silenciosamente al entregar los platos. Más tarde salieron del convento y se encaminaron hacia la basílica, pasando el mercado abierto con sus puestos de verduras y carnes, vendedores de frutas, otros de calzados, perros callejeros y niños llorones y gritones. Cuando llegaron a la iglesia, Alondra y Úrsula pasaron de la acera a la calle de adoquines y empezaron a caminar cuesta abajo hacia unos edificios de ladrillo rodeados por muros austeros. Todo el tiempo, Alondra iba reflexionando acerca de su experiencia en la capilla. Las palabras le daban vuelta y vuelta en la cabeza. Repetía las palabras porque la consolaban. *Soy oscura, pero hermosa, oh, hijas de Jerusalén.*

ॐ ॐ ॐ

Al día siguiente, Alondra y Úrsula se sentaron en la biblioteca para esperar a Sor Consuelo. Esperaban que la hermana tuviera noticias del doctor Lozano. De vez en cuando el ruido del agua que caía de la fuente y el cantar de los pájaros penetraba las paredes gruesas, tranquilizando su ansiedad.

—Buenos días, doña Úrsula. Buenos días, Alondra.

—Buenos días, Madre.

La monja se sentó en la misma silla en que se había sentado durante la primera reunión, tomándose el tiempo de arreglar las mangas y los puños de su hábito. Después de hacer esto, miró primero a Úrsula, luego a Alondra.

—Les tengo noticias. El doctor Lozano está dispuesto a reunirse con ustedes.

—¿Cuándo, Madre? —Alondra se arrimó a la orilla de la silla, tratando de acercarse a la monja. Estaba tensa y lo que Sor Consuelo acababa de decir le produjo un efecto raro. Sentía temor, pero al mismo tiempo sentía emoción y alegría. Volvió a recordar cómo se había sentido transportada por la experiencia de las oraciones cantadas.

—Mañana.

—¡Está viva! —Alondra prácticamente gritó, tal como lo había pensado desde el principio. Úrsula se puso las manos en la cara y se meció de atrás para adelante en la silla. Cuando sacó las manos, estaba rezando al Tata Hakuli y a la Virgen María.

Sor Consuelo, bastante sorprendida, no supo qué decir. Después de unos segundos siguió, su voz indicando su incertidumbre.

—Él no dijo eso, Alondra. Como les dije ayer, el doctor Lozano es bastante nuevo en su puesto y el número de pacientes en el sanatorio es considerable. Sólo dijo que se reuniría con ustedes dos.

—Estamos agradecidísimas por su ayuda. Estoy segura que sin usted, esto no estaría pasando.

—Gracias, Alondra, pero estoy segura que mi intervención no fue absolutamente necesaria. Las cosas pasan porque tienen que pasar.

Alondra, todavía nerviosa y agitada, empezó a contarle a la

monja todo lo que sabía de su madre. Úrsula la interrumpió varias veces para llenar los huecos que quedaron en el relato de Alondra.

—No sé qué decir más que, desafortunadamente, esa historia se parece a otras más. No muchas, pero no es la primera vez que un padre hace algo así. Lo siento mucho, Alondra.

Alondra le explicó que ellas habían tratado de entrar al asilo el día anterior, pero que sólo habían llegado al salón de entrada cuando las pararon y les dijeron que se fueran del recinto.

—¿Así les dijeron?

—¡Sí, Madre! Fueron bastante mal educados.

Sor Consuelo miró a Úrsula, sorprendida por el sentimiento de sus palabras. Escuchó atentamente cuando Úrsula le dijo: —Pero eso no nos detuvo. Le dije a Alondra, "Niña, no hemos venido desde tan lejos ¡para que nos echen como pordioseras!" Así que salimos del edificio y fuimos hacia el fondo de la propiedad. Eso lo hicimos caminando por fuera de esos inmensos muros hasta el fondo. ¿Y no va creer lo que encontramos, Madre?

—¿Qué? —Sor Consuelo había cruzado las piernas y había quitado las manos del escapulario. Ahora se apretaba las manos alrededor de las rodillas, inclinándose hacia delante.

—Hay un portón ahí atrás, y uno puede ver adentro a través de las rejas de hierro. Alondra y yo nos arrimamos cuidadosamente para que nadie nos viera y pudimos ver lo que estaba pasando adentro. Allí, a la luz del sol, vimos un área grande con escalones que subían a un patio interior y como las puertas estaban abiertas, alcanzamos a ver a algunas personas en batas blancas. ¿No es eso lo que vimos, Niña?

—Sí. Creemos que esas personas eran pacientes. Anoche prácticamente no dormimos pensando que una de ellas podría haber sido mi madre.

Sor Consuelo estaba fascinada. Había vivido toda su vida en Zapopán y nunca había visto esa parte del asilo. Los visitantes siempre entraban por la puerta principal más moderna. Sin embargo, recordaba haber visto fotografías de la entrada original con su portón de hierro y los escalones que llevaban al patio central.

—¡Pues fíjense! Quizá tenga razón, Alondra. Mañana sabrán mucho más, les aseguro.

—¿A qué hora nos debemos reunir con el doctor Lozano?

—Él las espera en su oficina a las dos de la tarde. Una de las hermanas les mostrará el camino.

La monja se paró y fue hacia la puerta. Antes de salir, miró a Alondra.

—Rezo para que ustedes encuentren lo que desean y que su mamá esté en buena salud. Sean fuertes y prepárense para lo que no esperan. Recuerden que van en manos de Dios y que ciertos acontecimientos en nuestras vidas, para bien o para mal, ocurren porque deben ocurrir. Si mis hermanas y yo les podemos ayudar, por favor díganos.

—Gracias, Madre.

ଔ ଔ ଔ

Ese día, esa noche y la mañana siguiente parecieron interminables para Alondra y Úrsula. Llegaron a la entrada principal del asilo a la hora indicada y se identificaron, diciendo que el doctor las esperaba. El guardia en la entrada miró el libro de citas, asintió con la cabeza y, sin decir una palabra, las llevó a la pequeña oficina del doctor Lozano.

La habitación estaba llena de archivadores y pilas de papeles. Las paredes tenían cuadros con certificados, premios y diplomas. Un reloj eléctrico y su cordón colgaban torcidamente en una de las paredes. Alondra lo miró y notó que eran unos minutos después de las dos. Sintió que las manos le empezaron a sudar y que también se le estaba acumulando el sudor en la espalda.

—Abuela, tengo miedo.

Úrsula también tenía miedo. Veintisiete años habían pasado desde el día que le juró a Isadora que nunca se separaría de Alondra. Pensó en los años que habían transcurrido, años de dudas y temores y la pérdida de Isadora, años en que su bebé se había convertido en una mujer.

—Hija, tengo miedo igual que tú. Pero ya verás que todo saldrá bien después de hablar con el doctor Lozano.

—¿Qué cree que pasará?

—No sé. Dejemos que los espíritus nos guíen.

Los interrumpió el sonido de la puerta que se abría y un hombre de estatura mediana entró. Tenía una cara larga, de tez oscura, cabellos canosos y ojos miopes. Su traje de lino estaba arrugado y deshilachado, su corbata algo torcida.

—¿Señorita Santiago?

—Sí, doctor. Ella es mi abuela, Úrsula Santiago.

—Me da mucho gusto conocerlas a las dos.

La voz y la expresión del hombre eran dulces. Cuando se sentó al escritorio, abrió el primer archivo; Alondra vio que estaba encima de varios archivos, cada uno lleno hasta no dar más. En vez de hablar, el doctor movía papeles, nerviosamente dándolos vuelta y apilándolos nuevamente. Después de un rato, Alondra se dio cuenta de que él estaba titubeando. Cuando por fin habló, su voz era suave y no levantó la vista.

—Lamento informarles que esta paciente ya no está aquí.

—¿No está aquí? Entonces dónde . . .

—Lo que quiero decir es que la paciente falleció hace varios años.

Alondra y Úrsula se le quedaron mirando. Hubo silencio en el cuarto, sólo se oía el sonido de conversaciones del otro lado de la puerta cerrada. Úrsula se levantó y abrazó a Alondra, quería que sus brazos absorbieran su enorme dolor. Después de unos minutos, Alondra habló.

—¿Cuándo?

—El expediente indica que murió hace siete años.

—¿Por qué no se le informó al padre de ella?

—No sé, señorita.

—¿Por qué no se le devolvió el dinero?

—Porque alguien aquí es un ladrón.

—¿Y no quedó nada de lo suyo? ¿Ni un cuaderno? ¿Unas cartas? ¿Algo?

—Me temo que no.

Alondra se paró y le puso el brazo a Úrsula por los hombros, abrió la puerta y la llevó hacia el pasillo. Sentía que había dos

Alondras. Una era la niña que se había preocupado de su identidad, la otra era la mujer que había encontrado su origen, a pesar de haber llegado demasiado tarde para encontrar a su madre.

—Señorita, si hay algo en que les pueda servir, lo haré.

—No, nada, gracias. Salvo . . . —Alondra miró al doctor mientras que buscaba las palabras.

—¿Salvo?

—Si nos permitiría a nosotras salir por las mismas puertas por las que entró mi mamá.

ଔ ଔ ଔ

Juntas, Alondra y Úrsula caminaron por el camino hacia el hombre en uniforme. Se tocó la gorra para saludarlas y se volteó para abrir el portón, pero necesitó varias maniobras antes de poder abrir el candado. Empujó las rejas de hierro hasta que se movieron, chirriando en sus bisagras corroídas y dejando a las dos mujeres salir por el portón que se había abierto para el encarcelamiento de Isadora Betancourt hacía veintisiete años.

Regresaron al convento donde se quedaron unos días. Alondra le habló por teléfono a Samuel, lo puso al tanto de los detalles de lo que había pasado. Aunque trató de estar calmado, ella sabía que Samuel estaba tratando de cubrir su gran decepción. Ella también luchaba entre la tristeza y la ira. La preocupación de lo que deberían hacer ahora, adónde deberían ir, la tenía molesta. Úrsula trató de aminorar la angustia de Alondra, pero ella también estaba de duelo —por segunda vez— por la pérdida de Isadora Betancourt. Después de un tiempo decidieron que antes de volver a Los Ángeles, irían a Chihuahua y tratarían de reunirse con los Rarámuri. Alondra pensaba que aunque su madre había fallecido, tal vez encontraría su espíritu en las sierras de Chihuahua.

Capítulo 22

El movimiento y el clic-clac del tren no adormeció a Alondra porque el panorama era demasiado imponente. Sus ojos estaban fijos en las alturas que aparecían con cada curva de los rieles a medida que el tren se internaba más y más en el Cañón del Cobre. Ambas mujeres estaban fascinadas con la velocidad y el camino del tren; nunca habían visto nada como eso. Estiraban el cuello para ver el fondo del cañón y para ver las elevaciones de la barranca. Era el final de un viaje que había empezado con el autobús de Zapopán a Guadalajara, de ahí por tren hasta llegar a la costa del Pacífico y la ciudad de Los Mochis.

Alondra, que sólo pensaba en su madre, estaba azotada con ganas de hablarle.

—*Mamá ¿en qué pensaste durante todos esos años?*

—*En ti, Alondra.*

Alondra cerró los ojos y dejó que las palabras de su madre le entraran por todos los poros, llenando el vacío que tenía por dentro. Abrió los ojos y miró la mirada azul de Isadora.

—*Cuando naciste, vi que eras del color de una castaña y me llené de alegría.*

Alondra le echó una mirada a Úrsula y vio que fingía dormir. Volvió el eco de la voz de su madre.

—*Samuel también me llenó la mente, así como Brígida, Úrsula, Narcisa y Celestino, pero especialmente tu papá, Jerónimo.*

—*Jerónimo.*

Alondra movió los labios para decir el nombre de su papá, se sentía extraño decir su nombre. Trató de visualizar, empezó con los pies y subió hasta la cabeza.

—*¿Cómo era él?*

—*Tú te le pareces.*

Alondra se sorprendió. Estaba segura de que se parecía a la bisabuela que había visto en la fotografía que mostraba a don Flavio y a doña Brígida cuando eran niños.

—*¿Qué pasa?*

—*Vi una foto vieja, una que doña Brígida guardó. Úrsula me dijo que era la madre de don Flavio y de doña Brígida, tu abuela.*

—*Recuerdo esa foto.*

—*Creo que me parezco a ella.*

—*Sí. Te pareces a mi abuela, pero también te pareces a tu papá.*

Alondra sentía que le corría energía por el cuerpo hasta llegarle al pecho. Pensó que olía la fragancia de la arcilla y de las flores de cacto.

—*¿Estabas furiosa o amargada?*

—*Las dos. Me pasé años pensando en el hombre que me había dado vida, pero que extinguió la persona a quien yo amaba, y que luego me encarceló. Detestaba a mi padre. ¿Sabes que intenté matarlo? Sí, sé que sabes. Lamento solamente que no murió. Me castigué porque no logré quitarle la vida, tal como él lo había hecho con Jerónimo . . . y conmigo y contigo. El odio de mi padre acabó siendo mayor que mi propia vida. Pasó a ser un monstruo que yo llevaba adentro, que me dominó y controló por muchos años. Pero llegó un día cuando supe que tenía que luchar contra esa repugnancia que me había poseído si iba a vivir para verte nuevamente a ti y a Samuel. Tuve que decidir, Alondra, porque tú y el odio no podían vivir dentro de mí al mismo tiempo. Opté por ti.*

La voz de Isadora se detuvo abruptamente. El ruido de las ruedas del tren llenó el vagón, volviendo a Alondra a la realidad. Poco después, uno de los conductores gritó que el tren estaba por llegar a Ciudad Creel, y el tren empezó a aminorar su marcha. Alondra dio un salto y agarró la maleta de Úrsula, y luego la suya.

Una vez que salieron de la estación, encontraron un hotel

para pasar la noche. Alondra le mandó un telegrama a Samuel, diciéndole que iban al Cañón del Cobre; y que le avisaría cuando tenían planeado volver a Los Ángeles.

Temprano a la mañana siguiente, tomaron un taxi para ir al Divisadero y de ahí encontraron un lugar que proporcionaba mulas a los turistas para recorrer los caminos que cruzaban el llano hasta el pie de la sierra. Después de ahí, sólo los excursionistas con experiencia podían seguir a pie. Debido a que todavía quedaban varias horas de luz de día cuando llegaron al pie de la barranca, decidieron seguir adelante hasta llegar a la iglesia de Nuestra Señora de los Dolores en el pueblo de Samachique, la cual marca el comienzo del camino a Batopilas. De ahí empezaron a subir a las cuevas de los Rarámuri.

ભ ભ ભ

Alondra siguió imitando los pasos de Úrsula que parecían moldearse a las piedras mientras subían por los senderos rocosos. Cuando llegaron al pueblo, Úrsula le dijo a la gente que Alondra era la hija de El Rarámuri. Algunos se acordaban de él. Úrsula llevó a Alondra a ver a su abuela Narcisa, quien le dio la bendición. Luego fueron a las cuevas de los tíos y los primos de Alondra.

Ella y Úrsula se quedaron con la familia con la intención de estar sólo por poco tiempo. Pero los días y las semanas pasaron, Alondra empezó a sentir una paz que jamás había sentido. La tribu necesitaba una maestra y alguien que cuidara de la salud de ellos. Cuando vio que la necesitaban, decidió quedarse por más tiempo.

Al final de cada día, Alondra salía a caminar. En esos momentos conversaba con su mamá. Hablaban de lo que habían hecho durante los años de su separación. Alondra le habló de sus años escolares en Los Ángeles y le contó de Brígida, Úrsula y Samuel. Isadora le contó de don Flavio y de su soledad en el asilo. Le mostró el llano donde de niña había andado a caballo con don Flavio, y donde ella había corrido carreras con Jerónimo y sus hermanos.

Con frecuencia, Alondra bajaba la sierra para ir a las ruinas de Casa Miraflores. La mayoría de las paredes se habían derrumbado, pero todavía se podían ver las paredes de las recámaras. Los pasillos aún existían, así como los arcos y las columnas, que le recordaban las fotografías de doña Brígida y Velia Carmelita.

Úrsula le mostró a Alondra el nicho en las rocas donde Isadora había estado sentada cuando los Rarámuri trajeron el cuerpo de su papá a las cuevas. Éste pasó a ser uno de sus lugares favoritos. Sentía que su mamá todavía estaba ahí, mirando y esperando el regreso de El Rarámuri.

Querido Samuel:

> *Han pasado meses desde que Úrsula y yo llegamos a las cuevas y aunque te he escrito para decirte que volveríamos dentro de poco, a cada rato pasan cosas que me hacen decidir quedarme otro poco. No lo puedo remediar, Samuel, me gusta aquí. Aunque al principio fue difícil (dormir en una cueva no es fácil), me estoy acostumbrando a la vida en las montañas. Y estoy viendo que puedo ayudar a la gente de la tribu, me siento bien al quedarme. ¿Quién hubiera pensado que mi diploma en enfermería resultaría útil al fin? ¡Qué cosas!*

> *Hay otra razón para quedarme aquí. Todavía me siento deprimida y disgustada por lo que le pasó a nuestra madre. ¿Crees que se me pase algún día? A veces estoy tan llena de furia que trato de alcanzar al vacío, esperando encontrar al viejo. Quiero traerlo de vuelta para que sufra, como la hizo sufrir a ella. Pero luego, oigo la voz de mamá que me pide que me calme. Recuerdo la mirada que me dio el viejo cuando se moría y me digo que quizá, quizá, me estaba pidiendo perdón.*

> *Sé que estás pensando que estoy loca. Pero no puedo dejar de pensar que si hubiéramos sabido todo esto unos años antes, las cosas habrían sido mejor para todos nosotros. Este lugar me ayuda a lidiar con estos pensamientos horribles. Yo sé que suena ridículo, pero estando aquí —creo— algo*

mis papás, de mis tías, mi abuela regresará a mí, algo que llenará el vacío y me quitará la amargura.

Úrsula está bien pero se está envejeciendo bastante. Sé que cuando yo vuelva a Los Ángeles, ella querrá acompañarme, de modo que tendré que pensar también en eso. De cualquier manera, Samuel, pienso quedarme aquí hasta después de la cuaresma. Me dicen que la tribu monta un espectáculo religioso grande en el pueblo y que viene gente de todos lados a participar. Hasta vienen profesores de las universidades a verlo. Quisiera formar parte de esas ceremonias y luego volver a Los Ángeles. Bueno, quizá.

Mientras tanto, cuídate. ¿Por qué no vienes a visitarnos? Escríbeme (como siempre a Ciudad Creel) y avísame cuando llegas y te iremos a esperar en el aeropuerto de Los Mochis.

Tu hermana que te quiere,

También por Graciela Limón

En busca de Bernabé
Erased Faces
In Search of Bernabé
The Memories of Ana Calderón
Song of the Hummingbird